优秀的小说家都是最深情的人。这情,是他进入小说状态的一道闪电,也是蓄积在身体里的能量。

如海鸥与波涛相遇

三十九位中国作家的文学课

《文学报》 主编

青岛出版集团
青岛出版社

图书在版编目（CIP）数据

如海鸥与波涛相遇：三十九位中国作家的文学课 /《文学报》主编. — 青岛：青岛出版社，2022.3
ISBN 978-7-5552-4097-6

Ⅰ.①如… Ⅱ.①文… Ⅲ.①中国文学－当代文学－文学创作－研究 Ⅳ.①I206.7

中国版本图书馆CIP数据核字(2021)第039711号

书　　名	如海鸥与波涛相遇：三十九位中国作家的文学课
	RU HAIOU YU BOTAO XIANGYU SANSHIJIU WEI ZHONGGUO ZUOJIA DE WENXUE KE
主　　编	《文学报》
出版发行	青岛出版社
社　　址	青岛市崂山区海尔路182号（266061）
本社网址	http://www.qdpub.com
邮购电话	0532-68068091
责任编辑	孙学敏　张小晨
美术编辑	于　洁　李兰香
印　　刷	山东临沂新华印刷物流集团有限责任公司
出版日期	2022年3月第1版　2022年3月第1次印刷
开　　本	32开（889mm×1194mm）
印　　张	13
字　　数	247千
书　　号	ISBN 978-7-5552-4097-6
定　　价	58.00元

编校印装质量、盗版监督服务电话 4006532017　0532-68068050
建议陈列类别：当代文学

序言

陆梅

文学最可贵的品质是怀疑。优秀的作家总在怀疑中寻找确信,也在怀疑中建立确信。但是,寻找和建立的过程何其难。那是另一种疑难,近乎天问。所以我们往往对作家们的思考特别在意。

你现在看到的,是从《文学报》创刊四十年间精心遴选出来的三十九位中国作家的创作谈、文学观和写作课。这在《文学报》四十年的文学长河里,只能是沧海一粟,然而其精神性的回响和经典性的质疑,早就生成了探照灯般的意义。这也是我们编选此书的初衷。

王蒙说,真正好的故事不是编出来的。可是当你将强烈的感情和日常生活经验贯注到小说人物身上时,这种"主观的燃烧"为什么会成为你的敌人?客观的忠实和主观的燃烧放在怎样的历史流程中才有一种悠远感？为什么说一部篇幅较长的作品，作家最重要的才能是断开的能力？"个人"是孤独的，也是敞开的，为什么那些身处离散境遇的作家们有能力获得澎湃的创作动力和丰富的创作资源？……作家们从小说内部发问，为的是思考文学怎样走向内心，走向我们的感动和创造。

张炜感叹我们身处的这个时代，被"分割出一些小而密集的虚拟空间，消耗和分散了人的注意力，让人每天都在时间和空间的圈套里钻进钻出，忙得团团转，没有方向感……"可是，文学的意义不就在此呈现吗？文学教你怎样"不断地把昨天找回来，找回出发之地的那份记忆"，"不然，前面就只剩下了一条欲望的路、一双急切的眼睛"。

我们也有意选入了多位作家在一些场合的演讲。比如王安忆的《小说的当下处境》，谈小说中的生计问题；阿来的《文学创作要"上天入地"》，谈中国的一项伟大社会实践：脱贫攻坚；格非的《文学的危机和可能》、迟子建的《文学的"求经之路"》等等，话题都很切实，很深远，也很具体，考验着一个作家拥抱生活的能力、对时代变化的敏感度和判断力。

阿来在谈脱贫攻坚时冀望作家们打开视野，"我们要书写乡村巨变的现实，不能只从文学开始，到文学结束，需要学习各个相关学科的知识。""在地域广大，人口众多的中国，在经济与文化都有层层级差的中国，如何看待发展不平衡问题，光靠一点小敏感，小同情心是远远不够的。"

故乡在大兴安岭的迟子建，对大自然怀有命运般的友情，她作品里的苍凉与温暖是极北之地的北极村赋予的生命底色。在她娓娓而谈的讲述中，我们知晓了一个作家的成长，以及其对命运、生死、性别、世界的进入和理解。"要倾听自己内心的声音"，这是迟子建文学求经路上最赤诚的持守。

优秀作家对写作的探问总是眼光独具的。苏童谈及短篇小说写作，万般感情，句句箴言，他对短篇的深爱甚至超越了他本人，"你可以和小说中的人物握手拥抱，你甚至会感受到自己在小说世界里的目光，比在现实生活里更敏锐，更宽广，更残酷或者更温柔"。《短篇小说的使命》一文，是一个深海漫游者对冰山之下的世界不动声色的揭示。（一般而言，小说家对那八分之七总是深藏不露的。）

优秀的小说家也都是最深情的人。这情，是他进入小说状态的一道闪电，也是蓄积在身体里的能量。毕飞宇以此写出了《玉米》《青衣》《哺乳期的女人》等优秀之作。刘亮程擅长以讲故事的方式，"让地上的一件普普通通的事情，变成了天上的事情"。文学在他，就是醒着的梦。哈金长文《小说是什么》结实而深具启迪，经验迭出的小说写作课对初写者来说真真醍醐灌顶……

文学，是背上一块铁砧上山的负重远行。"让背负有意义的并不伟大，真正伟大的是那些辛苦承受却毫无意义的人。承受者就是文学的意义。"（陈应松）文学，也是与孤独的自己对话。"背对文坛，朝向地平线，他们别无选择，否则永远不可能与世界对话。与最孤独的自己对话就是与世界对话，如卡夫卡。"（宁肯）

如此寻章摘句，只为留下一个树号，让有缘遇见的人，循着指引步入深阔丛林——在作家们构建的文学密林的更深处做一趟精神远游。在这里，作家们坦诚亮相，剖白灵魂。"一切有诚意的写作都在见证生活，纠正内心。"（汗漫）

当然，作家们总是忍不住要在创作谈和写作课里，埋藏下一个个念头、说法、暗示、疑虑、秘密、省察，乃至自说自话、自圆其说，而作为读者的我们，之所以怀着巨大的好奇心，意欲一探究竟，实在是对文学本身的深信，以及对优秀作家创造性劳动的着迷。作家不是别人，作家就是那个替你喊出灵魂的痛与悔、俗世的艰和难，凿壁借光，筚路蓝缕，蹚出一条路的人。这条路，是时间，也是命运。

目 录

○ 王蒙
  创作是一种燃烧 | 1

○ 铁凝
  让生命有所附丽 | 9

○ 路遥
  使作品更深刻更宽阔些 | 13

○ 李敬泽
  文学资源的焦虑 | 23

○ 莫言
  离散与文学 | 28

○ 吉狄马加
  诗与我们共同面临的时代 | 33

○ 贾平凹
  当下社会的文学立场 | 42

○ 张炜
  出发之地 | 49

○ 韩少功
  一场决定生死的精神复兴之战 | 63

○ **王安忆**
　小说的当下处境 | 68

○ **梁晓声**
　几片平凡的叶子 | 79

○ **阿来**
　文学创作要"上天入地" | 88

○ **格非**
　文学的危机和可能 | 130

○ **迟子建**
　文学的"求经之路" | 139

○ **苏童**
　短篇小说的使命 | 160

○ **哈金**
　小说是什么 | 170

○ **刘醒龙**
　酣畅淋漓的重组 | 179

○ **毕飞宇**
　情感是写作的最大诱因 | 183

○ **刘亮程**
　文学是做梦的艺术 | 186

○ **陈应松**
　背铁砧上山 | 196

○ 金宇澄
我所体验的网上写作 | 209

○ 王家新
"上海的街"与"北京的街" | 215

○ 潘向黎
南人上来歌一曲——关于写作的一些闲话 | 223

○ 李洱
熟悉的陌生人 | 233

○ 张柠
有信念的艺术与胆小鬼艺术 | 242

○ 鲁敏
"虚构"与"非虚构":你中有我,我中有你 | 251

○ 徐小斌
只有灵魂可与世界接轨 | 270

○ 宁肯
二十三个问题 | 287

○ 何大草
反辽阔 | 298

○ 徐则臣
故友重逢——《北京西郊故事集》补遗 | 308

○ 海飞
暗夜突然绽放的光亮 | 318

○ 杨键
　　通向滋养者的道路，是一条虔诚之路 | 326

○ 汗漫
　　在汉语中，就是在人间 | 335

○ 路内
　　小说的张力与无所作为 | 348

○ 昔玄
　　看不见梦想的时候，请紧盯夜壶灯 | 358

○ 黄孝阳
　　人到底是什么？——一个写作者心灵的迷思与标准模型 | 368

○ 王威廉
　　给增殖的现实放置意义——关于写作的一些随想 | 379

○ 蔡骏
　　孤独的闯入者 | 388

○ 孙频
　　所有的生长都来自暗处 | 397

创作是一种燃烧

王蒙

　　回忆我个人写作的过程，最难解决的，也是经常碰到的一个问题，就是创作中主观与客观的关系。有时候这个问题不像哲学上的问题那么容易说得清楚，那么单纯，在文学创作上、文学作品里往往是一种纠缠不清的关系。文学作品，它既是非常客观的，又是非常主观的。即使是最冷静、最含蓄、最有节制的那种描写，有时也要透露出作者的思想感情。这问题我不想从理论上来讲，只想从我个人写小说的体会来说，先谈这么几点。

一、创作是一种燃烧

巴金同志也讲过写作是燃烧。

创作与别的活动不同,就在于创作是在一种激情催促之下进行的。有时我想写小说的人更是这样,他的感情多了一点,主观上要表达的东西多了些。说话是表达,吵架也是表达,但仅仅靠日常生活表达还不够,还要把它形之于文字,形成故事、人物、形象。

这里我想特别提一下理想、追求和诗情。

如理想,实际上每个写作者都是特别有理想的,如果他没有理想就不写作了。理想本身和创作想象正是事物的两个方面。想象力是能力,理想是一种追求,他除了日常生活以外,还有精神上的要求,一种精神上和广大读者、和自己同时代人对话的要求。从这个意义上来说,没有理想就没有艺术,也就没有人的精神生活。

我是在一种不写不能自已的情况下写作的,有一种理想,希望生活更美好,就想要把这美好的生活记录下来。因为美好的东西是转瞬即逝的。一种崇高的思想感情不可能二十四小时每分钟都是崇高的,但可以有那么一阵非常崇高的感觉,你希望把它记录下来。这也是一种理想。

另一种是诗情,是对生活的一种新鲜感觉。生活有时是普通的、平庸的，有时又是沉重的、单调的。但即使是平庸的、单调的生活，也是使人非常眷恋的。

而我们的生活里跳动着历史脉搏，跳动着亿万人民在党的领导下进行革命和建设新生活的进程。如果没有理想，这样的脉搏也是感受不到、表现不出来的。要写我们的生活，就要写出这种即使是沉重的，但又是使人眷恋的、令人振奋的诗情。

生活本身包含一种新鲜感，不管是起床、穿衣、吃饭，或者是到一个什么地方去接受一件任务，或是结识一个新人、走过一条街道、路过临时搭起的街边小商店等等，它总会带给你一点新鲜感，有时可构成一种诗情。虽然我们写的是小说，但搞文学的人总有一种美好的诗情，所以写作的燃烧既是一件痛苦的事情，又是一件很快乐的事情。

我说过，创作之所以是创作，就在于它不仅仅对读者来说是新鲜的，对写作者本人来说也是新鲜的。他写完了以后自己才知道，哦！我写了这么一篇小说。我小的时候以为别人写小说是在脑子里都想好，然后把它写出来。我就想，巴尔扎克的脑袋多大啊！他脑子里要装那么多书，要多大的脑袋才装得下去？后来我才知道，不是脑袋里已经装好了书，而是他在写的时候逐渐形成的。

这种燃烧，这种深情，这种激情，有时又成为我的敌人，使我写不下去。为什么会成为我的敌人呢？因为任何一种感情，不管是多么好的感情，当它以完全赤裸裸的情感、愿望、诗情的样式而存在时，它是不大能被接受的。一篇文章中用了那么多感情色彩非常强烈的词，有时效果适得其反。感情色彩越强烈，什么痛苦啊、悲愤啊等等，写得越多，人家越觉得可笑，不能接受。而你要表达这种感情，就只有把这种感情赋予它生活的形式，使它变成平时可接触到的、可以理解到的一种生活样式，这时感情就蕴藏在里面了。

在我写作的初期，往往因为自己要写的这种感情太多、太强烈，因此无暇去找生活，去写这些故事。在很长时间里，直到现在有时也这样，总觉得写故事有点骗人，因为我知道这故事是我编出来的，尽管我的感情是真实的。但这是我的一种偏见，真正好的故事不是编出来的。

如我在1955年写过一篇小说《春节》，开始写得非常散，当时不懂什么叫"意识流"，但那原稿有点初期假的意识流的味道。后来我寄给了《新观察》，那位编辑很好，他退给我了，用毛笔写的复信，字也很漂亮，他说写得很有感情，但实在没有一个故事，所以不好发表。我一看就火了，只用了半小时，就编了个故事，重抄了一遍，寄给《文艺学习》，立刻就发表了，反响还不错。

但这也是一种经验，你要把它用一种生活的样式串起来，使你的感情有所寄托，不然你这种感情像一股气一样，无影无形，无音无踪。这种主观的燃烧，有时可以影响你去选择一个具体的生活故事；有时还成为你的敌人，往往会把自我的东西强加于人，这毛病我至今也没有完全克服。在我许多作品中的人物身上，正面人物身上有我的某种影子，反面人物身上也有我的某种情感的寄托，有时候它的语言大致上是这个人物的，但到某种环节我实在憋不住了，就把我的话塞到里面去了。我明明知道这不符合人物的职业、性格、心理，但非塞进去不可。这样客观上往往会形成一篇不协调的作品，这种状况是有的。有篇评论，文章中有一段专门分析我作品中哪一段调和，哪一段不调和，哪一段和谐，哪一段不和谐，我基本上接受他的意见，他说的是对的（指陈孝英论述拙作的幽默的那一篇，标题为《论王蒙小说的幽默风格》，见《文学评论》1983年第2期）。

再有个毛病就是容易写得过露。主观燃烧的东西太露，总是不过瘾，那股气到那儿出不来，入木二分不行，入木二点九分也不行，非入木三分不可。这种燃烧是必须有的，但这种燃烧有一定的危害性，所以要控制住。这是我谈的第一个问题。

二、文学的客观性

文学确实是忠实的记录。前面我讲了这种燃烧，这种激情本身也是客观世界的反映。它是从生活中来的，而且在多数情况下不是绝对的，它又要还原成生活，还原成生活本身的形式来表现生活，这就注定我们的许多作品是客观的，即使主观性非常强烈的诗歌，都必须遵循或者部分遵循客观生活规律。

如"君不见黄河之水天上来，奔流到海不复回"，这本身是非常主观的，因为黄河之水不是天上来的，而这里充满了李白对光阴的逝去、对人生的感慨。但它本身又是客观的，起码黄河是从高处来的，而且到海中是不复回的，这都有它客观的依据。

后来我慢慢地用另一种方法来写作，就是有意识地来控制主观，有节制地使用主观的激情、追求，去记录各式各样的生活现象、各式各样的生活故事、人物。有时，这样的作品的好处是有比较强的认识价值。它总能反映生活的一个侧面，反映生活的一部分，有非常强烈的认识作用，甚至这个认识价值能超过自己所认识到的，所估计到的。你不受那些俗套的影响，你把你自己所看到的写出来。小说创作也应要求精雕细刻地表现客观世界。

除这方面以外，还有另一方面，那就是经验、阅历、观察和见地。一个作者的兴趣应该广泛，最怕一个作者把自己关起来，只喜欢接触一些与自己"臭味相投"的人，只喜欢自己所感兴趣的某一种类型的工作。这样有一种危险，就是会脱离生活，但表面上看不出来。所以在这一点上，一个作者对生活的兴趣越广泛越好,生活的经历越多、经验越多,他所能理解、掌握的语言类型也越多。各式各样的人、各式各样的职业,特别是那些与自己这种类型完全不同的人物和生活样式,更应该努力去熟悉,去掌握。

如你是城市的,你能不能多少了解一点农村的生活?你可以完全不写农村,但如果一点不了解农村的生活,那是很大的缺陷。你是一个年轻人,你能不能试图去理解一下老年人?在这方面的阅历、经验、见地越丰富越好。在表现生活时,有这么一种对生活客观的估计,比自己用很单纯的概念去解释生活要好得多。你不要急于去给生活做结论。但对客观生活的真实,还是要像我前面所讲的,要带有理想啊,诗情啊,追求啊。否则这类作品看多了以后,会感到缺少一种震撼灵魂的东西,会慢慢感到乏味。

三、创作的胸襟和境界

这种客观的忠实和主观的燃烧都可以升华,它可以在作品中表现出人物更高的胸襟。如历史感,我们即使是写一点小小的私生活,如果我们把它放在近百年的革命发展史中,放在历史的洪流中来写,就能看出作品的气派。我还喜欢作品中有一种悠远感,好像作者不仅仅告诉你现在,好像在人生能经历到、感受到、体验到的东西之外，还有无限多的悠远之境。

陈子昂的诗："前不见古人，后不见来者，念天地之悠悠，独怆然而涕下。"

我们现在的小说常就事论事，缺少对人生无限的那种忧虑，哪怕是一种爱，或是一种忧伤。这样的胸襟有时也可表现为一种幽默。幽默有各式各样的，有低级的，有插科打诨式的，有胡捣乱的，甚至有一种下流的，但是我总觉得有一种高级的幽默，它所表达的是人生的一种智慧，是对许多事情的一种彻悟，是非常健康的一种乐观。

这种胸襟还表现为一种公民的社会责任感，他忧国忧民，利国利民，先天下之忧而忧，故而总是用自己的笔来表达历史前进的要求，人民的心声。不论写什么作品，对祖国大地、对人民、对生活的热爱，对革命的追求，对共产主义理想的追求，都是我们作品的主旋律。

铁凝

让生命有所附丽

　　我的短篇小说《哦，香雪》写于1982年。距此两年之前，我曾有机会在小说里描述过的那种山村生活过一段时间。那里的贫穷和落后，那里生活的艰辛和窘迫，那里百姓憨直而蒙昧的面孔曾使我心灰意冷。但是有一天晚上我在房东屋里闲坐，忽然听到一阵女孩子的笑声，一阵无所顾忌、不加修饰、充满活力的笑声。如果不是循声而去，亲眼所见，我不大相信这样的村里能升起这种美好的声音。借着朦胧的月色，我见一群刻意打扮过的姑娘,身上飘散着廉价香脂的气味,正朝村口涌去。是去看电影吧?我截住一位,问她今晚演什么。她笑着说,看电影?等到明年山那边过庙会时还差不多,现在她们是去看火车。

我想起来了,想起镶嵌在这小村贫弱脊背上的那两根铁轨,想起那条喘着粗气匆匆而过的绿色长龙——每天晚上,由北京开往山西的一列慢车在这里停留一分钟。姑娘们那少见的欣喜就是由它引起的,就是由这短暂的一分钟引起的。

纤细的铁轨延伸到山里,又延伸到姑娘们心里,搅动了她们那凝结着的青春血液;火车汽笛高亢的鸣叫惊醒了沉睡在她们胸中的一切欲望。这短暂的一分钟,是生活对台儿沟姑娘珍贵的馈赠。尽管它对她们来说短得近于苛刻,给她们留下的惆怅也远远多于欢乐,但她们却以全部的虔诚和无尽的纯情热烈地回报着它。

我见过一位姑娘怎样因为没有像样的衣服而不愿站在人前,只能躲在人后。没有火车,她哪会有这种羞怯?我见过她们怎样憋红了脸,争论着车上的一切微不足道的细节。那些不知名的男性乘务员,更是她们假意嘲讽、真心崇敬的对象。我见过她们怎样把硕大的红枣硬塞进乘务员那警蓝的确良制服口袋,也见过她们之中的佼佼者,在看到火车上那些胸前别着校徽的神秘大学生之后,怎样更坚定地扛着自制小课桌,去十几里外的公社上中学……一列列火车从山外奔来，使她们不再安于父辈那种坐在街口发愣的困窘生活，使她们不再甘心把自己的青春默默掩藏在大山的皱褶里。为了新的追求，她们付诸行动，带着坚强和热情，纯朴和泼辣，温柔和大胆，带着大山赋予的一切美德，勇敢、执着地向新的生活迈进，一往情深。

于是我写了《哦，香雪》。小说的女主人公名叫香雪，香雪也是我对太行深山那一群女孩子的一种总体感悟。

1985年在纽约同美国作家的一次座谈会上，曾经有位美国青年要我讲一讲香雪的故事，我毫不犹豫地拒绝了他。原因有二：一是我认为我的小说无法当作故事讲；其次我的内心深处，觉得一个美国青年是无法懂得中国贫穷山沟里一个女孩子的世界的。然而这个美国人把持着话筒再三地要求我，以至于那要求变成了请求。我们身边那位读过《哦，香雪》的美国翻译也竭力撺掇我，表示他定能把我的故事译得精彩。于是我用三言两语讲述了小说梗概，我说这是一个关于女孩子和火车的故事，我写一群从未出过大山的孩子，每天晚上是怎样像等待情人一样地等待在她们村口只停一分钟的一列火车。

我没有想到在场的人们竟为这小说兴奋不已：主持会议的作家马拉默德为我鼓起掌来；两个不修边幅的大学生走上来拥抱并且吻我……一家名叫《毛笔》的杂志的主编对我说："你知道你的小说为什么打动了我们？因为你表现了一种人类心灵

能够共同感受到的东西。"与其说我因这句褒奖而获得了虚荣心的些许满足，不如说这句话使我忽然有点明白我为什么要写小说。细细想去，这又是一句十分苛刻的咒语——我觉得事实上我终其一生也未见得能够到达这一境界，或者我愿意终其一生去追寻这种苛刻。

我还想起了一位老作家曾经说过："在女孩子们心中，埋藏着人类原始的多种美德……"这使我觉得，香雪的表现本是人类美好天性的表现之一，本是生命长河中短暂然而的确存在的纯净瞬间。有人类，就永远有那个瞬间，正是那个瞬间使生命有所附丽。那个瞬间使香雪获得长久存在的意义，也使不同文化背景的读者有可能获得不约而同的心灵共鸣。

《哦，香雪》获1982年全国优秀短篇小说奖。

也许《哦，香雪》可以算作我的成名作，但我更知道，成名并不等于成功。要在艺术上真正有点造诣，用去一生时间也似嫌短暂。

使作品更深刻更宽阔些

路遥

问：请谈谈你的《在困难的日子里》构思过程是怎样的？

路遥：我的作品，好多是因为引起了我感情上的强烈震动，我才考虑要把这种感情表现出来，才开始去寻找适合表现我这种感情的方式。

如"1961年困难时期"，我在上小学，我父亲是个老农民，一字不识。家里十来口人，没有吃的，没有穿的。我七岁时，家里没有办法养活我，父亲带我一路讨饭到伯父家里，把我给了伯父。一天,父亲跟我说,他要上集去,下午就回来,明天再一起回家。我知道他是要悄悄溜走。我一早起来,趁家里人都不知道,躲在村里一棵老树背后,眼看着我父亲踏着朦胧的晨雾,夹着个包袱,像小偷似的从村子里溜出来,过了大河,上了公路,走了。我那时才是个七岁的孩子,离家乡几百里,到了这样一个完全陌生的地方。我想起了家乡掏过野鸽蛋的树林,想起砍过柴的山坡,我特别伤心,觉得父亲把我出卖了……但我咬着牙忍住了。因为我想到我已到了上学的年龄,而回家后,父亲没法供我上学。尽管泪水唰唰地流下来,但我咬着牙,没有大喊一声冲出去。

我伯父也是个农民,家里也很穷困,只能勉强供我上完村里的小学。考初中时,伯父不让我考,但一些要好的小朋友拉着我进了考场。我想,哪怕不让我读书,我也要证明我能考上(我是1963年考初中的,作品里,我把背景放在1961年,而且考的是高中)。当时,几千名考生,只收一百来个,我被录取了。

1963年的陕北还是很困难的,而我们家就更困难了。我考上初中后,伯父叫我砍柴去。我把绳子、锄头扔在沟里,跑去上学了。伯父不给我拿粮食,我小学几个要好的同学,凑合着帮我上完了初中。

整个初中三年,就像我在《在困难的日子里》写的那样。当时我在的那个班是尖子班,我受尽了歧视、冷遇,也得到过温暖和宝贵的友谊。这种种给我留下了非常强烈的印象。这种感情上的积累，尽管已经很遥远了，但我总想把它表现出来。这样，我开始了构思。怎么表现呢？如果照原样写出来是没有意思的，甚至起到反作用。我就考虑：在那样困难的环境里，什么是最珍贵的呢？我想，那就是在困难的时候，别人对我的帮助。我想起了那时同学（当然不是女同学，写成女同学是想使作品更有色彩些）把粮食省下来给我吃。这就形成了作品的主题：在困难的时候，人们心灵是那样高尚美好，尽管物质生活那么贫乏，尽管有贫富差别，但人们在精神上并不是冷漠的。可是今天呢？物质生活水平提高了，但人与人之间的关系却淡漠了，心与心隔得远了。

所以，尽管我写的是困难时期，但我的用心很明显，就是要折射今天的现实生活。当时，我写这篇作品时有一种想法：要写一种比爱情还要美好的感情，主题就是这样的，然后再来考虑怎么安排情节。

我在构思时有这样的习惯：把对比强烈的放在一起，形成一种反差——关心我的人，是班上最富裕的，形成贫和富的反差。我在构思《人生》时，也是这样的。譬如，高加林是非常强悍的，他父亲却是软弱的。从塔基到塔尖，这种对比都要非常强烈，每一个局部，都要形成强烈的对比。这样矛盾冲突、色彩、反差自然就形成了。又如，从社会角度看，社会如何正确对待苦闷的青年人；反过来说，当社会不能解决这些问题时，青年人又如何对待人生，对待生活。这样就形成了交叉对比，甚至情节也要对比。比如，前半部写农村，后半部写城市。当然这不能是机械的理解，我的意思是在构思作品时，为了使矛盾冲突更典型更集中，要在各个方面形成对比，使矛盾有条件形成冲突。

再有一个是埋伏，这对中短篇小说、长篇小说来说，都是很重要的。有的作品，一开始就"露"，读者看了一、二章，就知道结局是什么。这样不行。好的作品应隐蔽一些，一开始是这样，中间却发生了读者意料不到的大转折，而这种变化，你不能让读者一开始就感觉到。要善于隐藏情节的进展和矛盾冲突的进展，当第一个跌宕完了的时候，读者的心就要被你完全抓住。

如《在困难的日子里》，那个女同学对他最关心的时候，也是他认为自己自尊心最受伤害的时候。这个跌宕，抓住读者看下去，而一直到最后一个跌宕：读者认为，他肯定是要回去了（可能有聪明的读者，会感到他会留下），但想不到最后来了个根本的转变。我写的作品往往是这样的，人物和情节来个三百六十度的大转折，最后常常转回到了原地方，就在这个转折的过程中，让读者思考。契诃夫等大师的短篇有时就是这样，善于把作品的意图和人物关系隐蔽起来。不要一下就把气冒了，要到该揭示的时候才揭示它。当然，作品的构思是一个比较复杂的过程，各人有各人的构思习惯，这只是我的习惯，不能要求别人都一样。总之，矛盾的发展要多拐几个弯，不要只是拐一个弯，它体现了矛盾本身的复杂性。

问：能不能结合《人生》谈谈你开掘主题方面的体会？

路遥：这个问题很复杂，不能孤立地讲主题，它必然和人物、情节融合在一起。作家在构思时，主题、人物、情节是同时进行的。如果你写不出矛盾，写不出人物，也就没有主题。咱们现在考虑作品的习惯，往往是要先有个思想。

当然，有时也需要有一个思想，但关键是人物关系、情节。如果你把人物关系处理得很准确，很有典型意义，那你的主题也就有了典型意义。如果其他东西都站不住脚，仅仅有个尖锐的思想，那是根本不行的。主题的深度，离不开人物的深度和对整个社会问题认识的深度。

问：《人生》这个作品很有特点，每个章节结束的时候都有悬念，迫使读者看下去，究竟怎样才能正确地设置悬念？

路遥：例子我举不出来，但这个问题提得很好。一部篇幅较长的作品，从剪裁角度考虑，作家最重要的才能就是断开的能力。作品好似一株完整的树木，你要把它断成几节，从什么地方断，这是很重要的。

　　拿《人生》来说，每一节我都要把它当一个短篇小说来写，使之成为有互相联系的一系列短篇小说。我写每一节都不是把它当作过渡、交代，每一节我都把它当一个独立的作品来完成；有的是表现场面的作品，有的是表现人物的作品。作品的内在规律是很难讲清楚的，每一节写到一定时候，你就觉得这一节该变了。有些应该下一节表现的，你千万不要拉到这一节表现。这些需要靠自己去摸索，去积累经验，但你一定要意识到它的重要性。

　　我自己在写作时有个粗略的提纲，要注意到，有些应该下面表现的，不要提前表现。如高加林，第一节我只能写到他的失意。他的叔父，我知道他要在后面起作用，因而仅仅在第二章中提出他有这么个亲戚，而且只提到人们不注意的程度，决不能让读者感觉到这叔父将在后面起什么作用。如果读者感觉到了，那他就不看了，他就急着要翻到后面去了。叔父在这里是个重要的伏线。

　　后来又写到他有可能转业，但千万不要让读者感到他会转业回家乡。这里就需要断开。直到他回来的前一章，才写他要回来了。这时，读者就会紧张起来，感到下面有文章。读者感到有文章，紧接着文章就起来了，这样是比较自然的。如果第二章一开始，高加林把黄军衣翻出来，你多骚情几句，说他叔父如何、如何，读者马上会猜出来的。

对每一个人物的发展的全过程，你都要很清楚，该在什么地方断开你也要很清楚。如高加林叔父的使命只有一个：高加林因为他而进城了，最后，高加林回来，他也要表态，这样就和前面相吻合了。一个人物，既然在前面出现了，在后面就要有所交代。每一个人物在全书结束都要有所交代。

我为什么最后一章从城市写到农村，断开两截写呢？第一节，城里的高加林、他叔父、黄亚萍一家、张克南一家等都要写到。第二节，高加林人还没回去，铺盖先捎回去，赶忙写所有人对高加林回去这件事的态度，要让参加《人生》"演出"的所有人都出来谢幕。但在作品进展中，你对每一个人物都必须一个一个地断开。

篇幅长的作品，人物比较多，作家一定要很机敏，要把每个人物都记住。作品要很匀称，并且断开得非常合理，这是很复杂的。我在《人生》里还仅仅是试验，在过去不是很自觉的。由于《人生》构思的时间比较长，所以在如何断开上我也做了些探索，最主要的，是把人物的发展也分成段；在每一个段上，能写到什么程度，又不能写到什么程度，而结局性的东西必须放到最后。

作品的结尾是最重要的，我构思作品的习惯是从后面开始：有一个大的轮廓后，最先考虑的是最后的结局，甚至是最后一句话。像许多溪流似的，最终如何流到这里。我喜欢雨果《九三年》那样结构的作品，像交响曲似的，最后有一个雄壮的浑然一体的乐句，把这支交响曲的感情发展到了顶点。总之，不要小看作品的结尾。有些问题，在理论上讲不清楚，这是一种实践的体验。

问：作品构思好以后，你又怎么选择切入部位的？

路遥：这个问题也很重要。对我来说，如何选择作品的开头也是很困难的，有的时候，写了几十个开头，自己都不满意。这个"切入"好似乐曲的第一个音符，它决定了会把作品定在什么调上。

一般来说，短篇小说把"切入"的部位放在事物矛盾发展的后半部分，写的是接近结局部分的那部分生活，而把前边的发生、发展插进去写。我的意思是，中篇小说的切入部位要比短篇小说再靠后些，一般选择矛盾发展已经要进入高潮的部分作为作品的切入部位。

譬如《人生》，在高加林被卸掉教师职务以前，他也有许多生活经历，但作品要选择高加林被卸职作为切入部位，因为高加林的卸职，已进入矛盾发展的高潮部分。他怎么教学，把这写到作品里没有什么意思。就是说要选择在你写的人物、事物的矛盾发展接近高潮的部位。高加林教学再好，你写进作品读者看不下去，因为没有形成矛盾，而高加林教师职务一卸，各种矛盾骤起，接近于决定这个人物命运的尾声部分。

当然，作品应该是这样的：当尾声部分写到高潮的低落，它又暗示了生活的一个新的开端，但这绝不是说，要接着写下去。如高加林扑在地上的一声喊叫，读者可能会感到某种新的开端；但你不能再写下去了。有些作品没有暗示，就让人感到很窄，好似"嘎"一声，把弦崩断了。弦崩断了的效果不好。就如一首好的歌曲，应该是余音绕梁，三日不绝。对事物的下一步发展，在结尾中给予某种暗示，会使作品更深刻些，意境更宽阔些。

问：你在创作《人生》的过程中，有没有写不下去的时候？

路遥：有。譬如德顺老汉这个人物，我是很爱他的。我想象中他应该是带有浪漫色彩的，就像艾特玛托夫小说中写的那样一种情景：在月光下，他赶着马车，唱着古老的歌谣，摇摇晃晃地驶过辽阔的大草原……

在作品中他登场的时候，我并没有想到能把他写得比较好，写到去城里掏大粪前，我感到很痛苦，没有办法把他写下去。尽管其他人物都跳动在我笔下等着我写他们，但德顺老汉我写不下去，我总觉得他在这里应该有所表现。

我非常痛苦地搁了一天。这时，我感受到了劳动人民对土地、对生活、对人生的那种乐观主义态度。《掏大粪》这章不但写了德顺老汉,把其他人物,譬如高加林也带动起来了——《掏大粪》那章是表现高加林性格的很重要的细节。开头我没有重视德顺老汉这个人物,但最后他成了作品中一个很有光彩的人物。德顺老汉在作品结尾说的那段话,尽管我还没有写好——写得"文"了一些,应该再"土"一些,但是我没有想到《人生》最后竟然由他来点"题",这是我很惊讶的。因此,当你在创作中感到痛苦的时候,你不要认为这是坏事;这种痛苦有时候产生出来的东西,可能比顺利时产生出来的东西更有光彩。

问:那么你有没有提纲呢?提纲有没有变动呢?

路遥:《人生》的提纲在写作过程中被我全部推翻了,只有大轮廓还保持着,所有具体的设想都改变了。人物一旦动起来,你原来的设想就不顶用了,但大的轮廓还是按你原来构思时的脉络去流动的。

文学资源的焦虑

李敬泽

二十多年来的中国文学有一种挥之不去的"资源"焦虑。二十世纪八十年代前期,作家们大多属于"归来的一代",如鲜花重放,在跨越了时间的深渊之后,历史的时间和个人生活的时间都亟待接续,此时,"资源"并非问题,因为答案似乎显而易见,鲁迅以降"感时忧国"的、写实的传统必定是重新出发的起点,而这一传统所依恃的俄苏文学、十九世纪欧洲现实主义文学是无可争议的,某种程度上是唯一为我们所知的资源。

但是，即使在"归来"之后的最初的写作中，像王蒙这样的作家就已经产生了"资源"的焦虑。俄苏文学和欧洲现实主义文学所隐含的艺术视景经受了二十世纪上半叶中国历史的严峻考验，在多种可能性、多种资源的竞争中最终浮现，那么，在新的历史语境中，嘈杂众声正隐隐传来，这是"春之声"，令人亢奋、躁动。

二十世纪八十年代是在两种时间意识的交错混杂中度过的，一种是接续，删除"断裂"而恢复自我和历史时间的连续；另外一种则是弥补，我们发现在我们之外不分昼夜、不断进步的历史时间早已远去，我们不得不把时间理解为一场以加速度制胜的跑步比赛。

于是，"资源"被大规模地勘探、开采。中国现代文学中隐蔽的传统被发掘：沈从文、张爱玲、周作人成为"新"作家，而西方自现代主义以来的大鱼小虾被一网一网地捕捞，新的文学几乎是以无穷多样的可能性在我们面前展开，在"展开"中我们失去的或不曾拥有过的时间似乎重新降临。

二十世纪八十年代的文学贯彻着军备竞赛的逻辑，当一个作家决定引进或移植"新"的写作策略时，他已经成功了一半。"资源"恍如法宝，文坛充满"封神榜"式的狂欢气氛，我们惊异地看着我们的作家花样翻新，改换门庭，我们不明白他们何以这样写或那样写，他们也不明白自己何以如此或如彼，但我们都知道，重要的是"新"，是"变"。在急速的"新"和"变"中，我们象征性地消费了错过的时间。

尽管出现了"伪现代派"，尽管有大量的食"旧"不化或食"洋"不化，二十世纪八十年代的大规模探索仍将被证明有着特殊的文化和文学意义，它缓解甚至消解了我们的时间焦虑，至少在二十世纪九十年代以后，中国作家逐渐能够在与世界文学的"共时"局面中确定自我意识，也就是说，他们认为自己已经与其他国家和语种的同行处于一个时间平面上。

但"资源"的焦虑仍然存在。在二十世纪八十年代，人们也许还认为"资源"是一种有待于发现的外在之物，但最终我们已经意识到，不能被充分运用，不能与我们的心灵、生活，和我们具体的历史和文化境遇充分发生关联的"资源"并无意义，于是，"资源"问题不再表现为宏大的集体探宝活动，而转化为个人的孤独选择。正是在个人的选择中，"资源"——我们可以把它理解为"传统"，或者我们所感知到的文本秩序——从时间的符咒下解放出来，我们不再那么势利，那么唯"新"是尚，一个作家不必为他喜欢契诃夫而不喜欢博尔赫斯感到羞愧。在某种程度上，"资源"的意义已经不仅是一种公共财产，而是私人的秘密收藏，它与个人的教养、阅读经验、性格气质有关，更是一套经过精心调试的策略，通过这套策略，一个作家确定自己所认同的传统，确定自己与传统，进而与当下的文化现实的关系,他在"资源"的丛林中开辟一条小径,走向某种可能性。

每个作家都有一部自己的文学史,二十世纪八十年代以来,作家的私人文学史的内容逐渐变得驳杂。现在,一个经过准备的年轻作家,他的背景中可能有卡夫卡、卡佛,有亨利·米勒,有张爱玲、村上春树,还有金庸、古龙,也许还有其他你意想不到的什么人。余华的文学史,据他自己说,有但丁、蒙田、布尔加科夫、胡安·鲁尔福和鲁迅。每一个作家都在自己周围用驳杂的材料或"资源"组织起一种文本秩序,这个秩序表达了他的自我意识,他的自我意识使这个秩序浑然自洽。

在这个意义上,我们无法孤立地论断哪种"资源"是"好"的或"不好"的,这首先取决于它们能否在"众生(声)平等"的竞争中进入作家的意识。

但是,问题的另一面是,尽管我们认为我们做出的是"个人"的选择,但事情的结果很可能是,人们发现一代作家或一批作家的"私人"文学史其实大致相同。因为"资源"或话语竞争的场域远远大于个人意识,也许在它抵达我们的心灵之前,胜负即已判定,就像魔幻现实主义在中国的凯旋或俄罗斯传统在中国的没落都是国际地缘政治的结果一样。"个人"是孤独的,也是敞开的,他不可避免地包容着广大世界的喧嚣扰攘,最强、最高的声音将被我们最先听到和记住。

"探宝"因而并未结束,"资源"的焦虑在此时体现为一个作家能不能在所有的声音中谛听某种低沉的声音,能不能在穷乡僻壤探得新的矿藏,能不能揭示和认同某种被遮蔽、被压抑的传统,能不能以个人的"探宝"对抗集体的"探宝"——这并非中国作家所独有的焦虑,所有的作家在这个处处面临文化极限的时代都面临着这种智慧、敏感度和想象力的考验。

离散与文学

莫言

我学习英美文学的女儿告诉我,Diaspora 的本意是指离散在外的犹太人,后又泛指一个国家或民族散居在外的人。因此,仅仅用"离散"这个词,并不能完全代表 Diaspora 的原意。Diaspora 的确是当今世界普遍存在的一个现象,研究这个现象与文学的关系,的确是一个很重要的课题。

离散是一种千百年来一直存在着的人类处境。这种处境可能是一个民族的处境,也可能是一个家庭、一个人的处境。造成这种处境的原因可能是战争、灾荒、瘟疫等不可抵抗的外力，也可能是一个家庭，或者个人的主动选择。但不管是什么原因造成的离散，都是一个永恒的文学主题，一个培育文学感情的温床，一种观察世界的文学眼光。

在当今的世界文学版图上，有一批身处离散境遇的作家像灿烂的星斗在闪烁。如原籍在印度、巴基斯坦地区，现居英国的萨尔曼·拉什迪；原籍特立尼达和多巴哥，现居英国的V.S.奈保尔；原籍南非，现居澳大利亚的库切；原籍中国，现居美国的哈金等。这些作家，都因其离散的处境，而获得了澎湃的创作动力和丰富的创作资源，写出了名扬世界的文学作品。虽然人在异国他乡，他们描写的却都是母国的往事，利用的也大都是母国的历史和文化资源，因此他们的作品，就具有了与西方作家迥然不同的个性特征和民族特色，从而引起了读者的兴趣和批评界的关注。这样的作家和这样的创作，已经成为世界性的文学现象，值得我们认真思考和研究。

从人类的一般情感来讲，离散的处境最容易产生的情感就是思念。在世界文学的浩瀚海洋里，怀乡、思亲、伤别离的作品，占有相当大的比例。无论是中国还是韩国的古典作品，都洋溢着浓浓的乡愁。人们在离散的处境中，总是愿意把故乡理想化，总是会忘掉那些曾经存在过的甚至伤害过自己的丑陋，总是愿意用理想的花环，来装扮自己的乡思。

随着文学的发展和人类社会的变迁，人们，尤其是那些身处离散之境的作家们，已经不满足于用含着热泪的目光来审视自己的母国与家园，已经不满足于把对母国与家园的描述停留在肤浅的歌颂上。这些作家，在两种文化的比较中，开阔了视野，拓展了精神的疆域。他们的父母之邦基本上都处在亚洲和非洲的不发达国家，有的甚至还处在愚昧落后的状态中。但他们都在西方发达国家接受了现代教育，都能熟练地使用西方语言讲话与写作，对西方社会有不亚于当地人、甚至比当地人还要深刻的了解。但他们的根不在这里，相对于西方人，他们永远是精神上的外来者。他们的血液里流动着的文化基因来自他们在亚洲或者非洲的母国，他们的深层心理结构和文化记忆来自他们的民族。这样的文化和心理矛盾，就促使他们时时刻刻进行着比较。在比较中他们发现了西方的文明和母国的落后，也发现了西方的虚伪与母国的淳朴。他们其实是处在两种文化的挤压与冲突之中，由此他们获得了一种崭新的目光。这目光已经不是被单纯的乡愁浸润着的目光，而是一种冷静的、批判的目光。由此，他们的创作便呈现出崭新的气象。

　　这样的文学已经不是简单地可以归属为东方或西方的文学。这是越界的文学，也是跨界的文学；这是边缘的文学，也是中心的文学；这是一种新形态的世界文学。在这样的文学中，对于母国或家园的描写，已经超越了歌颂与怀念的层面，而是一种在全球化的文化视野下的清醒审视。这里面尽管没有太多的对于西方社会的描述，但西方文化的影响却渗透在字里行间。这里的批判也不仅仅是针对母国的，也是针对西方的。其实，这些离散的作家，是站在一个相对中立的立场上，相对客观地描述着两种文化、两种价值体系的对抗和冲突，渗透和融合。因此，这样的文学就必然地具有了历史和政治的含义，就必然地反映了在全球化格局中，文化的殖民和反殖民的斗争状况。但这里似乎也没有明确的价值判断，这些作家完成的也仅仅是描述和展示，因为从文化的意义上，先进与落后并不总是泾渭分明的。

正在世界文坛上大放异彩的离散文学中所表现的母国与家园，其实大多数都是作者对母国与家园的想象。有的是在童年记忆和长辈口头叙述基础上的想象，有的则是作者对自己的记忆的故意"歪曲"，这样的故意"歪曲"，难免招致民族主义者的批判，认为他们这样做是为了取悦西方，但我们更愿意把这种对母国和家园的"歪曲"看成是文学的需要，其阅读效果也应该是积极的、正面的。

新的离散文学中的母国与家园，应该是作者的艺术创造，与作者真实的父母之邦有着巨大的差别。这是一次真正的超越，是一场文学的革命，通过这样的文学，离散作家们不仅仅向西方的读者，还向全人类，奉献了一片片崭新的大陆。这些大陆在现实的地球上无处安置，只有在文学的世界里，方可存在。

今天，科技日益发达，全球化浪潮汹涌澎湃，母国与家园的意义也在发生着深刻的变化。从某种意义上说，我们每个人都是离散之民，恒定不变的家园已经不存在了。所谓永恒的家园，只是一个幻影，回家，已经是我们无法实现的梦想。我们的家园在想象中，也在我们追寻的道路上。因此，我们都可以算作离散作家，我们所写的作品，都可以划到离散文学的大范畴里。我们都在用自己的想象和热情，虚构着我们的家园。我们也都在借用着母国与家园的母题，来表达我们对人生和社会的看法。

作家是有国籍的，但文学是无国界的。我们可以从离散这一母题中，获得理解、尊重和宽容，创作出属于全人类的文学。

诗与我们共同面临的时代

吉狄马加

诗的时代困境与出路

坦白说,作为一个诗人,当我面对那些富于思想和智慧的先辈时,我不知道如何准确地向他们描述我与诗歌所处的这个时代。这个时代的变革如此巨大,发展如此迅猛,构成如此庞杂,以致我们身处其中都应接不暇,难以把握和理解。我们必须承认,我们的世界处在一个前所未有的多彩、多变、多元的时代。

然而,我们必须承认并且面对一个事实,在当今后工业化、信息化和城市化的大趋势中,自然与人类的和谐正在被打破,生存与天道人伦的一致性正在解体,文化传承正在流失,文化的共性和个性开始变得模糊而抽象。我想罗列一些当今媒体和公众每天都在以不同角度关注与重复的话题:经济一体化,核武器,霸权与恐怖主义,突发性传染疾病,全球金融危机,资源短缺与过度开发,温室效应和荒漠化……显而易见,这不是一些富有诗意的话题,于是我们不得不承认,面对这个世界,"诗歌"陷入了一个极其痛苦、极其迷茫的困境。换句话说,在二十世纪后期和二十一世纪之初,我们使用传统话语讨论诗歌成为一件困难的事情,因为在这个消费主义或者盲目享乐主义的背景下,诗歌主体性的迷失必然导致了诗歌信仰的缺失。

诗人作为这个时代的居住者、见证者、讲述者和传承者,变得比以往任何时候都更加脆弱和孤单无助。诗人不是意气风发地走在通往奥林匹斯山的大道上,而是被困在话语的方舟或者卡尔维诺所处的"命运交叉的城堡"。然而,诗人表达宿命的意识并不证明他的悲观,也不是一种颓废,正如自觉到肉体必将消亡的人会更加珍惜生命热爱生活。这种自觉就是诗的出路。

我一直深信,我们所面临的问题,不是你愿不愿意走向世界,而是世界正不由分说地走进你的生活。后工业化和网络时代的信息爆炸,肢解了由诗歌所守护的传统时空结构,如何既坚持独立的写作立场,探索诗歌永恒命题的价值,又适应世界的发展,这是一个时代的考验。为此,我们不得不思考和重建人类的精神世界,而诗歌这一古老的艺术形式和它永不衰退的感召力,必将在人类的精神复兴中承担起一份光荣的职责。当代中国和世界许多杰出的诗人做出了勇敢而理性的抉择。他们正在这个时代的舞台上重塑诗歌女神的光辉形象。所以我们看到的不是诗歌的末日,而是诗歌的新生。

诗与我们心灵的历程

那么,我们为什么又会如此固执地需要诗歌呢?

自古以来,有许多事物不断在我们身边出现,也有许多事物相继在我们眼前消失,但是诗歌却和我们同行至今。这并不仅仅由于从我们咿呀学语就开始背诵大师的不朽之作,更因为我们每个人都有一颗追求自由、渴望真理、崇尚真善美的心灵,这颗心灵就是让世界变得精彩、让生命变得高贵的诗魂。它召唤我们,引领我们,升华我们。

正如神话中歌颂的那样,我们和祖先一样来自大地,当我们重返大地的时候，我们将同样化作河流、山岭和草木，于是我们就作为大自然的一部分而永存于天地之间。在诗人的眼里，一棵植物、一只动物、一股泉水和一片云雾都充满灵性，它们的存在为我们的生命创造了更多的解释空间。没有诗人，我们不能如此深刻地体会大自然的奇妙与沧桑，感悟自然的慷慨与大爱。

远古的史诗向我们讲述了那个伟大时空中的故事。没有人知道光明与黑暗的斗争已经持续了多少日子，但是我们知道，如果失去这种斗争，一切生命都失去了存在的价值。在诗人深刻的思想中，正是这些神秘的对立和对话，创造了生、爱与死的和谐，让人类不仅仅拥有了充满活力的血肉之躯，更拥有了高贵的灵魂以及灵魂存在的方式。没有诗人，我们不能真正理解人类生命的尊严。奥林匹斯诸神的寓言和秦皇汉武的号令，早已不再叱咤风云，然而，在人类的历史中，那关于自由与尊严、关于文明和真理、关于爱和美的声音却永不沉寂。多少世纪以来，诗人的愤怒、抗争、赞美、欢唱，如同苍鹰和云雀一般翱翔于天地之间。没有诗人，我们不能想象艺术之于我们生存的永恒价值。

歌颂爱情、生命、人与自然和谐共存，探索时间、命运和人类社会发展，这是诗和诗人的永恒使命。所以，诗是社会史与人类心灵史的对话。一个诗人的衷心歌唱，就会有成千上万的热情回应。由此可见，诗对于我们今天的现实生活，不是可有可无的问题，而是诗歌作为人类心灵世界最古老而又最年轻的抚慰方式，它的作用从来就没有减弱过。今天的人类所遭遇的异化，超过历史上任何一个时期，人类对物质的贪欲和对资源的消耗已经到了一个可怕的地步，为此，在这个世界上有许多重要的思想家、哲学家以及富有良知的诗人，都在为人类走上一条更为健康有序的发展道路而呐喊。尊重生命、尊重自然、尊重差异、尊重所有的文明，已经成为这个世界上大多数人认同的准则。诗歌要为人类走出今天的精神困境和重塑精神信仰而发挥更大的作用。

诗的时代作用

我说诗将在我们这个时代新生，这并不是诗人的一厢情愿，也不是诗坛的盲目乐观。纵观人类历史，一切大时代和大事件都是诗歌新生的机遇。从欧洲的古希腊罗马，到文艺复兴，到工业革命；从南北美洲的独立战争到非洲和亚洲的民族独立运动；从中国的汉唐盛世，到反封建反殖民主义的胜利，到新中国诞生和民族复兴的改革开放，以及在汶川大地震的自然灾难面前，每一次都把诗和诗人推到了时代的前沿，每一次都重新唤醒诗歌的责任和使命。

生命与死亡、灵魂与肉体、时间与空间、人与自然的伦理、对抗与交流、传承与创新、物质与精神、爱的秘密、救赎的知识及其他，这些都是诗歌关注的根本命题。在这里，所有永恒的主题和时代命题，都被一种新的力量激活，被诗人重新发现，重新整合，重新诠释。也许这取决于诗歌特有的秘传知识或者秘传技艺，它关注生存和传统又绝不回避现实，关注发展与未来又绝不脱离历史。

文化是一个国家的根，民族的魂。斯宾格勒曾形象地将人类历史比拟成"一群伟大文化组成的戏剧"。文化与我们每一个人血脉相连。文化的变迁及转型，是人类世界最深刻的变革，因为它代表人的根本生存方式的转变。在当今我们面临的时代，文化依然是人类文明的旗帜和社会进步的动力。

那么，诗歌给了我们什么，让我们不得不对它投以格外关注的目光？换句话说，在当代以都市、工业和信息为主导的文明背景中，诗歌之于我们的生存、生活和思想还具有不可或缺的价值与意义吗？

诗是文明的灵魂和法官。或许捷克诗人、诺贝尔文学奖获得者塞弗尔特说得更加朴素而震撼人心，因为"寻求美的词句，总比杀戮和谋害要强"！他说出了诗歌和诗人的行为权力与道德禁忌。在这里，我想谈谈两位诗人，一位是以色列当代伟大的民族诗人耶夫达·阿米亥，另一位是当代伟大的民族诗人达尔维什,阿拉伯世界著名的巴勒斯坦诗人。他们生前生活在两个对立的民族之中,他们的作品都表达了各自对自身民族的深厚感情,同时,他们的作品又具有深刻的人类意识,是人类今天面对战争、面对生命和死亡作出最后选择时的精神遗言。他们用作品告诉我们,一个真正的诗人绝不能关在象牙之塔中进行写作。

诗人是人类的良心,这一事实永远不可能改变。诗是通向世界、通向自由的门扉。它必将为这个世界文化的多样性注入活力,为不同文明的对话和沟通开辟渠道,为不同种族和文化背景相异的人们提供心灵交流的平台,为人类的和平与进步提供一种更为坚实的可能。因为在诗歌的世界、在诗歌的时空隧道里,不论文明形态之间有多少差异,人类仍然保持着其能够相互理解与沟通的共同价值。所以诗不是记录时代,而是时代的表达。

诗的传承与时代创新

中国是一个拥有悠久诗歌历史和辉煌诗歌传统的国度。我们确信,自古至今,人类最伟大的创造之一就是拥有了诗歌。诗歌是人类走出混沌世界的火把。

因为有诗歌,我们才获得了探寻一切神秘事物和神圣事物的能力,我们才拥有了同祖先对话和讲述伟大历史的能力,我们才能够准确地表达爱与愤怒、欢乐与痛苦,我们才创造了一种充满魅力的话语系统。这正是我们的诗歌传统中不可磨灭的精神内涵。

我们有着两千多年的伟大诗歌传统,新诗也有近百年的诗歌传统。传统就像一条河流,它有时汪洋恣肆,有时像涓涓细流,但它从未中断过,它是我们民族精神世界中的文化符号和链条,它是最初的源泉,是我们的根。失落传统,我们将会失去诗歌的灵魂;而逃避现实,我们就会失去诗歌的生命。我们欣喜地看到,一批优秀的诗人不仅坚守着诗歌的神圣阵地,并且正在向新的领域突破,向新的高度攀登。他们以对传统的敬仰和强烈的时代意识重建人类对真善美的信念,又满怀对未来的执着与自信义无反顾地走进社会生活的动荡与变迁中。他们将个性化的写作建立在对时代气息的把握、对社会环境认知的基础上。他们用自己的话语同步思考并讲述世界性、历史性和时代性的命题。

更让我们宽慰的是,在我们这个多变的、充满挑战的时代,如同我们期待的那样,诗歌正在艰难却又坚定地走在重返人类生活的道路上。诗歌正在以它对时代的呼唤引起社会的广泛关注与回应。

诗歌曾经是人类文明的基础,我们希望这个基础今天依然牢固；诗歌曾经是人类自豪的理由，我们希望这个理由今天依然成立；诗歌曾经是人类心灵的力量之源，我们希望这个源泉今天依然丰沛。我曾经说过：诗歌是人类通向心灵的小路，是意大利诗人莱奥帕尔迪所说的"无限"。诗歌点燃的火焰，将始终穿行在生命与死亡的峡谷之间。诗歌的身躯或许在瞬间阵亡过，但它高贵的灵魂却永远不朽！

（本文系吉狄马加于2009年5月24日在第二届中国诗歌节现场的演讲）

当下社会的文学立场

贾平凹

我们生活在一个剧变的年代,价值观混乱,秩序在离析,规矩在败坏,一切都在洗牌,重新出发,各有各的中国梦。我们在消融禁锢和权威的过程中,可以自我做主,可以说什么话了,但水在往东流时总会有一种声音说水往西流,总会有人在大家午休的时候大声喧哗。破坏与建设,贫穷与富有,庄严和戏谑,温柔与残忍,同情与仇恨等同居着,混淆着。中国人的秉性里有许多奴性和闹性,这都是长期贫穷和长期被奴役的结果。人性的善与恶充分显示。有一年，我去合阳，看到了流经那里的黄河，我写下了八个字：厚云积岸，大水走泥。我们身处的社会就是"大水走泥"。

这样的年代，混沌而伟大。它为文学提供了丰富的素材和想象的空间。

一

从文学的创作队伍来看，有右派作家、知青作家、寻根作家、先锋作家和网络作家。"五世作家"中的前四世是一个生存模式，作家们靠杂志、评论家、作品研讨会而成名获利，而后一世作家，完全断裂了前辈的模式，他们靠网络、媒体、出版，与读者见面而成名获利。从作品分布来看，纸质书本，不论散文和中短篇小说，每年约有一千五百多部长篇小说出版，网络上的作品更是无法统计。从读者群来看，前四世发行最好的作家，充其量在二三十万册，而后一世作家印上百万册也不是极少数。所以，不论哪一世作家，也不论作品能否长存成为经典，不可置疑的是文学观念、文学审美发生了前所未有的变化。

在消费化娱乐化的年代里文学是否还会有它的神圣？在人性善与恶充分展示的当下社会中文学该有怎样的立场？这就是我要讲的，做人在任何时候都应该有做人的基本，文学也同样在任何时候都有文学的基本。如同现在物质丰富，有各种食品，但人类生存的主要食物仍是米和面。布料可以做多种装饰，但衣服的基本功能还是取暖。孙悟空虽然大闹天宫，而最后他依然是去西天取经。破坏的目的在于建设。

在中国古典文学传统里，有"天下"之说，有"铁肩担道义"之说，有"与天为徒"之说，崇尚的是关心社会，忧患现实。在西方现代文学的传统中，强调现代意识。现代意识也就是人类意识，以人为本，考虑的是解决人所面临的困境。所以，关注社会，关怀人生，关心精神是文学最基本的东西，也是文学的大道。

文学是虚无的，但世界是虚与实组成的，一个民族没有哲学、文学和艺术是悲哀而可怕的。加缪说过："文学不能使我们活得更好，但文学使我们活得更多。"

有一句话，说："艺术生于约束，死于自由。"足球踢得好，必须是在不能用手、不能越位、不能拉抱蹬腿等一系列规则中踢得好，才算真的踢得好。

你可以有不同的文学观念，可以有多种写法，但大道的东西不能丢。丢掉大道的东西，不可能写出杰出之作。中国文学可能在精神层面上的追求比不上西方文学，这与中国人生存状态及生存经验有关，与中国的文化有关，但中国文学最动人的是有人情之美，在当下这个人性充分显示的年代，去叙写人与人的温暖，去叙写人心柔软的部分也应是我们文学的基本。

二

我在前年（2007年）末和去年（2008年）初，读了二三十本中国当代长篇小说，这些长篇小说是从几千部中筛选出的，作者都是当代第一线作家。这些作品大致分两类：一类是批判现实主义的作品，一类是现代的、先锋的元素较多的作品。我读后很有感慨。我不是评论家，我阅读同行作品的标准是：一，这部作品给我提供了什么样的感悟，这些感悟是否新鲜和强烈，是否令人为之一震或过目不忘；二，这部作品有没有一种有生命力的东西在里边，也就是说有没有一种生活的实感，还是以理念进入写作，以技术性的东西遮掩着虚假矫情的编造。

第一类作品有写得非常好的，有生活实味，厚重，扎实。但存在的不足，常常是以文学去演义历史，用影射和暗喻对应历史事件。在这里，我谈我的认识，我觉得文学不是对应历史事件的，文学是在一个时代一个社会的大背景下虚构起的独立的世界。《红楼梦》之所以伟大，是因为它虚构了一个大观园，它没有去影射和暗喻什么，它只是把大观园里的人与物写圆满。圆满是最重要的。写作不是要你去图解、影射什么，写作也不是要你去露骨地表述你的观念，那些诗性的、神性的、精神的、终极关怀的字眼就是你的文学观念，而不是你用文学直接写出来。你的作品应是具备了这些观念而去尽量圆满地写出来的那个世界。《红楼梦》没有对应影射什么，却什么都有了，它反映和批判了当时的社会，它的悲剧不是如我们所写的坏人造成的悲剧（谁把谁杀了），不是盲目命运造成的悲剧（社会压迫了你），而是王国维说的"通常之人情，通常之道德"造成的悲剧，《红楼梦》具备了大格局、大情怀。另一类作品，采用的现代主义元素很多，这类作品中有写得很好的，让人耳目一新，具有批判的锋芒，但也存在不足。有些作品完全以理念进入写作，它采用了团块式的西方结构，对某些场景渲染到位，显得极有才华，但总觉得生活实感的东西太少，因为是在编造，一写到实处就漏了气，没有写实的功夫，只能用夸张、变形、虚张声势来叙述。如摇滚乐，现场的狂乱和感官的刺激很过瘾，而离开现场，就没有了古典音乐给人的长久回味。这里我要说的是，任何现代主义都产生于古典主义。一个作家必须具备扎实的写实功力，然后进行现代主义叙写，才可能写到位。实与虚的关系，是表面上越写得实而整体上越能表现出来虚，如人要飞得高，必须用力在地上蹬。如果没有实的东西，任何有意义的观念都无法表现出来，只能在高空飘浮，给人以虚假的编造之感。

这里又存在这样一个问题：没有想法的写实，那是笨，作品难以升腾，想要含量大，就要写出精神层面的东西。写实要明白中国古典文学传统的那一套写法，如线型结构，如散点透视。西方现代文学的色块结构，叙述人层层进入结构，都是在文化的生存状态的背景下产生的。要中西结合，就必须了解两者的背景，根据个人条件去分析哪些可以借鉴，哪些可以改造和如何改造，这样才能写出属于自己的作品，而这样的作品不同于中国传统，也不属于西方现代主义。每个作家都有自己的师傅，但不能死学师傅。举个例子，有人学西方语言，要么三四个字一个句号，连续使用这样的短句，要么一句话几百字几千字一个句号。外国人和中国人说话方式不同，节奏不同，作品中的人与物环境不同，才有那样的句式。如果是模仿皮毛，就是东施效颦了。语言绝对与人的身体有关，它以呼吸而调节奏，一个哮喘病人不可能说长句，而结巴人也只能说短句。

三

现在我再谈四个问题。

一，我们当代作家，普遍都存在困惑，我们常常不知所措地写作。文坛目前存在大量写作，是经验的惯性写作。我们的经验需要扩展，小感情、小圈子的生活可能会遮蔽更多的生活。

这个时代的写作应是丰富而不单薄的。

二，这个时代的精神丰富或混沌，我们的目光要健全，要有自己的信念，坚信有爱，有温暖，有光明，而不要笔走偏锋，只写黑暗的、丑恶的，要写出冷漠中的温暖、恶狠中的柔软、毁灭中的希望，身处污泥盼有莲花，身在地狱向往天堂。人不单在物质中活着，活着需要一种精神。人类的生存在任何时候都存在物质和精神的困境，而重要的是在困境中突破。

三，现在有一种文风在腐蚀着我们的母语文学，那就是不说正经话：调侃、幽默、插科打诨。如果都是这样，这个民族成不了大民族，这样的文学行之不远。

四，我们需要学会写伦理，写出人情之美。需要关注国家、民族、人生、命运，这方面我们还写不好，写不丰满。但是，我们更要努力写出，或许一时完不成而要心向往之的是：进行超越国家、民族、人生、命运的写作，眼光放大到宇宙，追问人性的、精神的东西。

我两次强调，我不是评论家，看问题可能不全面，仅从一个作家的角度而作局部思考，说出来仅供参考，并求指正。

出发之地

张炜

一

　　写作者上了年纪，会越来越多地想到过去：过去的生活环境，过去的创作状态，不断地回忆那个出发的地方。

　　时间太快了，转眼就是十年二十年。也有人责怪网络时代，认为这个时代把时间重新分配了，分割出一些小而密集的虚拟空间，消耗和分散了人的注意力，让人每天都在时间和空间的圈套里钻进钻出，忙得团团转，没有方向感，不知不觉中光阴就溜掉了。宝贵的日月就这样耗尽了，生命也耗尽了。想一想这真是令人惊心，也很冷酷。

我的思绪经常要返回东部的一个半岛，那是一片海雾缭绕之地，是我的出生地。

它在山东半岛的东部，看地图，是胶莱河以东伸进大海中的一个很小的犄角，即胶东半岛。再放大这张图的局部，可以看到犄角上的犄角，它是胶东半岛西北部的一片小冲积平原，是古黄县的北部。直到战国时代那里还是一片沼泽和莽林，经过长年累月的淤积，慢慢开发，才逐渐形成现在这片平原。古齐国末期，小平原的南部已经变成一个人口比较稠密的地区。这一带是"东夷"重要的组成部分，是古代炼铁术诞生的地方。

童年记忆中，小平原的北部全是密林，老人对孩子们反复交代的一句话就是：一个人千万不能随便进入林子，因为会迷路走丢。真的有人林后再也回不来的孩子。有人依据现在的观察，认为海边不过是南北纵深二三公里的林带，连接了成片的灌木而已。但三四十年前林带以南仍然有成片的原始树林，有杨树、橡树、柳树，很大的古槐和银杏。到了二十世纪六十年代，靠近海岸的地方才开始栽松树，称为防风林。几万亩的人工林和原来的野生林连在了一起，无边无际，成为一片真正的莽林。

我在这样的环境里度过了童年和少年，后来就离开了。再次回到海边已经是二十多年之后了。这里的一切都面目全非，是归来者在惊讶中不得不接受的一个现实。

人回到久别之地是极重要的一件事，内心深处常常是十分激动的。无数的怀念和回忆不自觉地涌来，往事一幕幕从眼前闪过。我在少年时代生活过的地方不停地奔走，一遍遍地看和问，极力寻觅记忆中的人和事。林子已经去掉了绝大部分，一些大树没有了。印象当中有一条路，路边的银杏树至少有近百年的树龄，它们都没有了。有一片大橡树林，也没有了。一片片大杨树、大柳树，都没有了。这完全不是我生活过的那个地方。光秃秃的沙土地上有些灰头土脸的楼房，散长着不多的小树和灌木。起风时扬起沙尘，塑料袋和杂屑一块飞起来。这里再也没有了那个葱郁的世界，荒凉、嘈杂、脏乱，让人看了心上发凉，空荡荡的。

记得当年沿着一条林中小路往南，会走进"灯影"，那是古代荒野上慢慢集聚起来的一个村落的名字。它离我们的林中小屋最近，所以也最熟悉。而今村子早就搬离了，问起小时候的一些人和事，只有上年纪的人才能回答几句。当年给我印象深刻的有两种人：一是在当地很受尊重的体面人，或者是很有趣的人；二是那些坏人，即臭名远扬的人。我惊讶地发现，几十年过去了，那些道德楷模，一表人才的漂亮男女大部分都不在了,有的流落他乡,有的去世了,不少人下场凄惨。另外一些令人害怕的家伙大部分还活着,不过已经很老了,瞪着一双双尖利利的眼睛。

　　说到过去,老人们感叹:原来这里的林子多大啊,就因为几十年来不断地伐树,今天伐几棵大树,明天砍一片林子,一车车往外拉木材,树就没了。不断地死人,因为战乱,因为饥饿。

　　每隔一段时间就有一批大树被伐掉了,树长得越大,越是引人注目。"木秀于林,风必摧之",这句话是大家都熟悉的。在经验里,一棵或一片大树是很难保存的,它们早晚要被人干掉。我曾经在欧洲街头看到了一些令人惊叹的大树,它们的年龄比人的年龄大得多,可见要受到一代又一代人的爱护才能活到这个样子。比如在阿根廷,我看到许多像一座大楼那么伟岸的大树。这在我们的城市和乡村哪怕有一棵,一定会在几十里的范围内成为传奇。我们这里更多的是新栽的小树,而且是速生品种。老树没了,大树没了。我们又不是在伐木场工作,可就是爱砍树,不停地砍,性子急躁。几乎所有人都有这样的回忆:每隔几年或几十年,一个地方最令人注目的大树就会失去;同样每隔几年或几十年,特别令人尊敬的一些人、一些杰出的人就没有了。

　　树和人的命运、生存与消逝的规律是完全一样的。我们不能战胜这种宿命,这是我们的悲哀。

二

得出这样的一个结论是可怕的。我们做了各种努力，兴办教育，不停地植树，倡导爱护人才，所做的一切无非就是想拥有更多的大树和杰出的人物。但是无论怎么努力，都不能阻止这样的现实：每隔几十年就有一批大树消失，一批杰出的人物消失。砍伐和伤害是人性中不可消除的黑暗，不可遏止的冲动。

我们感到非常痛苦，但是毫无办法。剩下的事情就是怀念它们和他们，一遍遍怀念。

有人认为从文学创作的角度讲，理性太强，道德感太强，情感太重，会阻碍浪漫的想象和思想的远行。但是没有办法，我们大概谁都无法忘记自己的出发之地，无法不去回忆当年的一切，那时候的状态与心情，引起一阵忧伤和沮丧。

还记得最初的写作，那是我们的开始：把书看得很神秘、很神圣，每本书几乎都是一个秘境，吸引人走进去。书对人的诱惑太强烈了，让人夜不能寐，而且让人变得心气高远。最初的文学尝试总是伴随着巨大的激动，来自他人的任何一声鼓励都会在心底溅起浪花。那些滚烫的心情后来很长时间都不能忘记。对书籍的爱，对所记述和描绘的一切的深刻情感，直到很久以后还是簇新的。

有记忆就会有比较,让我们看到昨天和今天的不同。随着年轮的增加,生活开始毫不留情地磨损每一个人,可以说印迹斑斑,荣辱相叠。随着一个人越走越远,关于出发之地的那些记忆就变得淡漠了。最初留在心中的那些极强烈的东西正在一点点减弱,就像一种化学元素有自己的衰变周期一样,原有的力量正在时间里消耗殆尽。

一个写作者可能在技术层面上更成熟,知识不断增加,甚至变得像学者一样,讲起来头头是道,古今中外无所不晓,很是博学。但也许就在这个过程中,身上那颗诗与思的种子正在慢慢变质,因为它需要情感的土壤去培育和滋润,不然就难以抽枝发芽。

我们身处时下这样一个纵横交织的网络时代,太耗损感情了。小时候在林子里听到一个噩耗,一个悲惨的事件,会觉得惊讶以至于震撼;知道一个惊喜的事件也要久久兴奋,引出诸多美好的想象;种种刺激都会变为记录和传告的动力,然后化为一行行文字。今天却要不停地接受信息轰炸——手机和电视,一沓沓街头小报,大沓的图片,它们一块承载了无数稀奇古怪的消息,什么大恶大善奇闻怪事,一切应有尽有。我们的心早已疲惫了,眼睛也酸痛起来。这些成吨抛下的信息火药把人的心灵轰击得一片狼藉,早就情感乏力,再也没有激情,没有了创造的张力。

可是怎样才能回到过去？没有任何办法。人在城市的丛林中喘息，再不能指望回到记忆中的那个犄角，不能隐藏到那片无边的莽林中。一个人一旦起步也就只能往前走，从人烟稀少处走进人烟稠密处，一直走到今天的网络时代。已经逝去的是一个沉寂的时代，贫穷的时代，也是老旧的时代，尽管这中间只隔开了四十多年。那个时代留给我创痛，还留下很少的几本书、无边的林子、一座孤屋和一盏油灯。

在那个封闭的角落里，一个文学少年情感饱满，积累着倾诉的欲望。这欲望期待着回应，回应又产生了新的动能。然而时过境迁，那种美妙的循环好像突然就中止了。

关于往昔的回忆，有一个镜头是最难忘记的。

那是渐渐长大时，我不得不离开林子，到稍远一点的地方去读联合中学。它在林子南部，是几排灰色砖房组成的一个大院落。这里集中起一大群孩子，还有十几位男女老师。有一天突然传来一个消息，说我们联中马上要来一个了不起的人，他将是新来的校长。传说中这个人太了不起了，简直无所不能，会各种乐器，还精通球类和其他，人长得也像个英雄。我们都被这消息吸引住了，天天盼着这个人来。

这一天终于来了。许多年过去，我对那一天的情景都记得清清楚楚。半上午时分，校园内一阵喧哗，接着许多老师和同学都跑到了操场上。出现在我们面前的是一个三十多岁的男人，中等个子，穿着中式浅灰色上衣，笔挺的西裤，围一条深色毛巾，脚上的皮鞋黑亮。他脸色有些苍白，乌黑的头发梳得十分整齐，浓眉，明亮的大眼睛。整个人干净利落极了，没有一点烟火气，绝不像我们平时看到的人。这就是新来的校长。

我们在心里发出惊呼，将新来的校长视为天人。

三

就因为这个校长的到来，一所乡野联中完全改变了模样。如果说这里以前是清一色的灰砖色或土黄色，那么从这一天起就变成了诱人的彩色。这里有了音乐，有了没完没了的欢笑和歌唱。我们开始觉得自己的学校是天下最好的地方。

日子一天天过去，关于他的所有传说正在变为事实。这个人真的无所不能，他竟然会演奏那么多乐器，无论什么乐器在他手里都一下神奇美妙起来，口琴、笛子、二胡、板胡、手风琴、风琴、小提琴，什么都难不住他。这些乐器发出各种奇妙的声音，简直成了神物。

他是球类运动能手，篮球、排球和乒乓球打得都好。只在不长的时间里，他就分别训练出一支篮球队和排球队，并且组织了几场动人心弦的比赛。最出人意料的一件事，是他后来操作的一台印刷机。这台油印机平时不过是印印考卷之类，到了他手里却大显神通：他亲手刻制蜡版，一些从未见过的美术字和图画就印出来了。惊人的是他很快给这个油印机派上了大用场：印一份文学刊物。

这是他亲手创办的刊物，他带头撰写作品，并号召所有老师和学生都写，然后挑选出最好的文章刊登在上面。

这份诞生在丛林边的文学刊物，无论当时还是现在看，都算是一个奇迹。就因为有了这份杂志，多少人开始了发愤阅读，并尝试去做一件最有魅力的事情：写作。用文字记下心事、周边的事儿，描述一切。高兴与不高兴都可以写在纸上，使用所有我们知道的美妙词句。无论谁写出一篇有意思的文章，大家都会大呼小叫一通，从此对他刮目相看。一篇歪歪扭扭的文字一旦印在杂志上，马上变成了好看的美术字，还常由一些美丽的花纹环绕着，配上了插图，真是漂亮到令人无法相信。

很久以后我们都会肯定地说：那份油印刊物发表的作品，比后来所有铅印报刊发表的更为激动人心；那种油墨的香味也浓烈许多倍，这是一种不会消逝的文学的气味。

他还组织起一支业余演出队。校园里学习乐器的师生很多，也涌现出许多擅长表演的人。原来各种人才都一直潜伏在校园中，只等着他的到来，然后被一一召唤出来。

就是这么一个人，他对我们的学生时代产生了莫大的影响。我知道不仅是学生，就连当年的老师们也将他当成了偶像。在我们眼里,他是一个没有缺点的人,一个博学多能的人,更是一个品格高贵的人。他能将世上的一切事情都干得漂漂亮亮,而且只有成功没有失败。

二十余年之后,我重返这片土地,发现成片的大树消逝了,一些人也消逝了,其中就包括我们的校长。

很少有人知道他,不知道他在哪里。这里好像突然长出了崭新的一代,他们的面孔十分陌生,简直无法连接昨天,难以接通一个地方的记忆。他们从来没有听说这里还有那样一位神奇的校长,对所有的问讯都感到大惑不解。最后幸亏一小部分老人,他们吐露了一点信息,尽管语焉不详。原来的联中旧址变成了一个矿山锅炉房和堆煤场,学校四周的林木被红砖垒起的破旧厂房替代。那个叫"灯影"的村子无影无踪,已经搬到了远处。

校长去了哪里?经过不少人的指点,我最后好不容易找到了几十里外的一个乡村集市。这个集市很大,但给人的印象破破烂烂,是所有东西的汇聚地和展示地。人多极了,吆喝声震耳欲聋。这里每个周三和周六是集市日,而周三的集市最大,我要找的人一定会按时出现在这些拥挤的人群中。

不知找了多久,从集市入口找到出口,总是不见人影。最后天色很晚了,我正准备起身离开,突然围在巷口的一伙人闪开了身子,从巷子里慢慢走出一个人。大家都一声不吭地退到了一边，为他让出一条路。这个人拖着步子往前，穿了一件长及膝盖的破大衣。我注视着他，忍不住跟了上去。

我走到他的对面，这才看出是一个老人，好像有七十或更大一些。他的头发乱成了一团，上面沾满了草屑，脸上有很多灰尘，皱纹是黑色的。他一直抄起手，低头在地上寻找什么，有时候蹲下看一片菜叶，看上很久。他嘴里咕咕哝哝，听不清说些什么；有时抬起头，两眼痴呆地望着远处，半张着嘴巴。

这个人就是我们的校长。

四

人总是返回得太晚，总是错过一些惊人的场景和重要时刻。比如那些大树和林子消失的过程，它们怎样被砍伐，日日夜夜往外运；比如一个人人敬重的校长，如何离去，又如何变成了一个衣衫褴褛的痴人。所有细节没有目睹，它躲过了我，让我在暗中想象。

摆在面前的只有一片狼藉。这种情形有没有例外？我们到哪里去找安然度过百年的大树林子？还有校长，校长一样的人，他们今在何方？

一切不幸都有着复杂的缘由，但就是改变不了可悲的结局。

一个人回顾过去是必不可少的，这回顾如果不是为了获取一点悲凉和一点感慨,那就需要从头总结。站在出发之地会想:我不久就要离开这里,继续往前了。我走到了哪里?这时候才会发现自己真的走得很远很远了,走到了一个少年时代做梦都想不到的陌生地方;还有,时至今日,我们知道自己所能做的已经很少很少了。明白这些让人难过,但也没有办法,因为我们既然无法改变自己,也就只好继续往前。

我离那个寂寞的、树木葱茏的角落将越来越远,我还要不断穿行于一些大学、城市,再不就是继续待在自己的斗室里。像所有人一样,我没法拒绝网络的喧嚣声,也钻不出时间和空间的限制,比如,扔不掉手机。一部手机简直成了生活之源、知识之源、欢乐之源,也是痛苦之源、烦恼之源。我们都被一个小小的物件所累,所缠,却拿它没有一点办法。

我们需要挣脱与解决的问题,正是网络时代所面临的普遍困境。这个炽热到不能再炽热的娱乐时代,欲望和商业的时代,每个人都深受其害,不能自拔。井喷式的电子信息对一个民族是福音还是噩耗,一时还无法判定。越来越多的人怀疑那些花花绿绿的闪烁的荧屏,感受到了它和便利与消遣捆在一起带来的不安,还有显而易见的伤害与危难。我们从根上失去了安静,整个喧嚣的世界没有给我们预留一个静谧的角落。

有时候我们会觉得人类来到了一个奇怪的分水岭,一个岔路口,如果在这个地方走错了,所有的一切都会遗失。这个时期的文化土壤已经改变，它不再是我们所熟悉的传统，不再是培植一个民族的文明，而是削弱和败坏。我们甚至失去了最基本的一个条件：时间。所有的时间都被沸滚的网络给煮化了，连一点渣滓都没剩下。

不过是几寸见方的荧屏却容纳了无限的东西，它们呼叫着一掠而过。沉迷其中的人似乎什么都懂，却脆弱得不堪一击。人开始变得极为晚熟，当发觉自己长大了的时候，已经接近了晚年。最有生命力创造力的青春期就消费在虚拟的世界里。托尔斯泰引用一位古人的话：特别有"知识"的人都不聪明，都没有智慧。而这些所谓的"知识"，一直在网络上号叫奔涌，无始无终。

生活中缺少以前那样的莽林，就把自己关到书籍的丛林中。在这里，我们渴望搅了一天的浑水能得到一点沉淀。

疯狂的物质主义时期，人在文字中表达急躁和绝望。质朴、诚恳、谦逊的品质越来越少，自大、狂妄和流痞越来越多。在这样的潮流中，写作者的诚恳和诚实等同于虚伪，甚至被认定是不该存在的东西。接下去仁善不存，侵犯和挑战也成为理所当然的常态。

仍然让思绪回到那个海角，在物非人也非的旧地徘徊，回想当年的一切。琅琅书声和无边的莽林一起逝去了，只有它的温情永难忘记。这里教给我们的、给予我们的，可能一辈子都享用不完。

往昔所给予我们的一切不是博学和技巧，也不是其他任何东西能够兑换的。一个人失去了这些，也就失去了最大的依靠。我们需要不断地把昨天找回来，找回出发之地的那份记忆，沿着当年那个情感线索追寻下去。不然，前面就只剩下了一条欲望的路、一双急切的眼睛。

我们可以做证，在某个地方，一些高大俊美的树木，一些正直而有趣的杰出人物，一起消失了。而我们今天特别需要它们和他们。世界上不过有两种生命，一种是植物，一种是动物。植物自己不能动，人和动物能动。无论能动还是不能动的生命、大或小的生命，都不能因为杰出而变得生存艰难。

说到底，人类只有依仗自己的善良和宽容，才能走到美好的未来。

韩少功

一场决定生死的
精神复兴之战

  我常常缺乏竞争心态，对各种文学评奖一直有点畏怯。虽然作品出手就免不了要接受读者和专家的评头品足，但在我看来，文学的重要意义并不在于同行比拼，文学从来不是一场进入角斗场的游戏，所谓"大狗小狗一齐叫"，其共生性质也许远远强过竞争性质，互补效益也许远远重于淘汰效益。如果说有挑战的话，一个作家最为可怕的挑战其实来自自己，来自心中所设定的标高，来自对自己麻木、怠惰、势利、浮躁、浅薄的克服。

　　从二十世纪七十年代进入写作开始,我就一直从同行那里得到启示、激发、借鉴以及其他各种支持。有时候我会做一些笔记,以这种方式揣摩和研究人家好的结构、好的语言、好的体验和思考。如果我说出这些被记录者的名字,其中大多数肯定不为大家熟悉。可见文学并不仅仅是知名人士的游戏,很多无名者同样参与和推动了文学的前进。当然,随着阅历增长,我会把目光看得更远一些,会把俄国的托尔斯泰和陀思妥耶夫斯基、法国的维克多·雨果和福楼拜、西班牙的塞万提斯、日本的川端康成、中国古代的屈原和苏轼等等,都当作我身边的同行甚至同桌。文学就是这样。文学不像经济和技术,并没有"286、386、486"式的进步台阶,因此后代作家并不比前辈具有任何优势。古今中外的作家也都在回答人类共同和永恒的考题,不同的生活经验只是不同赛道,连接他们共同的起跑线。这样,我们几乎可以把文学史上的所有作家都看作同一赛区的对手,从而去接受一场超越时空的挑战。

　　在这个意义上,今天的作家是有幸的:文学史拉得越长,我们身旁的良师益友就越多。但今天的作家也是不幸的:文学史拉得越长,我们身边的经典作家就构成了时时需要比照的地区纪录或世界纪录,后来人承受的压力可想而知。面对这种情况,一时一地的知名度还特别重要吗?几万或几十万的销售版税还特别重要吗？来势汹汹但转眼就烟消云散的炒作浪潮还特别重要吗？……我们没法把书店里面的前辈经典作品统统下架，没法像鸵鸟一样一头扎进小得小失，回避更高品级和更高强度的精神"竞比"。因此，能否与古今中外优秀的心灵展开真正的对话，能否在高峰林立的文学领域里真正添砖加瓦，恐怕就成了悬在每一个作家头上的首要逼问。创作《山南水北》的时候，我每想到这一点心里就有点发虚，就会对刚刚写下的一段或一章不满，也因此常常感到智能和体能极限的临近。即便这一本书眼下为我赢来了声誉，我也还会不时自疑：假如由前辈经典作家来处理这样一个题材，这本书会是什么模样？其成色会不会有所提高？其思想情感会不会更具有穿透力和打击力？或者我至少可以问一问：我在这本书里是否成功打败了自己？

《山南水北》是一本借当下乡村经历来说事的书。其实，写乡村还是写都市，写社会还是写个人，写得高深一些还是通俗一些，写得紧张一些还是松弛一些，都不重要。重要的是一个作者能否像意守丹田一样意守人世重大的精神难点，能否像打开天门一样打通自己的灵魂救赎之途。

文学是一种低成本表达方式，对资金和技术的依赖度较小。尤其在网络博客出现以后，文字传播空间几乎无限增容，使文学很可能成为各文艺门类中最民主和最自由的一种。但同样是因为这一点，如果文学写作者只是在时尚潮流中寻找标准，甚至只是以一些随地大小便式的闲言碎语作为参照系，这种自我降低要求的写作，也可能使文学成为各文艺门类中最平庸和最烂俗的一种。1985年，我写了一篇文章《文学的根》。那时候我根本没法想象今天的《论语》热和《三国演义》热，没法想象今天这种从饮食到电影、从伦理教化到外交语言的传统苏醒。当时我只是对文化断层有所忧虑，对"大破四旧"或"全盘西化"式的文化自卑风气不以为然，希望同行们更多关注本土文化这一份丰厚资源。其实也就是从那时候开始，我也做一些业余翻译工作，译介过欧美的小说、散文以及理论，以至我入住《山南水北》里描述的那个村庄时，随身所带书籍中相当一部分是西方学术原著。我并不是一个翻译家，也不打算吃学术交流这碗饭。我只是希望我和同行们更深入而不是皮毛地、更系统而不是零碎地、更知常识变而不是刻板机械地了解西方文化，少一点自诩天才的轻狂，虚心地向包括西方在内的其他民族学习。我的简单想法是：经过百年苦斗之后，经过革命和改革的急剧社会变化之后，当代中国作家也许并不太缺乏经验资源，但如果我们不具备本土文化和外来文化的足够修养，如果我们没有历史和世界的眼界，急功近利的写作就如同去幼儿园当博士，看起来频频斩获，但一个可贵的机遇期很可能与中国文学擦肩而过。

程永新先生曾直率感言，他曾经对新时期的文学一度欢欣鼓舞，可是近年来他显得惶恐不安。他说："种种迹象在提示我——一个伟大的文学复兴时期在离我们远去。岁月在咕咕地流动，未来的世界扑朔迷离，是好是坏只有天知道。"应该说，程永新先生这种不安也是我的不安。作为一个领奖者，我深深知道，与其说我接过了一份奖品，不如说接过了一次临危上阵的驱遣：一场决定生死的精神复兴之战，对于我和同行们来说，其实都还远未见分晓。

但我们能怎么办呢？

因为有那么多真诚的读者存在，因为有今后几代乃至几十代读者们苛刻的目光投来，我们不能放弃。所有的老、中、青作家都不应该放弃。这种坚持的意义也许不在于曾经喧嚣一时的"中国文学走向世界"，而在于文学重新走向内心，走向我们的感动和创造，走向当代人可能的文明再生和精神重建——这不一定能成为现实，但至少是我们每写完一本遗憾之作以后不能忘记的目标。

王安忆

小说的当下处境

引言——小说中的生计

小说的当下处境里有很多问题,比如,消费如何过度地消耗小说。在这么一个过度消耗的时代,产生那么多工具,有那么多的手段在进行描写和传播的时代,小说的材质,即语言文字、情节故事,受到很大的损伤。我觉得小说处在这样一种状态中:两头不着。它的表象已经被电视电影取代了;它的思想,那么多概念产生,也被取代了。那么中间的一段,小说就是做这中间一段的。我今天不谈这个,因为它需要太多的材料来说明。我是一个比较缺乏材料的人,我也缺乏概念。我只能谈些实际的事情,所以我在想,我还是要从小说的内部出发。

我只是从小说结构的本身来谈一个问题。我就想提出一个概念:小说中的"生计"问题,就是人何以为衣食?讲到底,我靠什么生活?听起来是个挺没意思的事情,艺术是谈精神价值的,生计算什么?但事实上,生计的问题,就决定了小说的精神的内容。我也学了一点方法,想从历史的角度,或者说找几类作品,来说明我的观点。

荒蛮时代——生计作为正面的表达

我们从生计在小说里最早的状态,它原始的状态谈起,就是为生存而生存,为生计而生计。最能够说明这一点的是1920年诺贝尔文学奖获得者挪威作家汉姆生的《拓荒记》。它描写的那种状况是:社会还没有分工的时候,人是非常和谐的,我去种麦子,我知道是为了衣食,我看着麦子扬花一点点成熟,我又看见了自然的创造力的壮美,最后,粮食进仓。于是,口粮有了,艺术有了,人为什么活的哲学也有了。汉姆生的《拓荒记》就描绘了这样一种状态。

在这部小说里，你可以看到，生计是作为正面的表达，而且这个生计是一个最简单的状态，我们要吃饭，我们要生存。著名的《鲁滨孙漂流记》也很有意思，它已经到了文明社会，可是它硬把一个人放在一个孤立的岛上，让他重头来起。如此，生计就可以作为艺术、小说的正面表达，然后在这生计里，则有精神的价值产生。

贵族时代——生计之外的洁净精神

第二类，从历史时间上讲，社会已经进入到第一次分工，有了奴隶和贵族。生计的问题比较简要了，奴隶专门从事生计的问题，贵族就可以专攻精神劳动。贵族专攻精神劳动，是有特许的，因为他们不需要生产物质，他们天生就具备一切：衣食，地位，权力。他们这些人生来就不是为这些而奋斗的，所以他们精神的劳动、价值取向、思想的内容，可以和物质毫无关系。他们可以什么都不想，如果要想，便是虚无的东西，也就是闲愁。比如说，人是什么？生是什么？死又是什么？生活是什么？

《红楼梦》有一段谈到家里面的事情，贾宝玉和林黛玉讲，随便他们去，怎么样都有你我吃的。他们不考虑生计，他们又会诗又会画，可是拾到一张当票，谁都看不懂。他们只考虑自己的思想问题，林黛玉就专攻一件事情：如何找到天下的知己。可找到知己的困难是如此之大，不由对人生生出怀疑。《红楼梦》一本书就在写人生到底是什么这个非常怅然的问题。一开始，一僧一道跑到青埂峰下，谈到红尘，石头就要求去经历一番，僧人和道人劝阻：那里面是有些乐事，可是不能长久的，到头就是一场空。石头非要去，只好让他去了。等到石头历练完毕，回到大荒山无稽崖青埂峰下之后呢，他已经平静下来了，能够"笑答"空空道人的一些话，似乎已经解决了，事实上并没有解决，因为他正面表现的全部是精神的痛苦。

再举一个例子，就是《战争与和平》。一个人吃饱了撑的，他可以做任何事情，一开始，皮埃尔就是这样。他的出身是很奇异的，他是一个很有钱的伯爵的私生子，这个伯爵的私生子是全世界开花，到处都有，但皮埃尔独受宠爱。所以，他在法国受的教育，在二十岁上下回到俄国，进了社交场。他是一个懵懵懂懂的人，一开始是很荒唐的。我的意思是，一个人衣食问题天然解决，也不一定非要去追求精神价值，他也可能会掉下去，他的闲愁也会是低级的。但是，我们小说总是想表达好的东西，表达有意义的东西。这个时候皮埃尔生活当中碰到一个转机，伯爵把他所有的财产都传给他了，他变成一个无比富有的人，然后就有很多女孩子向他求欢。他选择其中他认为最美的一个人，其实是勾引他最有力度的一个人——海伦。但是海伦立刻把他拖到一个非常污浊的泥坑里。当一个人什么都有的时候，他可能更有机会掉到泥坑里去。他遭人背叛，又去枪杀别人，对别人犯罪……皮埃尔虽然懵懂，但他是个有洁癖的人，在这种很不洁净的情事里面，他开始受到精神拷问了。

在贵族生活的小说里面，我们看到了生计的另外一种状况，衣食生计天然解决的一类人，他们可以专享精神生活，完全脱离饮食男女，专心地去考虑精神的价值问题。而在做这种考虑的时候，精神很容易走入虚无，因为它没有实际的东西。但是我个人觉得，这一类的作品，精神价值是比较清洁的，也是比较高的，是灵魂得到救赎的一个机会。

资产阶级时代——饮食男女的精神价值

来到第三个阶段，情况又变得复杂起来，资产阶级革命来到了。资产阶级革命成功，推翻了贵族阶级，解放了农奴。"何为衣食"就变成另外一种形式，人人要为自己挣衣食了。但是这种挣衣食，又不像汉姆生的《拓荒记》那样朴素，只要把一张嘴糊住就行了，这时候的衣食已经多少带有奢侈品的意味了，就是《拓荒记》里说的，"超过我们的需要了"。人不只是有了生存需要，还有了欲望。这时候，"超过我们的需要"，有了奢侈品，人就又有了闲愁，但这个闲愁跟贵族的闲愁是不一样的，贵族的闲愁是虚无的，它跟物质一点关系也没有，而这儿就是跟物质有关系了。

特别可以说明的就是《包法利夫人》。我年轻的时候不太喜欢福楼拜的作品，我觉得福楼拜的东西太物质了，我当然会喜欢屠格涅夫的作品，喜欢《红楼梦》，不食人间烟火，完全务虚。但是现在年长以后，我觉得，福楼拜的小说真像机械钟表里的装置一样，严丝合缝，它的转动那么有效率。有时候小说真的很像钟表，好的境界就像科学，它嵌得那么好，很美观，你一眼看过去，它那么周密，如此平衡，而这种平衡会产生力度，会有效率。爱玛的梦是从什么开始的呢？当然她年轻的时候在教会学校里看了很多爱情小说，可事实上她成为人妻以后也开始平静下来。后来，她的丈夫带她参加一个侯爵的舞会——对于侯爵的房子，福楼拜有一句话也很有意味的，"城堡是意大利风格的新建筑"。然后在侯爵家里，爱玛大开眼界，建筑、服饰、美食、音乐，男人和女人偷情。一个晚上就这么飞快地过去，但是留给了她一个纪念品，一个绿绸缎面的雪茄烟盒。于是，她的爱情，她的Romantic，就都和物质联系在一起了。

我们在这些作品里又一次看到生计问题正面存在，它以另外一种解决的形态存在。首先他们都已经不存在生存问题了，他们都可以用力所能及的劳动去获得衣食，不像《拓荒记》里面需要去苦作。但是从另外一个方面来讲，他们必须自己工作，不能像贵族，可以完全不工作，他们得自己解决衣食。于是在解决衣食之外，无论能力还是需要，都有优裕，可做一些精神的功课。所以此时不是贵族在考虑精神价值，而是饮食男女在考虑精神价值。精神生活不再是务虚，而是务实。这就是资产阶级的时代，贵族这时候已经没有什么声息了，而换成另外一批角色，就是饮食男女在考虑精神的价值。

现代——欲念侵蚀下的精神领域

现在就到了第四个阶段，这是一个非常复杂的阶段，现代，这其实是我想要表达的一个终点站或者说目的地。到了现代这个阶段，物质、生计变得唾手可得，比较简单（我是指全球性的），但是需要每个人都劳动。如果你的物欲不是那么强，也可以做到像托尔斯泰笔下的人物那样，像《红楼梦》这样，比较专心地考虑精神层面的问题。可是，我觉得事情总是有连续性的，从饮食男女中走过来的人，不可能总是那么没有烟火气的。现代人也都在考虑"生"是什么，"死"是什么，"爱情"是什么，可是考虑的东西会越来越物质化，范围会越来越小，譬如纳博科夫的《洛丽塔》。《洛丽塔》中的亨伯特，你不能说他不痛苦，他的痛苦绝对是非常强烈的，他就在想一个简单的问题，什么是欲念？什么能够刺激欲念？在林黛玉那边，爱情是一个知己，你知道我，我知道你。到这边,就变成一个物质化的问题,欲念。因为"知己"也已经不缺乏,欲念的一般性解决也构不成问题,他要的是顶级欲念。所以他的问题应该是,什么是顶级欲念?"超过我们需要的东西"多到这样汹涌澎湃的地步,你说不要,它还拼命给你,它侵蚀了精神的领地。于是如何挣脱出来变成现代性的一个非常大的主题。生计的题目隐蔽起来,这造成一种假象,似乎我们又可以纯粹地面对精神问题了。事实上呢,我们已经是物化的人了。

当代中国小说中的生计问题

在这一阶段,我重点想谈我们中国的当代小说。现代性是如此之迫切,我们每人都是那么急于要走进现代性,如果走不进去,你就觉得在全球化这个空间里没有你的位置,你会被抛弃。那么,中国当代文学在现代性的追逼之下,如何来处理生计和精神的关系?这个关系,对读者来讲,他不需要了解那么多,但作为一个小说,它的合理性,会表现在它的表象上,由表象形成特征。

我主要谈三个作品,第一篇是苏童的《一个朋友在路上》,这是一个短篇小说。苏童的这个短篇,也可以作为我观点的一个佐证。小说写"我"大学里有一个同学,这个同学有很高的精神追求,研究萨特,研究海德格尔,研究种种的西方哲学思想、思潮,可他不工作,不劳动,开支的来源就是向同学借钱,他借钱已经借到别人看到他就绕路走了。毕业以后，他继续借钱，另外，他还会把他的朋友介绍到"我"这儿来吃住，这些朋友都是不事生产，专攻精神劳动的人，他们把生计问题一股脑儿交给"我"，于是，"我"也变成一个借债的人，别人看到"我"也要绕路走了。

第二个作品是王朔的小说《一半是火焰，一半是海水》。它由两个故事组成，我只说前一个故事。小说向我们描绘了一群现代人的生活，它描绘得非常好，从正面告诉我们，小说中的人们追求自由精神的时候，是怎样解决生计问题的，而解决生计问题又使得他们的追求怎么样的"变形"。这个故事，使我震动的是什么呢？那就是他们为那种背叛的生活所付出的代价。他们本来是追求精神的价值，但生计让他们支出的恰是精神的成本，他们的精神越来越走下坡路，越来越畸形，越来越龌龊。这篇小说比《一个朋友在路上》更加充分，它是一个中篇小说，更有容量，所以内容要结实得多。事实上他们的生计方式，已经规定了他们的精神生活的形态。

然后，我就想非常冒险地分析一个作品——棉棉的《啦啦啦》。这些作家是我很警惕，不敢轻易发言的。他们已经被这样规定好了形象和含义，必须要谨慎对待。我是想说，王朔毕竟还是我们这一代人，还是在考虑生计的问题，他还是要把生计问题解决好了，然后再开始谈其他，否则他心里面就好像放不下。到王朔以后的作家，我发现就很简单了，他们很快就把人的处境清理得干干净净，生计问题快速简单地处理掉，然后专攻精神生活。

《啦啦啦》的故事也是关于一男一女，不过更单纯了。女孩子应该叫"OTIS"，OTIS已经死亡了，是在她的初夜，故事就是从她的初夜开始的，从此以后这个名字再也没有出现过。这个女孩就是"我"，"我"和"赛宁"。故事在好几处强调，他们两个人的生活来源——看来这个问题总是逃不过的，你总是要有个交代——作者的交代很简单，爸爸妈妈给的，爸爸妈妈好像给了"他们"用之不尽的钱。看来，解决生计问题的最简单的方法就是遗产，一笔可以带过，然后让故事兀自进行。

"我"是个什么样的女孩子？很重要的一点，她是想弄懂生活是怎么回事的女孩。其实，寻求来，寻求去，都差不多，都是要搞清楚生活是什么，生是什么，死是什么，但是我们的出发点不同，生计的方式不同，所以才会有这么多不同的故事。那么，具体在她身上，问题是什么？一个是什么是高潮，一个是什么是爱。这个"爱"是到很后面才延伸出来的，但是我还是很欣慰她最后产生出什么是爱的问题。

赛宁这个人，身上好像有很多符号。首先，赛宁是个从小受过很多惊吓的男孩子，因为父母受了迫害。等到迫害结束以后，父母就离婚了，妈妈去了日本，爸爸去了英国，于是，他又是一个离异家庭的孩子。他跟了爸爸到英国，在英国学了音乐，做了音乐人，可能是一个吉他手。他是不大会说中文的，可是，他又特别地想唱中国歌，他总是写中国歌，唱中国歌。所以，他又有着身份认同的处境。受惊吓，家庭离异，英国，摇滚，不会说母语，一定要说母语，这些特征都和全球性质的现代化接上轨了。就是这么一个人，一个"英国病人"。

故事写得非常伤心，一种绝望的情绪笼罩首尾，令人泫然泪下。我觉得，作者对人物不能说没有认识，她有一句评语说到了要害处，她说，我们都有"恋物癖"，但是单凭一句话远不够说明问题。事实上，故事是在一个过于干净的环境进行的，干净到孤立。

这个"我"，有过几次，透露出她的社会关系。一是给她钱的爸爸，她的父亲在她的小说里出现过这么两次到三次。还有一次出现的社会环境，是她在戒毒所。她听到戒毒所里那些女的戒毒人员在齐声地没有感情地唱一首情歌。她感到很震撼，她说以后她无论做什么事情，一旦听到这首歌，都会把手里的事情放下来，把这首歌听完，它使她想到生活当中的这段经历。"我"的生活环境，有过这么一点点信息。而赛宁几乎是没有任何生动的细节，只有符号，赛宁是符号拼凑起来的人。

我说了那么多的话，归纳起来还是一句话，如果你不能把你的生计问题合理地解释清楚，你的所有的精神追求，无论是落后的也好，现代的也好，都不能说服我，我无法相信你告诉我的。

几片平凡的叶子

梁晓声

我认为,阅读乃人类古老,悠久而又良好的习惯。我们写作者是为人类这一习惯服务之人。我认为在人类全部可爱的状态中,阅读的状态是最为可爱的,也几乎是最静美的。无论男人还是女人,也无论哪一年龄阶段的人,只要他或她是在阅读着,那情形都是富有几分诗意的。我少年时曾看过一部苏联的卫国战争题材的电影,有这样几处镜头至今烙印在我的脑海里——前沿阵地的战壕一片异乎寻常的死寂,老兵紧握枪支,皆紧张地期待着冲锋号吹响。而一名年轻的士兵,却仍在聚精会神地看一本书……自然,他在冲锋中牺牲了。那一本书从他怀中掉在地上,书页在炸弹形成的气浪冲击下快速地翻动不止,像被大风吹的那样……

于是少年的我常想,那是什么人写的一本什么内容的书呢?它为什么就那般地吸引那名冲锋前的士兵呢?写成那么一本书的过程究竟要耗多少心血呢?作为写成了那么一本书的人,倘知一名士兵在战壕里,在牺牲前还读过他的书,他将多么感动啊!

这一记忆烙印,曾使少年的我认为文学是很神圣的。

如果诸位觉得那不过是电影里的镜头,那么我想告诉大家,我曾收到过数封偏僻而贫穷乡村中的孩子写给我的信——他们用工整的或歪扭的字,在信中写着向我要书的话。其中一个孩子如此写道:"叔叔,请寄给我们一些书吧。无论是你自己写的还是别人写的。要知道书对于我们这些买不起书的穷孩子,就像新衣服能使你们城里的孩子漂亮一样重要啊!"

那孩子的比喻使我深思。

关于这一点,湖南的作家谭谈一定比我有更深切的体会。因为他曾直接走到那样一些孩子之间,并随后向作家们发出了捐书的倡议。

我也收到了他的倡议信。

我认为书是足以使人有气质的事物。当然，人须读它。阅读能使男人变得较有修养，能使漂亮的女人更漂亮，能使不怎么漂亮的女人看上去也有几分漂亮。但这显然是一种由量变到质变的过程。一瓶"增白露"之类或许真的能使人的脸庞变得白皙一些，但读一本或几本书，却并不能使人有所谓的"书卷气质"。

诸位请细想想吧，在人类的诸种气质中，哪一种气质比书卷气质更可能使人与人之间感到平等呢？我的意思是说，世人分官职的大小，分身份的高低，分财富的多少，甚至，分运气的好坏，这都是无奈之事，忌妒也是白忌妒的事。但唯读书这件事，唯书卷之气质有无这件事，乃相比之下人最容易实现之事。

所以，我们是为人类的，具体说，是为我们这个民族的阅读习惯服务的人，未尝不是我们的幸运。

但是，读书并不专指读小说。

爱读书的人也并不一定非是爱读小说的人。

在当今这样一个文化空前繁荣，出版业空前发达的时代，我觉得，作家反而应越来越认为自己所从事的职业是平凡的。我甚至认为，文学也越来越是文化这一棵大树上几片平凡的叶子。此树新枝新叶渐多，此时代文化的季风经常，故而文学的叶子每有被另外的叶子遮掩的时候。但遮掩也不过就是一时的遮掩，并不意味着文学的叶子自行脱落了，更不意味文化之树再也不生长文学的叶子了。我分明看到——在另外的叶子的脉络中，依然呈现着文学的特殊意向。

都说网络使文学有了新的载体，但我们这样反问呢？网络如果没有了文学的介入，它还能算是一种文化的现象么？从小学到初中到高中的语文课本中，都不能没有文学的内容。倘没有了文学的内容，语文简直就不再是语文。每一所大学里都有学生们自发组成的形形色色的文学社。甚至，某些中学里也有。大约两年以前，我到中国音乐学院去听一场音乐会，发现告示板上写着："文学社的同学，请于……"

文学和其他的姐妹艺术，往往就是这样形影不离，亲密无间。

所以我想说，这一点从前是，现在是，将来也必然还是——我们作家的欣慰。

在一次关于文学，具体说是关于小说的话题会上，我曾提出"现在谁在看小说"的问题。我之所以提出这样的问题，乃因我接触过这样一些当代知识分子——他们是读书的，但他们极少看当代的中国小说；他们是具有相当高的文化修养和文化见解的，但他们的文化素质并非是由于看小说而形成的；不看小说确乎并不妨碍他们成为当代优秀的男人和女人。

我进而作了这样的比较——从一个世纪以前的历史追溯回

去，看小说是挺贵族的事情，谈小说是沙龙里的事情。一位贵妇人或一位中产阶级女性捧着一本小说看，就是一种有文化的明证。并且，毋庸置疑的是一种优雅。然而现在是有些不同了，大一大二的学生也许是最热衷的小说读者。他们在初中高中时因学业的压迫，几乎少有时间和精力看小说。我多次在档次不同的电梯里，发现负责操作电梯的姑娘在看我和我们的某几位同行的小说，包括我们中自视特高的同行的小说……我的话当即遭到气愤愤的反对。反对者认为我是在贬低小说。

我为什么要贬低小说呢？

我只不过指出我发觉的一种文学现象而已。

就像影视的艺术，提出现在谁进电影院，谁晚上盯着电视机看电视连续剧的问题，是绝不会影响了影视水平的提高的。退休的老汉们聚在一起哼唱几段京剧，也丝毫不妨碍我们视京剧为国粹。连负责操作电梯的姑娘都看我辈的小说了，恰证明这时代在文化方面进步到了多么可喜的程度。

或许有的同行会说——你梁晓声的小说才只配操作电梯的姑娘去读吧？！

被这么认为我也不会无地自容的。

我想，小说倘非在所谓文化精英们的阶层里，而在最广大的普通人中也是文化的粮食，那么不啻是实现了小说的一种功能吧。

我接着要提出的一个问题——文学被我们以平常心对待了以后,我们还怎么写?

这更是我现在经常对自己提的问题。

前不久我作为评委,参加了儿童少年电影"童牛奖"的评奖活动。其中一项是动画片评奖,分成年评委和小观众代表评委两组。我们成人组将优秀奖给予了上海美术电影制片厂出品的《宝莲灯》。因为它是我们的国产动画大片啊!就我看来,确乎是在艺术上很严谨的。然而小评委们却一致地将同样的奖项给予了另一部动画短片。那是一部人物形象极度夸张的漫画式动画短片,表现的是一位母亲总疑心自己的儿子在学校里出问题了,因而越看儿子的言行越忧心忡忡,而儿子却是特出色的学生。当然,这样的内容,很易获得还是学生的小评委的青睐。但如果以传统的画法来表现,能否获奖却也未必。那画法很"异类",我们成人评委觉得较难欣赏,而小评委们给奖的理由是它画法的"怪"和"新"。小评委们对《宝莲灯》的评价是"虽认真但是缺乏新意"。

我每寻思"时代的改变不以人的意志为转移"这句话,总觉得大概包含着这样一层意思——在不同的文化背景之下,一代新人若产生了,他们必然与我们不同,乃是不以我们的意志为转移的。

我们无法对此点视而不见。

若我们的文学一味迎合,则显出我们的文学其实没了主张;若我们的文学不分析他们的要求之中所包含的合理因素,则可能意味着我们的文学开始衰老了。

至于怎样搞好创作我有以下两点建议:一,文学的写作若能深深植根于自己所熟悉、有感情的一方水土,或一种领域,自然是好事。但若能在此前提之下,使自己的作家感觉和神经,如蒲公英的种子一样,随时代之风飘散,也看到另外地方的另一种现实,那么我以为则是更好的事了。

我是东北人。我的作家感情的脐带连着东北。东三省承受改革的必然压力,比之全国其他省份更大些。所以我看到了太多的沉重。有一段时期,我曾以我的东北感觉代替了我的中国感觉。渐渐的,竟形成了一种作家感觉的板结,以为东北怎样,中国便怎样。更以为放眼东北,就是了解中国了。我到过浙江的一个小县,即著名的社会学家费孝通老前辈去调研过的县。那里全县几乎没有了国有企业,其一切发展通过税收的方式取之于民,通过公益支出用之于民。公务人员丢掉铁饭碗,不叫"下岗",不叫"失业",而说成是"站起来"了,意味着一个人的活法更潇洒自由了。同是中国,情况如此不一样。作家倘能对自己所处的时代,具有较为全面较为准确的感觉,我认为在驾驭鸿篇巨"著"的当代文学时,笔下的现实图卷将尤为开阔。这不是我的什么经验之谈,而实在是我的自省之说。

二，广结其他领域的朋友，躬身请教。前一段时期，几位国内顶尖的经济学家，对某一经济现象展开了争鸣，作为一个作家的我，在与他们接触之间，向他们请教了经济学问题后，明白了这场争鸣的焦点。所以，我自认为，我比较能看清那一场争鸣。

这种明白，或自以为明白，对文学的写作也许没什么直接的意义，但对于作家思想范围的开阔，是有点意义的。

我主张当代作家不成为离开了文学就无法与其他人交流其他事情的人。

归根到底，人与世界的关系无非体现于三个方面：实用的关系，理念的关系，审美的关系。我认为一切的艺术，包括文学在内与人的关系，也无非体现于这三个方面。

实用的关系即文学对人的一般趣味性阅读习惯的服务；理念的关系即文学助人精神升华的服务；审美的关系即使人懂美、变美的服务。

无论在以上三方面的哪一方面，我们服务得好，总是会有好报的。

仍保持着阅读习惯的人也许确乎在减少，但必将永远存在。因为阅读的习惯存在于人类的基因之中。

在仍保持着阅读习惯的人中，也许尤爱读文学作品的人确乎在减少，但总归减少到一定程度就不再减少了。因为不能没有文学几乎等于不能没有文字,而对文字的最合乎人性的运用便是文学。

  我们因他们的存在而存在。

  文学因我们的存在而存在。

  他们因文学的存在而存在。

  文化之树,因我们共同的存在,而绿叶生生不息。

文学创作要"上天入地"

阿来

我以一个写作同行的身份,就中国正在进行的脱贫攻坚相关话题,和大家交换一些感受和想法。上午我们已经举行培训班开班礼,并请凉山州扶贫移民局的领导对凉山州州情,以及有关情况做了一个全面的介绍。这两三年,我到凉山州有七八次,四处走,四处看,四处学习,同时读一些书,有些想法和感受,不系统,但真实,跟大家交流一下。

脱贫攻坚是当下整个中国正在进行的伟大的社会实践，也是与全世界为改变整个人类的社会生存环境，建立一个平等幸福的命运共同体的诉求相一致的。

联合国有一个"千年计划"，其中一项重要内容与我们脱贫攻坚的内容是吻合的，只是他们将其称为"减贫计划"。记得前些年时任联合国秘书长潘基文访问中国时，就曾说要感谢中国，因为中国为实现联合国减贫目标做出了巨大贡献。联合国的减贫计划，也有一个多少年减少多少贫困人口的目标，但国际形势动荡不定、错综复杂，实行起来有很多困难。但中国社会安定，政府又有多年一贯的明晰的政策措施，投入巨大的社会资源，释放社会制度的巨大力量，脱贫人口数量占了联合国减贫计划的一半以上。这还是几年以前的事。此后，这个进程不断加速，脱贫人口数量不断增加。而且是以千万计、百万计的数量来实现的。到明年，我国目前正在实施的三年脱贫攻坚计划告一段落时，所有贫困地区和贫困人口要实现"两不愁三保障"的目标，使这些地区和全国其他地区一起步入小康社会。

为什么我要从这样一个地方讲起？

因为我们许多人，我们这些以写作为事业的人，很多时候在一般性的文学理论的引导下，或者说是在我们对一般性的文学理论缺乏真正理解的时候，在考虑文学如何处理社会运动，在政治与经济生活发生巨大变化时,文学应该采用什么样的姿态来因应、采用什么样的立场来书写等等方面,都有一些模糊不清的认识。

私下里,我也听到一些同行谈论这些问题。但一些人持有的态度,我认为是比较消极的,对这样一个正在全社会上下轰轰烈烈展开的促进社会公平,促进生产发展的社会实践,很多时候,不能站在国家民族,以至世界大局的角度来理解其意义,看不到这样一个全世界都共同努力的目标,更看不到,在全世界很多地方,有了这样的目标却因为各种条件的限制而难以有效实现时,中国借四十年改革之功,心怀民族复兴之梦,凭借全方面的动员力量,凭借几十年经济高速发展而带来的高度自信,凭借攻坚克难的信心与勇气,正在推进的是一项前无古人的伟大社会实践,正所谓"好风凭借力,送我上青云"。在古人诗中,那只是关乎个人命运,但今天,这个好风,是时代性的,这个"我"是大我,是命运共同体的全部。

但我们很多人从来看不到这个大势,只是看到一些局部,看局部就会看到比较多的困难,更因为自己缺少正确的认知,缺少激情,因而看不到我们国家的信心,看不到投身脱贫攻坚一线的广大干部为克服这些困难所付出的巨大的努力。本来,作家这个群体应该对时代的变化最敏锐,对促使社会进步的变革最能投入巨大的热情。而现在,我们对当下社会正在发生的巨大变革常常持一种漠然的态度，甚至认为这种漠然与消极是文化人应保持的与现实某种必要的疏离；文学好像是另外一种存在，写一些春花秋月、个人恩怨，我们就觉得它是纯粹的文学，所以很多文学成了一种空洞的、软弱的、麻木的、无病呻吟的东西，我们这些写作者也成了游离于巨大变革和主流生活之外的一个群体。这是一种不正常的状况。这当然也是一种文学理念，实践下来也有一些堪称精妙的作品。例如在我们四川，唐末五代十国的时候，围绕着后蜀国的小宫廷，出过一批精于词作的词人，他们的作品汇集起来，合成一部词集，至今流传，叫《花间集》，因此这个写作团体也得到了一个"花间派"的命名。"金锁重门荒苑静，绮窗愁对秋空。翠华一去寂无踪。玉楼歌吹，声断已随风。"古人把这种闲愁叫作宫怨。美则美矣，但想想唐末五代，宋统一之前，战乱频仍，百姓流离失所、饥寒交迫，文学家自己也过得未必舒心，却一味摹写宫廷中女人的相思与闲愁，便已脱离时代，也脱离文学的本体。虽然从纯文学的角度来看，这些创作还是有一些革命性的，那就是促使后来盛行于宋朝的词这一新文体，通过不断的实验初步成熟。而今天，我们这些写作人，在纯文学的意义上既无这种革命性、创新力，在书写内容上又与现实生活严重脱离，那的确就有应该反省之处了。

在四川省委省政府的领导下，在各界人士的关注和支持下，四川省作家协会开始了一个计划，即大家都知道的"万千百十"工程。四川是全国脱贫攻坚的重点省份，凉山更是重中之重，我们的意思就是要用我们的作品来反映今天中国这样一个举世皆无、功在万民的伟大社会实践。这个计划开展两年多了，也得到了一些可喜的成果，造成了一定的社会影响。但我个人依然有些忧虑。我们这样一个计划还有一年就结束了，我们还能创作些什么样的作品？四川是脱贫攻坚工作最艰巨，范围最广泛，干部群众和社会各界投入了最多精力，创造了很多新办法，总结出很多新经验，并取得了巨大成就的省份，那么我们创作的与之相关的作品，在深度、广度上能否与之相匹配，这是值得我们每个参与到这个计划的作家同行们必须向自己提出的一个问题。目前的情形和这个目标恐怕还有相当大的距离。

"文章合为时而著"，但是我们的写作和这个"时"还有一定差距。

首先是我们的热情不够。对当下的生活，对社会的热情，对我们自身创作的热情不够。其次是认知上的问题。对于认知问题，我想了四个字，叫作"上天入地"。"天"是什么意思？这样一个社会实践、这样一个伟大的社会运动，我们怎样认识它？这既关系到理论，也关系到实践，更关系到我们对文学跟社会现实、文学跟人生等基本关系的认知与处理。所以这个认知首先是理论问题。也就是说，在深入生活的同时，要先解决理论上的认知问题。比如，一些同行仅仅把"脱贫攻坚"当作在中国当下发生的短暂的政府行为，认为就像另外一些政府为解决一些局部问题而采取的举措一样，两三年风头一过，就过去了，就偃旗息鼓了。我们要知道，在人类发展历程中，但凡一个国家、一个民族、一个社会、一种文化要发展，要革新，要面对现代性的挑战，克服自身的局限，追求强盛，那不同地区的共同进步，全体人民的共同富裕就成了必由之路。如此得来的繁荣是真繁荣，如此达到的强大是真强大。这是一个认知前提。如果连这个基本认知都没有，那就是一个大问题。

中国近代以来，至少从晚清以来，我们很多政治家，很多知识分子就有一种理想：要努力改造社会，使得国强民富。"五四"以来各种反封建、反帝国主义、反专制独裁等运动，目的是什么？就是开民智识，增民财富，使民幸福。所以，像鲁迅、胡适这些文化精英更多是在智识层面来传播新的观念，表达新的思想，以期重新塑造中国人的灵魂。另外，也有一些知识分子，他们从一开始就已经认识到：中国发展最根本要解决的是农民的问题，农村的问题，农业的问题。今天的经济学界将其称为"三农问题"。如果没有"三农问题"的解决，中国的发展、进步、强盛就仅仅是在某些领域，比如军事上造出一些更有威力的武器来保障和平，建设很多像上海、深圳这样的金融和科技力量强大的城市，这当然也是一种进步，但这不是全面的进步与发展。

早在二十世纪二三十年代，中国就有一些知识分子有了这样的认知。中国知识分子有一个传统叫作"知行合一"。明白了道理就要行动，而不是天天坐而论道。今天我们很多从事文学工作的人往往"知而不行"，这个包括我本人在内。我们明白一些道理，但并不打算付诸行动，把这样一种认知传播给别人，不打算用我们的行动去帮助和支持另一些人。社会的进步当然需要个人的觉醒，但更需要的是群体的共同进步。我们在某些方面的知识累积，可能比一个农民、工人多一些，但是我们并没有意识到这样的文化差距应该用什么样的行动去弥补。

这让我想起一个四川老乡晏阳初先生。

晏阳初先生是我们四川巴中人，出生在一个小知识分子家庭。他的父亲是在私塾里给别人教四书五经的教书匠。晚清到民国是一个思想碰撞的时代，不管是资产阶级的思想，还是共产主义的思想都进入到封闭了几千年的中国。很多知识分子也意识到了这些思想比我们中国固有的观念更适合人类的进步和发展，更关心社会的共同进步与平等。所以这样一个乡下的私塾先生就把他的儿子晏阳初送到了国外学习。晏阳初在美国、欧洲等地上过大学，取得了博士学位。回国时，他发了个誓：

不当学者，不当官。那他要做什么呢？他说他要做平民教育。他认识到中国的问题在于民智未开启，民智不发达，而社会改革需要民智的开启，民智的发达。今天，我们在大凉山做扶贫攻坚，不论是各级政府干部，还是投身其中的各种社会组织的人，感到一些群众缺少积极性，叫作"内生动力不足"。其根本原因，还是教育不发达造成的认知局限。

"内生动力不足"，最根本的就是一个智识问题。没有充分发育为现代社会中的人，对生活品质的认知，对财富的认知，对人的生存发展权的认知不足。

为什么？都说凉山的社会是一个"一步跨千年"的社会，那千年前的社会是个什么样的社会？这一步跨过来，到底有多么艰难？没有对这个问题产生同情之理解，可能就得不到正确的认知。凉山最大的问题，就是教育问题。许多年前的中国，面临的是同样的问题。所以，晏阳初先生回国时说他要搞平民教育，不当学者就是不到大学当教授，不到研究所里做研究员，也不当官。

在二十世纪二十年代的中国，对一个有着丰富海外留学经历的洋博士来说，这是很了不起的。开初，他在湖南办平民教育，动员社会力量办农民夜校，办识字班。

凉山搞"脱贫攻坚",在教育方面投入很大,各级义务制教育的加强性措施不谈,一村一幼,举办农民夜校,为辍学的学生开办特殊班级,都是前所未有的力度空前的举措。就我所知,我们大多数人对这些举措并不了解,有人甚至会认为这是一种形式主义的东西,如果我们连这一点敏感与认知都没有,怎么可能写出好作品?孔子之所以伟大,因为他提倡"有教无类",任何人都应该有得到教育的机会。在我眼中,孔子首先是一个伟大的教育家。我们不是学汉语的吗?不是孔子的传人吗?那为什么看到这样的事情毫无反应?看到一朵花就抒发一点愁绪,结果连这种花叫什么名字都叫不出来。海德格尔说事物不能称名,叫不出它的名字,等于这个事物不存在。从这个意义上讲,"感时花溅泪",感从何来,泪又从何而来?因为没有摸着天。我在这里所说的"天"其实是一种常识,一种理性认识,一种历代积累下来成为文化传统,前人的实践和他们积累的道德文章构成的一种高度。近代以来的知识分子,比如梁启超这样的先知先觉者,就提出"天下大同",这个大同的基础是什么,均等教育,共同富裕,一个都不落下。这是大同的基础,建立命运共同体的基础。我们的"天",其实是从政治家,到知识分子,到社会精英的共同认知。我们要有所成就,如果连这个人类共识都没有,天当然就够不着,就没有高度。可以说,没有高度,深度与广度也无从达成。没有这个认知,对现实当中发生的事情的特别之处自然不敏感。在大范围展开的脱贫攻坚实践中，个别地方自然会存在官僚主义和形式主义的问题，但从根本上说，这些举措是有意义的，更多的工作是有成效的，值得我们认真对待。

很多时候，我们老是批评别的行业有形式主义的问题，但我以为，创作界的形式主义可能更为严重。今天的一些同行，我称之为采风作家，像参加一个旅游团一样参加一个采风团，打个旗子，一群人一天跑三个四个五个点回来，完了写篇小文章。这样不行。这样怎么可能写出惊天动地的大文章？之前，主办方说我们这次会议结束后，还有两天采风活动。我说就别采这个风了，既然大家是决定要来书写脱贫攻坚的，会开完大家就各自背着包下去，到各自要写的地方去。大家下去，和书写的对象在一起生活工作，不要只是旁观，要参与。短则几天，长则半月、一月都可以。别像一群鸟飞到这儿又飞到那儿。那能得到什么？采风是帮助大家了解一下面上的事情，接下来的深入体察要靠自己来完成。脱贫攻坚的实际工作中，干部要改作风，群众要改观念，我们能不能也改一改啊？改一改吧，不改不行了。

很多时候，我们老是抱怨自己被边缘化了，但如果我们一直在边缘书写，而不曾涉笔于这个时代的主流，那也就只好被边缘化了。

我们希望自己的劳动成果能够得到社会尊重,但我们真的付出不够,对社会变化的敏锐程度不够。

今天进行的脱贫攻坚看起来是个崭新的社会实践,但历史地看,就可以看到近代以来好几代中国的有志之士对此都有过思考与实践。只是这种思考还不是共识,这种实践还不够普遍。晏阳初先生当年就在其社会实践中认识到,中国农村的问题,仅仅办平民教育还不够,真要改变农村,使农民克服那四个毛病——贫、愚、弱、私,需要进行的,用今天的话讲,是一个庞大的社会改造的综合性治理工程。农民在识字明理之外,需要改变生活习惯,改变生产组织方式,学会合作共赢,需要改进生产技术,提高产品质量。他也真的展开了实践,但那时内战频仍,加上后来的全民抗战,这种社会实践只能在小范围内进行。今天,正在全国、全四川省、全凉山州进行的脱贫攻坚工程,并不止是让老百姓增加收入那么简单。从政策层面讲,叫"两不愁三保障"。"两不愁"是不愁吃和不愁穿。"三保障",一是义务教育的保障,这个义务教育在凉山还增加了新内容,往前延展,就是一村一幼,村里的孩子到幼儿园学习普通话,学习良好的生活习惯。就有一些文化人担心了:呀,那不是破坏了当地的文化。这么讲是不对的。普通话是全中国人共同交流的语言，不学会这个，怎么跟这个国家内部的人深入交流？你的孩子学英文时为什么你没有这个焦虑？少数民族学个全中国人的共同语言，你这个焦虑就来了？说了普通话就不能学彝文彝语了？二是基本医疗的保障，这个大家不反对不忧虑吧？三保障里面在凉山最重要的一个是住房安全的保障。大家去过那些旧村庄，看到那些人畜混居的土坯房，各种条件都很差，但我读《昭觉县志》，发现在二十世纪九十年代，政府就已经在乡村普遍进行过一轮住房改造了。那些土坯房已经是改造过一回的面貌了。新村的建设，一是解决了安全问题，二是解决了卫生问题，三是把人从难以生存发展的地方，迁移到了适合生存发展的地方。这个大家不反对吧？知所从来，才知所去。要看到，今天的精准扶贫，脱贫攻坚，其实是一个国家文明进程的更深广层次上的努力。

在凉山，以彝族等少数民族同胞为主体的深度贫困地区，还有一个历史形成的文化问题，也就是前面说的智识问题。

关于这个问题的认知，我建议大家读一读彝族史诗，比如《勒俄特依》。

这部史诗，从上古写起，写到后来，已经包含相当沉痛的近现代史的经验了。这部迁徙史上的大部分地名，还能和现在的一一对上。我们如果愿意深入了解这些，得到的不只是一点历史文化知识，而是可以借此触摸到一个民族的心灵，借此进入他们的情感世界，也才能对凉山这片土地、这片土地上的人有更深的了解。了解历史是为了懂得为何有现在这样的现实情况。历史学家们常说的一句话，叫作"同情之理解"，或"理解之同情"，就是这个意思。那我们是不是做过这样的功课？有没有试图建立这样的认知？我看大多数时候没有，不但没有，还带着一点文化的优越感。看到落后，看到他们对现代性的某种近乎本能的抗拒，而看不到背后更深沉的原因，当然也就看不到今天脱贫攻坚这个社会实践的必要性，看不到这个社会实践的伟大之处。

于是，我们去采风，老听见负面的东西，看不见正面消息，看不见脱贫攻坚过程中有着建设性意义的人和事，甚至有观点认为，管这些自私愚昧落后的人干什么。我们看到正确的事却得出错误的结论。帮扶不是施予，是为了命运共同体的共同进步。

晏阳初先生在湖南结束了他的平民教育后，决定继续到乡村去，不仅办学校，办夜校，还要针对前述四个字做更多具体的事。

二十世纪二三十年代，不仅是晏阳初先生一个人，还有一些中国知识分子到农村，与农民一起从事中国新乡村建设实验。中华人民共和国成立后，特别是中国社会经过四十年的改革开放，已经发生了巨大改变，但许多偏远的地方，智识不开启，生产不发达，社会发育不健全这种情况还存在。于是，发达地方的人会产生一种优越感，我们有些作家也会有些优越感，到了偏远地区就以文明人、上等人的姿态出现，没有同情，没有把这些地方的人当作命运共同体中的成员的平等意识。这也是我们写不好文章的一个原因。为什么文章老写不好？因为缺乏基本的情怀，你连平等意识都没有。你不就是兜里面比人家多几千块钱人民币？不就是你每天早上刷了牙、晚上还刷，而他们还要人去教他们学会刷牙讲卫生？凭这个你就觉得自己是上等人？我们经常说平等，平等。"平等"不仅是一种观念，也是写入宪法的。我们在定义中华人民共和国是一个什么性质国家的时候，说得很清楚：中国是一个各民族平等的多民族国家。这是中国历史上从盘古开天地以来从未有过的。

大家了解中国的时候，不知道有没有读过宪法？有没有看到过这句话，"宅兹中国"？我们常讲文学现场，我们在现场吗？人虽然在现场，但意识不在，心不在。在一个小天地里，自外于社会。

晏阳初先生后来去了河北，开展乡村建设实验。对于贫，晏阳初先生说我们要进行"生计教育"。生计包含很多方面，其一是生产技术方面要提高。中国农业有几千年历史，说我们文化多么源远流长，那当然没有问题。但问题是为什么几千年了,还没有一点变化呢?插秧的时候还是得把裤腿挽起来,光着腿下去。稻子成熟了,还是得背一个木桶到地里去割。生产力没有提高,生产技术没有革新,长是长矣,旧而已矣。古代人可以维持,但是今天我们人口在增加。人口增加就意味着土地人均面积在减少,这就要求土地的单位面积需要增加产量。增加产量,全世界有什么途径呢?改良品种,提高生产技术。所以解决生计教育就从这里开始。

生计教育不光是生产技术提升,品种更新换代,还有生产组织方式的革新。新中国成立以来,我们国家在农村进行了很多组织方式的实践:互助组、合作社、人民公社等。任何社会实践都有成功与失败两种可能。搞人民公社,我们是交了高昂学费的。从理论上讲,人民公社没有什么不对的,但超越了老百姓的认知水平和道德水平,"一大二公",没有考虑到老百姓的觉悟水平,失败了。但农村要和整个国家一起实现现代化,农业生产要实现现代化,最终还得组织起来。现在也有很多尝试,各种合作社,公司加农户,土地流转,往公司化经营方向发展。去欧洲、去美国看看,哪一家农民还只守着一亩三分地就能过日子啊。他们不就是把大量的土地集中起来,用最先进的方式进行生产和管理吗?只是中国的人民公社在实践上操之过急了:第一,超越了老百姓的道德水平;第二,超越了当时的生产水平。其实,那是一个有伟大动机的时代。现在,中国农村也开始慢慢地采取集约化的方式，把土地集中起来进行生产，某种程度上可以说是殊途同归。所以生计教育是解决生产技术问题，更重要的是解决农业生产组织方式问题。

先实现工业化的国家，英国、法国、美国，他们的农业还是像我们这样耕作吗？那不行，要变，只不过我们要因地制宜、因势利导，不能超越社会发展水平，不能超越老百姓的觉悟水平太多。

那个时候，晏阳初先生他们就是启发农民，帮助农民组织各种合作社，提高生产技术。

晏阳初先生他们还在农村搞智识教育。要搞生计教育，就先要让农民能够接受新的东西，农民的观念要开放。白天他们要和农民一起劳动，晚上还要给农民上课，传播新的思想、新的智识。只有把农民的封建、愚昧、保守的思想破除掉，他们才能接受新的思想、新的生产方式、新的组织方式。在见到新的事物、新的生产技术的时候，他们才能够理解，能够操作。

还有卫生教育。今天，天天刷牙的人到凉山来了，说："你看，他们还不会刷牙。"几代人以前，汉族老祖宗也不会刷牙。晏阳初先生他们下乡，就教农民这些东西。要生产，就要解决健康问题。一方面，我们要去看医生，预防疾病，治疗疾病。要获得更强健的体魄，很多与卫生习惯有关，但首先是与卫生条件有关。这个条件又与居住条件、生产方式有关系。我们中国的社会正在整体改变，农村也在整体改变着，只是这个文明进程跟城市相比，跟发达地区的农村相比，要慢一点。我们去了解脱贫攻坚，到了一个村，只知道他们人均年收入多少钱这一个标准。要是这样，事情倒简单了，政府直接把钱发给农民就行了。今天我们的政府，从中央到地方，脱贫攻坚花掉的钱，远远高于我们要达到的增收指标。若是不修路、不通电、不改变居住条件、不办教育、不办卫生、不禁毒防艾，我相信给一个家庭每年发个五万十万，扶贫的钱还用不完。如果仅仅是一个经济指标，费那么大劲干什么？——改造社会，改造农村。

相对来说，脱贫达标是相对容易的，改造社会，也就是改造人，提升人的素质，这个更难。晏阳初先生他们当初遇到的最大困难今天还存在，即人的"私"，自私。我的东西不给你；你给我好处，我就要；不给，我就叫唤，这是一点。第二，这个"私"也使得人和人不能有效率地组织与合作。不要说农民有私心，难道我们这些文化人就没有？天天这个不满意，那个不舒服，很多时候就是这个私心没有得到满足嘛。我们卫生习惯比农民好，钱比农民多，这是真的，但私心这一点，我们未必就比农民高尚。

克服私心，才能合作，才能克服只顾眼前蝇头小利，没有长远发展眼光的问题。这些话，晏阳初先生给农民讲，也给与他一起进行新乡村建设实验的人讲。他说：我们不要以为我们只是教育农民，不要以为农民只是向我们学习，同时也是我们在向农民学习。农民有农民的智慧。

孔子有一个很好的思想：反求诸己。就是你看到一个人的毛病的时候，你能从他身上反思自身的毛病。他是我们的一面镜子，反求诸己，以为镜鉴，从这面镜子里照见我们。农民的自私都是摆在明面上的，一是一，二是二，是没有多少心眼儿的。

"私"也是共通的人性的一部分，在脱贫攻坚过程中，从一线的干部群众，还有志愿者那里都能得到很多例证。就人性来说，这不是新问题，都是老文章。只是表现形式有变化，具体内容有不同。

今天我们脱贫攻坚有很多方法，有创新，也有继承。我认为其中就包含了晏阳初先生他们的经验。比如合作社这种方式也是晏阳初先生他们实行过的。当然不是像二十世纪五十年代那样把一个村的人全部组织起来，而是更灵活，更强调自我意愿。一个村有几家人有纺织专长，就把他们组织起来，成立一个纺织合作社。这有个好处：大家可以一起切磋，相互提高，一起生产、进步。产品达到一定的数量，有了稳定的质量，就可以持续地对外销售。所谓品牌、营销，就是这个东西。一家一户的生产，无法对市场提供持续的产品，是谈不上营销的。这个问题，大家可以看看费孝通先生的《江村经济》。合作带来的规模化的生产就可以有稳定的质量，进而形成某种标准。

卖农产品要有什么标准？当然要有，苹果、石榴、草莓，都要有标准。什么样的颜色，什么样的个头，什么样的成熟度，这是外在的标准。还有内在的可以检测的指标：氨基酸、维生素、糖等等。工业时代一来，标准成了一个要命的东西。中国今天的农业就是缺少标准，也没办法标准化。为什么？一家一户，产量少，技术含量低，品质不稳定。解决这个问题的方式就是合作化、公司化。

费孝通先生写《江村经济》的时候，中国乡村传统的手工业百业凋敝，主要原因就是受到外来标准化的工业产品的冲击。这样的问题中国遇到了，印度也遇到过。我们中国的丝织业最发达的时候，印度的棉织业最发达。同样是在外国纺织商品的冲击下，机器生产的冲击下，乡村手工业经济破产。今天，乡村基本没有手工业了。

今天乡村的困难，就是传统的种植业养殖业也面临着来自国际农产品的挑战。一家一户，小面积的生产，比起发达国家的集约化农业来，技术含量低，管理水平低，生产成本高，更谈不上营销这回事。

今天，我们要书写乡村巨变的现实，不能只从文学开始，到文学结束，需要学习各个相关学科的知识。

不能成为专家，但必须具备一些常识，从另外的学科学到一些发现问题、解剖问题的方法。在理论上加强自己，这就是"天"。知识经验是"天"，现实体验是"地"。作家必须有"上天入地"的功夫。理论是人类对世界认知所达到的最高层面。我们常说"站在巨人的肩膀上"，就是站在前人总结出来的理论高度上。也许我们学有不逮，不能一下就站上巨人的肩膀，但我们搭一个小板凳，尽量伸伸手，摸一摸这个"天"，总会是有些好处的，总会得到一些启发，总会使我们观察现实时有更多的角度，使我们的笔触比过去更深入。如果不看"天"，也没有接近这个"天"的努力与愿望，要写出好的文学是不可能的。有时，我们老说现实比文学更复杂，这个情况当然是存在的。但更可悲的一个现实是，我们的作品总是低于我们书写的对象。文学本来要带我们去一个大世界，为什么我们反倒会被文学圈禁在一个小世界里，这个问题值得认真思考。比如要写一个平凡的英雄，生活不够，浮光掠影，写不出那种平凡；自己都没有一点英雄主义的情怀，又怎么写出英雄主义的光辉。

文学要与世界对话。与全世界对话，不是自说自诩，更不是梦话，发高烧喝大了说胡话。我们任何一个人都生活在交会点上。横向叫作空间，纵向叫作时间。纵向，我们讲晏阳初，讲费孝通，直到今天以举国之力施行的脱贫攻坚与乡村振兴，这是从历史到现实；讲强盛我们的乡村，使我们的国土变得美丽的愿望，这几代人的中国梦，今天终于得以实现。横向，我们看那些先发展起来的国家，比如美国，也比较那些发展水平与我们相差不多的国家，比如印度。当然，我们从外国文学的阅读中，得到过一些处理新现实的经验，但这到底是比较间接的，我们可以越过文学，从历史学，从人类学，从经济学等方面学到更直接的东西。

在这一点上，其实中国作家写作是占一定便宜的。我们自己称中国是"发展中国家"，世界上也叫"后发展国家"。谁是"前发展国家"？欧美啊，因为他们先完成的工业革命，他们也完成了农村的重新组织与建设。工业革命意味着要把传统的农业经济打碎重组，今天的中国农村正在经历这样的历史性转变。

脱贫攻坚是历史性的课题，我们视野要开阔一些。这不仅是一村一户的事情，没有交通行不行？肯定不行。没有稳定的电力行不行？还有办学校，办医院，建立完善的多层级的医疗卫生体系，这些也不是农民自己能解决的。谁来办？政府来办，社会力量也参与进来，企业也参与进来。这一来就牵扯到许多实施主体，不仅仅是几个驻村干部和一村一户的老百姓之间的事情。这些要不要写？要不要关注？当然要写，要关注。

还有一个更大的背景，全球化。全球化不是开玩笑的，不能说一个企业没有开展外贸业务，就不用理会全球化。不能说我们在自己村里种玉米,水是当地的水,生的虫子也是当地的虫子,跟全球化有什么相干。如果只是像一百年前,种出来就是自己吃饱,吃不完再酿点酒喝,当然没有关系。但今天农民的产品很多要出现在市场上,那就有关系了。玉米价格高低,跟国际市场有关系。今年雷波橙子的价钱高低,与美国橙子的价钱有关系。盐源苹果价格好不好,也跟美国苹果价格有关系。今天中国大部分农产品价格都跟国际市场有一定的关系。

今天的中国农村,连丰收的概念都变了。过去丰收很简单,去年一亩地产苦荞二百公斤,今年产了二百五十公斤,就算是丰收了。但是过去很少交易,只是自给自足。现在你一亩地还是产二百五十公斤,但是市场价格每斤降了两毛钱,你说是丰收了,还是歉收了?所以丰收的概念变了。这关系到市场定价,而这个市场定价不是由昭觉或西昌的市场来定,而是由全国全世界的市场来定的。所以现在没有自外于世界的人。这个叫作全球化。

现在做文学,也涉及越来越复杂的现实的方方面面,我们老是把自己限制在一个很狭隘的空间,一个纯艺术的空间,这不行,写不出来伟大的作品。任何一个伟大作家的作品都关涉了很广阔很深刻的社会现实。如美国作家斯坦贝克1962年获得诺贝尔奖,他是"二战"时的战地记者,写战争通讯颇为有名,然后转向农村,开始写美国中西部的农场经济。那时候美国的市场就不是一个自闭的市场，而是面向国际的市场。他们遇到天灾，产量减少，更要命的是那时美国农业遇到了全国性的经济衰退，棉花等农产品价格大幅下挫，这个价格波动比因旱灾少收棉花的影响更厉害。而且，美国的农业变成以农场生产为主的规模化农业后，农场主一定会向银行贷款，要买机具，买肥料，雇佣工人，等来年收成时再还。于是，许多农场主还不起债，面临破产。旱灾是天灾，价格波动是什么灾？农场主还不起债，只好抵押，抵押拖拉机，拖拉机不够，那就只好抵押土地和房子了。斯坦贝克写的是这个东西。

　　当然，当下的中国农业还不是发达国家那种状况，但农业发展的方向是往大致相同的方向走的。因为在一些方面，发生这样变化的条件已经出现了。这就是大量的农村人口进入城市，有些农村严重空心化，一些土地没人耕作，或者青壮年劳动力在城市打工，剩下一些老年人，使土地没得到精细的耕作。一些发达的农村，像成都周边，多年前就开始实行土地流转了。办法是把分散在一家一户的零星土地集中起来，交由种田大户或公司去经营。去年，省作协也组织了几天活动，去阿坝九寨沟县农村采风，那里有一个乡，全乡的土地都流转到一个能人成立的公司了，进行规模化、集约化的生产，同时还搞起了乡村旅游。回来后，大家都写了些文章，我以为有人会关注到这个情况，来写一写，可惜没有人写。那个九寨沟的老板请我们参观了他的葡萄酒庄、羊肚菌生产基地，请我们品尝了自产的各种有机食品。但是大家都没有写，还是写了一些乡愁啊，湖光山色一类老套的文字。

所以我很多时候不愿意去采风，大部队浩浩荡荡，人家热情介绍，盛情招待，结果我们对最有意义、最有价值的东西无感，下次再去采风会不会不好意思啊？！反正我是不敢再去了。我这样说，话可能有点重，但我相信，如果写脱贫攻坚也是这样的作风，所到之处干部群众背后说我们的话肯定比这重得多。

孔子编《诗经》时倡导"温柔敦厚"的诗教，我们说起话来也这样，总是客气，我也想当一个文雅的人，但有时有些事确实令人窝火，叫人温良不起来。

我们回顾晏阳初先生对农村的认识与实践，对照今天的现实，发现那些东西依然有现实意义，有借鉴价值。

乡村振兴与脱贫攻坚是中国当下伟大的社会实践。脱贫攻坚完成之后，这个成果得到进一步巩固，这里的老百姓和全国人民一起步入小康：经济条件改善，文化进步，社会繁荣。我们不感到鼓舞，为此没有一点激情涌动。这不行。会后，我和几个作家交流，大家也感到光靠采风不行。那样可以了解一些面上的情况，但发现了线索，就应该有人留下来，扎下去。我不怕别人比我写得好，我希望别人都比我写得好，这样四川文学繁荣的局面就真正到来了。我们四川文学界对四川人民就有交代了。

我还想讲一个外国人在凉山的故事。

这是临时想起来的，觉得跟观察凉山的现实有些关系，那就说一说。凉山的同志可能比较熟悉这个外国人，因为他写过一本书。那本书是关于民国年间甘洛县境内的彝人土司岭光电的，书名就叫《彝人首领》。这个人叫顾彼得，俄国人。苏联革命后，母亲带他流亡到上海，到中国时，他才十几岁。抗日战争爆发时，有同情中国的外国援华组织援助中国，方式是帮助中国内地，特别是西部地区搞"工业合作社"，其实就是把中国城乡零散的手工业者组织起来，搞各种手工行业的合作社，用这种方法来提高生产能力。大家看，那个时代对华友好的外国人也认为，要解决中国积贫积弱的问题，要从基层社会提高组织能力开始，从改进与提高生产技术开始。这样的认知，所采取的方法，我们是不是在今天的脱贫攻坚这个世纪工程中也看到了？顾彼得就受雇于这个援华组织，到中国西部工作。先到的地方是康定，但他的种种努力却受到地方保守势力的阻碍，得不到当时西康省政府的支持，但他也不肯闲着，四处考察民情风俗。他从康定出发，冒险犯难，进入那时就是国民政府的军队也很难进入的封闭的凉山地区，了解彝族的历史文化。在甘洛，顾彼得遇到了岭光电这个上过黄埔军校的彝族土司。岭光电的家乡各个方面是如此封闭落后，而作为一个接触了先进文明的人，这个土司在他的管辖范围内，在条件十分不利的情况下，坚持办学校，引入先进文化，力图以此来改变家乡的面貌。顾彼得因此写了一本书，记叙那时彝族社会的普遍状况，特别着墨于岭光电这个人与他所做的带着新气象、新视野的那些进步的事情。

后来，顾彼得到了丽江，在那里一住九年，他做了一些促进手工业者合作的事，把铁匠们组织起来，成立合作社，把从事纺织的纳西族妇女组织起来，成立纺织合作社。整个抗战时期，一个外国人，就一直待在那里，后来还写了一本关于丽江的书：《被遗忘的王国》。

一个外国人，为什么肯冒险犯难，到中国偏僻落后的西部做这样的事情？好多人说，外国人好奇心重嘛。那我们为什么对这个世界没有好奇心？一个写作者，为什么对这个世界没有深入了解的愿望，没有将自己融入人民生活中的愿望？我看顾彼得这样的人，还有着很深的人文情怀。没有这个，他不会干成他所干的那些事情。他就带着好奇心，一路走过去，到了甘洛，发现了一个彝人土司，居然上过黄埔军校，然后回到家乡办教育，希望改变这个社会。他为这件事感到很兴奋，以至于为此写下了那本《彝人首领》，流传至今。在彝族这样一个社会发展几乎停滞的封闭社会，内部自生了一个新人，当然令人兴奋。

从此可以明白一个道理：社会进步、文明生活是人类普遍的追求。这样的追求过去也时常发生，只是社会制度不行，国力不行，不能普遍开展。今天，中国的制度与国力的强盛提供了这种可能，才有以举国之力推进全面建设小康社会的伟大的系统工程，而面对这样的现实，为什么我们却兴奋不起来，没有热情？

前面说了，顾彼得在偏僻闭塞的丽江一待九年，今天我们下个乡，看一看脱贫攻坚如何展开，却只是一去几天。

这样的外国人还有。有个美国人，中文名叫阳早，康奈尔大学农牧专业毕业，为支持中国革命，1946年到中国来工作。一到中国就去了延安，帮助中国老百姓改革农具，提高畜牧业技术。他的妻子，也是美国人，中文名叫寒春。寒春是核物理学家，是"二战"期间少数几个参加了"曼哈顿计划"的女科学家。"曼哈顿计划"是什么？就是这个计划，使得美国人率先在全世界制造出了原子弹。但这个女人，后来放弃核物理研究，来到中国，改弦更张，和阳早一起跑到陕北定远县指导农民饲养奶牛。这两个人后来一辈子都在中国生活工作。他们两口子来到中国陕北养牛。有人说养牛多简单啊！是的，要是我们按照古老的方式养牛是简单，但是我们如果想让牛多产奶，多产肉，多产毛，还要减少放牧过程中对自然植被的破坏，那就不那么简单了。多少年来，我们把中国的问题都当作简单的问题，祖先怎么干我们就怎么干。祖先怎么种玉米、土豆的，我们就怎么种，结果生产力停滞不前，生产组织方式没有创新。

今天在中国轰轰烈烈展开的脱贫攻坚这样一个伟大的社会实践，有些人认为这是喜欢搞事的政府"一阵风来，一阵风去"。但只要我们稍微涉猎一点前述那些历史事实，就会发现，这样的努力一直在历史内部发生。所以，今天的脱贫攻坚的思想是有来源的，这个来源就是建立文明社会的愿望，建立人人都有均等发展机会的愿望。现在，全世界有一个共识：一个贫富不均的，发展不均等的社会也是一个不安全的社会。不安全是现实存在的。发展不太好的地方，有人就会想为什么偏偏是我过不好？今天我们看世界上那些动乱的地方是社会公正的地方吗？是社会发展充分、健全的地方吗？是每个人的教育权、生存权都得到高度重视的地方吗？不是。有关国际组织有一个关于援助的定义：援助不是出于我们慷慨的施予，不是施恩于人，而是人类为了共同安全而建立公正社会的一种努力。我们这些写作者，深入基层，深入贫困乡村时，那些表情，那些跟人说话的方式，透露出来的往往也不是一个作家应该具有的，不是出于深刻的人文情怀，而像是一种自我满足的心灵自慰。

在地域广大，人口众多的中国，在经济与文化都有层层级差的中国，如何看待发展不平衡问题，光靠一点小敏感、小同情心是远远不够的。

首先就需要我们自己先建立正确的认知,向历史学习,向现实学习。和中国许多地方一样,今天凉山州也是一个不同地方差异很大的地区。在西昌下飞机、下火车,一眼看见土地肥沃的安宁河谷,看见几十万人口的现代化的西昌城,看见美丽的邛海,我都不敢相信这里是脱贫攻坚重点地区。我认识西昌的市委书记,他几次自豪地对我说:我们是四川唯一的百强县。过去双流等地方也是全国百强县,现在都成为成都市的某个区了。于是就凸显了西昌,它的财政收入,它的资源禀赋,它厚重的文化积淀,大家有目共睹。但大家从西昌往东一小时车程,一进山,随着海拔升高,情况就变化了。

现在我们要入地了。

入地的方式,一是深入体察现实,一是获取地方性知识。

我到一个地方,当地的主人会问有什么要求。了解我的朋友知道,我第一个要求就是看当地的县志、政协的文史资料。昭觉、布拖、美姑、金阳、会理、西昌,这段时间我就读了这么多当地材料。昭觉的政协主席来找我,我开口就问他要政协的文史资料,他就送来了,一大包七八本,当晚我就开读。为什么?因为到了一个地方,对这里的族群怎么来怎么去,当地的文化怎么形成,必须先有了解。有一回来西昌,我请一个当地朋友喝酒,主要是想和了解当地历史掌故的人聊天。

这位朋友有点不安，怎么你外地来的请我喝酒，我要把家里藏的茅台送你。我对他说比茅台更好的东西就是史料。结果，他的茅台保住了，史料却到了我的手上。我们只有这样，才能跟当地干部群众说得上话，说得上推心置腹的话。说实话，因为我们很多书写得肤浅与片面，当地干部群众很多时候对记者、作家之类的人是提防的，轻易不会向你敞开心扉。说了，也是场面上应付外来人的话，不要以为老百姓就不会说套话官话，他们也会。

我们下去一看，说彝家新村哪个房子还不够好，我读了《昭觉县志》才知道，那个房子已经是十几年前政府帮助改造过的，以前就更简陋了。只是那时政府财力有限，建的都是土坯房，十几年风吹雨淋下来，就显得破败了，但当时也是进步的，起码把人畜混居的情形改变了，房屋的布局上也把日常起居、睡觉、储藏等功能区分开来了。不了解历史的人又有话说了：太落后了，太野蛮了，人跟牛和猪住在一起。你不了解新中国成立前凉山的社会，内有家支（也就是家族）时常爆发的械斗，外有地方军阀的虎视眈眈，不安全。所以，让猪和牛跟人住在一起，才感到安全。猪和牛也许是这一家人仅有的财产。由此也可以看出，对政府而言，脱贫攻坚是一贯的工作重心，只是过去可能没有用这样一个名号。自改革开放以来，政府改善农民生存条件，进行基础设施建设，提高生产技术的努力一直没有停止。并非像一些人认为的,之前政府什么事情都没有做,突然来了一个三年"脱贫攻坚"。

而且,今天的脱贫攻坚远非单纯的经济收入指标,而是一个全方位的社会建设的系统工程。我们采风团不是经常在乡里村里看展板吗?如果仔细看,也能看出名堂来。上个月我来凉山,去了趟彝海结盟那个海子边。海子边那个村子就叫彝海村。村里竖了一块牌子,写着村规民约:十要十不要。记不全了,但当时我站在那里看了好一阵子:要遵纪守法,要履行义务,要男女平等,要抛弃陋习,要搞好卫生,要劳动致富等等。内容很丰富,不只是提高收入这么简单。其中哪一条是能够轻松实现的?再继续深入,了解到更多东西。这个村的脱贫任务是由省里一家企业来承担的。几个年轻干部很有干劲,这个村靠着一个那么漂亮的湖,周围还有很好的森林草地,于是,他们就把帮扶重点放在了旅游上。企业援建了游客接待中心,整治了道路,整治了村容村貌,结合农民住房改造,家家户户搞民宿。怎么搞?老百姓刚搬进新房子,首先遇到的问题是卫生都搞不好,尤其是搞不到可以接待城里来的游客那样的程度,服务水平也跟不上。农民自己都没有过过那种到处旅游的日子,他怎么能给游客提供合格的服务?公司帮忙,公司派出的年轻人带着他们干,在网上替他们招揽游客,把全村农户多余的可以提供给游客的房间统一管理起来,让村民跟着学习怎么做卫生,怎么接待客人,怎么做餐饮。那几个年轻人请我吃了一顿饭,都是他们利用当地食材创造发明的一些新做法,不是一盘烤土豆,一盘坨坨肉端上桌子了事。他们在色、香、味和形上都下了功夫。他们先学,会了教给村民。一直到村民可以独立经营民宿,有能力提供吃住行的服务了,再放手让他们独立经营。这是冕宁县。在布拖县,一家医药企业在那里扶贫,这是个私营企业,却成立了专门的扶贫部门。他们在当地村子里种植地道药材,发放种子,培训农民种植和粗加工技术,进行产品回收。一个产品成功了,再推广另一个产品。农民文化程度低,理解力也差,加上过去习惯于粗放耕作,技术太复杂,他们就学不会,也不太想学。他们就先易后难。我去那天,医药企业正在推广一种新的需要更复杂技术的新品种——一种叫"续断"的中药材。这种药材以前都是野生的,公司先通过技术研发,将其驯化成功,摸索出一套种植和粗加工技术,再教给农民,分散到各农户去种植。我去那天,烈日当空,几十个村民坐在地头,由干部带着,听技术员现场讲授、示范种植技术,一遍又一遍,不厌其烦。一个村这样子搞几年,才慢慢形成气候,形成规模,收到成效。这些东西,走马观花是感受不到的。那些扶贫干部也是从城里下来的,也是上过大学,有很好工作的,人家两年三年地干,我们三天跑十个点,凭一两个小时的介绍参观就想理解他们,我看难。

尤其是情感，没有情感上的真正转变，你就无法和脱贫攻坚的干部群众打成一片。而这个转变，要靠端正对当地的历史文化认识来完成。

这个地区，脱贫攻坚如此有难度，为什么？读读历史，看看现实，一下就清楚明白了。

从凉山回到成都，我把二十世纪三十年代民国时期的老杂志翻出来，从里头看凉山当时的情况。抗战时期，从四川划出去一部分地方，新建立了一个西康省。这个省分为三个地区，一个是以藏区的康定为中心的康属，一个是以雅安市为中心的雅属，再就是以西昌为中心的包括整个凉山地区，叫宁属。那时，为建政的需要，也有学者在彝族地区做了些考察研究。当时有一个杂志叫《川边季刊》，里面就有发表当时的考察报告。我没有找到关于昭觉、布拖的报告，但找到了相邻的马边、峨边等地的报告。读这些报告，我就感到历史的帷幕慢慢拉开。民国时期，是所谓"边政"，也即少数民族地区治理最混乱的时期。在大小凉山，当地汉文史料中记载的就只有彝民作乱，某个家支召集了数百上千人，杀出山来，抢掠财物与人。抢人去干什么，充为奴隶。然后，政府就发兵报复性征讨。进行征讨的，其实都是些当地实力派军阀割据力量，只不过是假政府名义罢了。所行之事，也无非是杀戮抢掠。这其实不是以长治久安为计，只是以某集团的利益为旨归挟私报复罢了。在此之前，至少在清朝的皇权衰落之前，这里的社会还是比较安定的。不同地区之间，有着正常的交往，在经济上互通有无。政府还在彝区开采铜矿，铸造钱币。彝族社会内部，还是以清廷委任的土司统治。但晚清以后，政府控制力日渐衰弱，清廷委任的土司影响力也被家支的控制力取代。凉山今天的情形，也有历史的影响。不深入调查研究，只是面对一些片面的印象，妄下判断，不是负责的态度。一个国家，经济与文化全面平衡发展，才是长治久安之计。

大家都多少知道一点的陈寅恪与钱穆，他们有两个观点我是赞同的，一个是关于夷夏分别，他们不认为夷夏之分是纯粹基于血缘的族群的分别，而是文化的分别。

社会发展程度不同，就造成文化的落差。今天正在这片土地开展的世纪工程，正在努力缩小这个落差。他们还不约而同说到同一个理念，即不论是研究历史还是文化，就是同一意思的两句话：同情之理解，理解之同情。有了这个态度，我们才能共同努力处理好这个差异。我没有生活在民国时代，也没有生活在上海、北京、广州等地，但就我生活的四川西部少数民族地方来看，民国时代可以说是历史上最糟糕、最黑暗的时期之一。那时战争频繁，生产停滞。整个彝族部落四处流动迁移。现在知道为什么房子盖得那么简陋了吧？动乱年代，你今年在此居住，明年还能不能在这里居住生产？不知道。

中国文明的特点,就是安土重迁,西周的青铜器上刻着"宅兹中国"这样的字句。"宅"就是住在房子里,房子在这里我们就永远在这里,很少有人喜欢三天两头的搬家。

但看有关彝族文化的典籍,其中最多的内容就是迁徙。前面说过彝族史诗《勒俄特依》,还有他们的《指路经》,都特别有意思。这样的书说什么?人死了,祭师告诉灵魂怎么回到故乡,给灵魂指路。这个人不是死在自己土地上,死在自己家里的吗,怎么还要告诉灵魂回家的路?因为原先不在这里,那个老家,那个故乡在另外的地方。灵魂回家的路,就是家支在动乱时世中不断迁徙经过的路。这条路,他们始终牢记在心,一个个地方,有什么样的地理特征,会面临什么自然与人为的风险,都写得清清楚楚,这就是迁徙留下的深刻记忆。那是寻找一个太平的居住地的过程,那个目的地叫"兹兹蒲吾"。找到没有?没有找到。所以,他们还是希望族人死后的灵魂能够回到族群的发祥地,那是真正的故乡。

我们来到这片土地上,与这样的族群相遇,却与他们如此丰富的文化资源擦肩而过,我觉得很遗憾。

这些古老典籍里包含了丰富的知识,都是我们所不具备的知识。从中我们可以窥探到历史与现实之间那种复杂的关系。

如果要理解彝族动荡迁徙的历史，有一个文本更为直接，那就是前面引述过的史诗《勒俄特依》。它讲述了开天辟地的神话，彝族人家支的起源及后来的繁衍与流布。前面也说到，我本人最感兴趣的一章是《寻找住地》，寻找兹兹蒲吾。如果说其他篇章讲的是彝族古代时期的历史，那么我个人认为寻找兹兹蒲吾这一章讲的是彝族近代的迁徙史，或者说，是在一部古代史诗中加入了很多近代以来的经验。史诗一开始就说，站在明厅山，望见了雷波。现在雷波是好地方还是坏地方？好啊！那为什么不住在这里呢？因为这里是有人坐监狱的地方，有人看书的地方，有酒吃的地方，女人要说汉话的地方，能干的人要当权的地方。用现在的话讲，恰恰就是现代性显现的地方。

什么是"现代性"？国家出现了。国家一出现，就有法治，监狱正是宣示政治权威与法治的标志性存在。有监狱就说明要讲法制了。从我们开会这个地方，上山去，几百米，就有一座凉山奴隶制博物馆，里面反映的情况，不是两千年前，而是几十年前凉山彝族社会的真实情形。在那里，关于社会治理，会频繁出现一个概念：习惯法。这是和成文法相对应的。社会没有成文法，只有习惯法，不是完善的法治社会。有正规监狱，就意味着这里在施行成文法。可是他们的意识没达到这个程度，于是，逃避。

还有看书。这不是教育吗？但这个社会大多数人不看书，不识字。需要的时候，毕摩（彝族专门替人礼赞、祈祷、祭祀的祭司）唱诵，人们听听就可以了。都要看书？那还了得。于是，逃避。

酒是可以帮助人们逃避的。大家研究一下世界史，从殖民时代开始，酒就成为一些民族的巨大考验。相对原始的民族，喝不喝酒？也喝。但限于酿造技术，度数没有那么高。外来文化带了烈性酒来。大家看看印第安人消亡的历史，最厉害的不是白人军队的枪，而是酒。墨西哥、南美等国家和地区的烈性酒是西班牙人带去的，当然还有传染病。今天彝族人这么爱酒，在史诗里却怕酒，这也是一个值得我们深思的问题。

《勒俄特依》是一本古老的书，但我相信这个文本在不断传唱时，传唱者一定会把面临现代性挑战的感受加进去。难道读到这里的时候，我们就没有钱穆先生所说的"理解之同情，同情之理解"吗？

一个民族自身难以完成社会进化，就采取逃避现代性的策略。

在中国古代，二百年前、五百年前，少数民族总是处于不断退却、逃避的过程中。虽然表面上很强悍，退无可退了，在国家力量衰弱时，比如民国年间，他们便骑马带刀，出山抢财产、抢人，但大部分时候是守势，退守的，根本上还是逃避与退守的生存策略，他们一直希望找到一个能够用自给自足的方式安定下来的地方，不与外界发生冲突的地方。这样的地方，他们觉得是一个桃花源似的地方。他们的要求也不高，屋后山坡可以放羊就行，屋前的沼泽可以放猪就行，中间村落是孩子玩耍的地方、妇女闲谈的地方。你说他们对生活品质没有要求，难道这不就是对生活品质的要求吗？

今天要追求各民族共同进步。脱贫攻坚，民族不分大小，地域不问西东，全中国各个地区共同进入小康社会。先达到小康水平的地区与人民来帮助尚未达到小康的地区与人民。这样的事情伟大不伟大？我看非常伟大，而且这不是说说而已。中国抓脱贫攻坚多少年了？这一回是精准扶贫，又是为期三年。多少人在为此日夜操劳，从中南海到每一个村落，多少人殚精竭虑，甚至有人献出了自己的生命。相较而言，我们这些写作人，无论是认识水平，还是投入这项伟大世纪工程的热情都远远不够。没有下大决心，花大力气。

去年我去布拖，给一个朋友发短信说：从我实地观感中认识的布拖妇女，好像和诗里、画里的布拖妇女不太一样。因为诗里画里的全是过节时打扮漂亮的布拖妇女。但大部分时候，她们没有过节，我看到的她们是在集市上，用生产的东西换一点小钱；我看到她们在玉米地里、荞麦地里劳动；我看到她们背着小孩在四处张望。我们写有关少数民族题材的东西，容易把写作对象风情化、浪漫化、异域化，这是萨义德批评过的东方主义，这个要警惕。用这种方法写脱贫攻坚行吗？风情化、浪漫化、异域化的笔法遮盖了生活艰难而真实的一面。

要真实反映脱贫攻坚这个伟大历程，需要我们把这些驾轻就熟的东西放下，本着现实主义的精神，客观地打量，深入地体察。

我相信只有这样，才能写出够分量的作品，使我们的作品具有批评家布鲁姆所说的那种"认知的力量"。这是他为伟大的文学定下的三个标准之一。我们会发现，这样做了，对我们自身也是一种提升。文学作品不光是用来影响他人的，好的文学作品的创作，对写作者自己也是一次教育，一次认知能力的提升。不要总认为我们是去施恩于人的，这也是一个我们自己学习受教的过程。这是我从几十年写作生涯中得出的一个经验。每写一本书，对我而言，都是一次认识领域的拓展，都是自己向生活，向历史，向人民学习的一次机会。为了写作一本尚未完成的书，这三四年中我已经来凉山十几次了，从当地历史的学习开始，从向当地干部群众学习开始。

今天讲写作者如何"上天入地"，讲我们每个人都在某一时空的交会点上。这个交会点，正是时代潮流激荡的地方，是我们个人的生命体验与国家民族命运发生连接的地方。我们的心胸要向时代潮流敞开。我们不能"躲进小楼成一统"。鲁迅先生当年写下这样的诗句是愤激之语,他的写作并没有采取逃避时代的态度。而了解一个时代,首先需要相当多的知识储备,更需要持续的激情。

写作这件事,跟天分有些关系,但最重要的不是这个东西。其实,我讲的这些东西,都是常识。但今天很多常识性的东西,我们没有真正去了解,没有去实践,甚至把自己处于悬置状态。老百姓的话叫"上不沾天,下不着地"。我们的知识储备不够,认知水平就会低下。"上不沾天",这个不能光靠天分,不能坐等灵感降临啊。谁能生下来不学习,就成为马克思啊?马克思本人也不行。这个知识储备分两个部分,比较重要的是公共的部分,比如今天讲的脱贫减贫是全世界的共同目标。讲乡村振兴,脱贫攻坚必要性的认知实践早就有了,晏阳初先生只是其中一个代表,我们还说到外国友人也来帮助我们做这样的事情,顾彼得、阳早、寒春都是。所不同者,中国不是减贫,而是以举国之力消灭贫困。要这样做,其中还关涉到一些更专业的知识,不掌握怎么能行?"下不着地",过去说"生活气息不浓,现实感不强",现在说"接地气"。有人说我不也是下乡了吗?我们都下乡了,但为什么别人看到的你看不到?别人感动处你不感动?只能说深入得不够,说明我们的深入生活还是形式主义。

刚才我提到西周青铜器上的铭文"宅兹中国"。安居乐业，一直是中国人的共同梦想。这个理想有多少年了？今天，这个理想终于可以在中国大地上普遍实现，我们怎么能够无动于衷？对于落后地区，国家投入巨大关怀，投入巨大的智力和财力，那么多干部群众艰苦奋斗，这个场景不够伟大？这个变迁不是历史性的变迁？

大家看正在建设的彝民新村。有一天新村建好了，老百姓搬进去，这件事情还没有完，因为他们还需要学习在新的条件下展开新生活，这就要移风易俗。过去一个火塘，一片泥巴地，厕所也很简陋，现在铺上瓷砖，铺上水泥地了，还有了冲水厕所，生活习惯上就要讲究了。下地回来，先得把脚上身上弄干净，不然瓷砖地上就要留下脏脚印。地里劳动一天，已经很劳累了，回来还要搞卫生，把自己搞干净，麻烦。这习惯不是一天两天就能改过来的。以前，随地大小便，也有好处，自然分解。现在水冲厕所，家里是干净了，却又污染了水源，这个怎么处理？看，新问题接踵而来。生产上，加入合作社，就要学会和人合作，怎么合作，也是新问题。生产出来的农产品要面向市场，就有标准了，标准就意味着提高技术含量，祖祖辈辈种地的人发现自己不会种地了，要向城里下来的技术人员和专家学习了，这是不是新问题？我们的人下去，好多人思维简单，脱离实际，希望看到一劳永逸的解决方案，世界上没有这样的方案。于是我们看到问题，看到困难，就悲观，这样的情况我也看过很多。

在一个村，火塘改成火炉了，我到一户人家中去，发现那个炉子安装都没安装对，怎么办？帮他纠正过来。人类就是在不断克服新的困难的过程中得到进步的。我们写作就没有困难？只要想更上一层楼，就会有新的困难。没有意识到困难，说明你已经停步不前了。"苟日新，日日新"，克服困难，就是量变到质变，这种质变正在我们眼前发生。这话是毛泽东主席说的。

全球化时代，没有任何一个民族，任何一个人还可以安居于一种自给自足的状态，而是要不断因应时代的变化，取得进步。没有人永远安居在桃花源。没有为因应这个变化而付出努力，兹兹蒲吾这样的地方也永远只能是一个梦想之地。今天彝族人民居住的土地，随着时代进步，都变成了有法律的地方，有学校教育的地方；女人和男人不但讲汉语，还要讲英文、法文的地方；提倡喝酒适量的地方；推举能干的人掌权的地方；从逃避现代性，到迎接现代性的地方。

彝族是崇拜火的民族，今天，正是一个民族，一个古老文化浴时代之火而重生的伟大时刻，我希望我们在座这些人中，有人能够为这些时刻留下时代的证言！

（本文系阿来于2019年4月11日在四川省作协西昌深入脱贫攻坚第一线培训会上的讲话。）

格非

文学的危机和可能

日本有个重要的学者叫柄谷行人,我们请他来清华做讲座时,他重申了他在《日本现代文学的起源》一书前言中的基本观点:文学正在遭遇空前的危机,而同时希望也恰恰就在危机当中。对这样一种危机的状况进行反思,当然可以有不同的角度和出发点。对我来说,我比较感兴趣的是,文学在过去的一两百年中到底扮演了何种角色?

现代主义反思

托多罗夫出版过一本书,叫作《文学的危殆》。该书对整个现代主义文学运动进行了回顾:文学的危机恰恰是在近现代不断的文学变革中出现的。李陀先生在许多年前也在《漫话纯文学》中,对现代主义在中国的实践进行了重要的反思,可惜的是,他的许多重要观点并未引起足够的重视。现代主义不仅仅是一个叙事学或修辞学革命,用布努埃尔的话来说,现代主义本身就是一种带有强烈政治意图的意识形态。比如说,法国的超现实主义运动一度还爆发了街垒战。众所周知,法国的结构主义的产生与1968年的学生运动关系密切。甚至,按照伊格尔顿的描述,整个二十世纪的西方文学理论变革的背后,都有一个清晰的社会政治和文化的意图伦理。简单来说,文学理论也可以被看成是某种政治理论的替代物。只是到了二十世纪七八十年代,学界才开始逐渐意识到,通过语言学的变革来解决一切问题的尝试,至多不过是某种慰藉而已。但是,文学却被永远地改变了。我觉得,我们过去过多借助于文学的历史进程必然会造成许多复杂的后果。当今文学的危机在一定程度上也与这样一个进程有关。

当然,现代性在欧洲发端,并波及世界各地,这一过程本身也很值得研究。就中国而言,由于启蒙和救亡的现实压力,现代文学的发生和发展，一方面将文学的作用大大提升，但同时也使得文学的功能狭窄化了。就小说而言，过去的传统的叙事文类因其"街谈巷议、残丛小语"遭到长时间的忽视，可是到了近代，小说的兴衰却突然和民族的命运联系在了一起。关于这一点，我们只要看看梁启超《论小说与群治的关系》一文的表述即可大致了解。但是，文学的变革的动机，在中国和西方完全是两回事。

文学的科学化及其后果

这个状况是怎么造成的？

我们来简单看看西方文学的发展。"文学"这个概念进入学院研究，是在十八世纪以后。我们今天谈论的十九世纪文学巅峰，是人类历史上的绝无仅有的特例，以前没有过，我想今后恐怕也不会有。问题是，为什么文学会突然在这个时候变得如此重要呢？

过去的大学，有语文学科，但没有文学。在相当长的历史进程中，文学一直是一种秘传的经验。文学不仅不能成为一个严格的学科，而且并不存在知识上的科学性。我们谈论文学，往往是经验主义的印象式描述，而解释权仅仅掌握在极少部分人手中。也可以这么说，文学是一种神秘的知识。可是随着资本主义的发展，随着启蒙运动的展开，文学的功能被重新发现：作为社会认同的一个重要的安慰剂和黏合剂。

社会产生的巨变，对每个人都构成了很深的威胁。在这个重要的关节点上，文学发挥了重要作用。从《鲁滨孙漂流记》到《包法利夫人》，我们可以清楚地看到这个社会是怎么演变过来的。前者的乐观情绪一目了然，可是，福楼拜描绘的十九世纪的那个世界就已经很可怕了。福楼拜怎么写包法利夫人呢，他觉得这个社会已经没有任何浪漫可言。资本主义的生产机制，是不允许浪漫的。资产阶级已经张开血盆大口，毫不留情地吞噬着那些被历史的车轮甩出来的人。到皮兰德娄、荒诞派戏剧、加缪，文学与社会变化的内在紧张关系更为明显。

当然，我们也可以从文学理论和文学研究方面来回顾这一变化。从俄国形式主义开始，一直到后结构主义，西方文学理论一直致力于文学的科学化。这种科学化也可以被理解为一种"解神秘化"，我们习以为常的所有概念都遭到了全方位的质疑，比如经验、主体性、自我、个人、作者等等。这一发展进程，尤其是叙事学的产生和演变，固然有形式主义的嫌疑，但其背后的政治动机和社会批判意识也不难识别。即如俄国形式主义的代表人物什克洛夫斯基，其"陌生化"理论主要针对的是社会的"代数化""自动化"所导致的主体性丧失。另外，文学的科学化过程与学院体制的知识生产也有深刻的互动关系。当然，文学在当前的学院格局中的地位也早已今非昔比。

问题是，科学化的后果相对于实践者的初衷却构成了悖论和反讽。正如有学者指出的那样，我们为了研究人的血液循环系统，最终却不得不把人杀死。

第一，本来我们借助于文学是为了反对僵化，反对生活的无意义，是希望给机械的社会提供某种安慰或情感，可是科学化造成了新的机械和僵化。

第二，文学的科学化是为了破除神秘，希望通过科学化对它进行祛魅和解密，可是今天文学重新变成了一种更大的神秘。举例来说，如果你不读理论，不了解日益复杂化的形式和技巧，你根本不知道作家和学者在说什么。要指望人人都能像雅各布森那样来解读文学，本身就是一个神话。某种意义上，文学已经成为少部分人的文字游戏。

第三，对社会现实的干预。二十世纪，很多人把政治化的想法全部放入文学理论。我个人认为文学既不像他们说的那么重要，也不是说不重要。你把很多它根本不能承担的任务一定要它来承担，就导致了泛政治化。忽略文学的力量固然有问题，但过高估计它的力量同样有问题。我们套用维特根斯坦的话来说，文学理论所留下的基本上是一个原样的世界。

第四，文学变革也是对主体性的强调和呼吁，结果这种强调却导致主体性全面的丧失。因为不论是从现代主义文学实践，还是从文学科学化的理论成果来看，人的主体性根本上就是一个幻觉。

作者的立场

文学的科学化所强调的多元化，在今天也越来越有相对主义的嫌疑。用本雅明的话说，当今的作者对人对己都无所指教。这就带来了一个小说叙事表达的新问题，就是"什么是小说的作者"。我在上海的一次会议上说了一句很极端的话：现在中国的小说没有作者，有的只是叙事者。大家都在五花八门地变化方式来写作，大家都很客气，都很理性，价值判断都很暧昧，也都很符合科学化的要求。

在这种状况下，很多人觉得写作好像就是不同的叙事修辞展示。鲁迅文学院让我到作家班去讲课，讲讲小说叙事。我看了一部分同行们的作品以后非常吃惊。他们的技术和技巧看上去已经非常好了，可以说让人眼花缭乱。但这里也有一些误区。我们似乎走到了另一个极端，过于追求所谓的客观化，过于追求观点立场的不偏不倚，我们似乎忘记了歌德的忠告：一个作家如果没有勇气和担当，就谈不上任何才华。

不过，话说回来，作者的简单介入的确有问题。作家过于信赖自己的主观经验和意图，也确实值得警惕。比如《安娜·卡列尼娜》,大家都知道作者是托尔斯泰,但是叙事者是谁呢?不知道。很多非中文系的人就会说,作者不就是叙事者吗?但是我可以告诉诸位,两者确实不一样。托尔斯泰在写《安娜·卡列尼娜》的时候,有自己的思想偏见。他是一个东正教信徒,对文明观念、家庭观念都有自己的看法。像安娜这样的人,其实他是很厌恶的。但是托尔斯泰毕竟是一个伟大的作家,在写的过程中,他就在不断思考安娜到底有没有她存在的合理性,从而修正了自己的局限和偏见。

一个文本有两种意图,一个是作家想要告诉我们的意图,还有一个是作品本身实际反映出来的意图,这两个意图是不一致的,而且现代西方叙事学认为后者更加伟大,作者不值一提。后来,昆德拉把这个说法更加具体化,他认为小说中有一个伟大的声音,作家要倾听写作中伟大的声音。我觉得这个说法是正确的,但它被西方理论提到一个高度以后,就会带来新的误解。罗兰·巴特有一个著名的观点,就是"作家已死",这个说法同样带来了一个很大的误会,认为所有的东西都在文本本身,作者很次要。我们甚至会误以为作者根本不重要,作家的经验、修养和境界通通不重要。这样的理解是根本错误的。因为写作的目的就是为了交流,不管作家本人如何"客观",交流的"意向性"一开始就是包含在其中的,对于这一点,作者本来无须避讳。

二十世纪八十年代时，很多人主张要把纯文学和大众文学的界限消弭掉，他们质疑为什么要搞精英文学、现代派，认为搞精英文学是不对的，应该向通俗文学学习，要把小说写得通俗易懂，小说就应该大众化。

但我们今天再来反思这个问题，有一点必须看到，中国所谓的精英文学本来就是发育不良的，或者说在二十世纪八十年代根本就没有建立起来。现在经过市场化的洗礼，忽然就丧失了立场，似乎所有的界限都消除了，所有电影和文学都在提示我们这个社会很堕落。问题是我们还需要文学干什么呢？加缪说过，做一个好的作家，难道就是把世界要没落这个消息告诉读者就行了吗？难道作者不需要起码的意向性的立场吗？有些作家退得比预想中更厉害，不少作家退到完全为了版税、印数而写作，而在道德上认为理所当然。

另外，什么是大众？这个问题需要仔细分析。大众在一部分人那里主要是指的那些没有话语权的无产阶级、不识字的农民，而在另一部分人那里，指的是我们当今社会占主导地位的、已经控制了相当多媒体的一个群体。他们拥有相当大的话语权力，希望人为地把这个社会引入他们提倡的发展道路上去。如果不把这区分开来，笼统地讨论大众和精英，是没有什么意义的。

我们讲了这么多的问题，讲到了文学为什么会变得那样重要，而为什么又回到了相对次要的地位，以及对作者这个问题的思考。这个思考是从我个人感兴趣的历史脉络出发，跟大家做的一个梳理，当然也有某种现实的考虑。我觉得我们今天的人都不敢说话，也不敢承担。随时可以退后，随时可以放弃。这背后固然有个人的勇气问题，但也有理论或者认识上的偏差。

说到底，文学本来是一个需要特别的洞见和警觉的事业。今天这种警觉力当然更为重要，因为我们今天遇到的问题的复杂程度是过去没法想象的，做一个好的作者和读者都一样。近现代以来，不论是文学的内部还是外部，都进行了一系列充分的实践，这是我们不得不接受的历史遗存。不管我们愿不愿意，我们已经无法简单地回到从前。除了时间性的纵向梳理之外，还需要从不同的文化空间的差异性的角度进行细致的考察。而我个人认为，后者也许更为重要。

文学的"求经之路"

迟子建

十一长假期间，我在家里看了一部电影，是霍建起导演的《大唐玄奘》，玄奘走过的路是一条"取经之路"。当时我就想，其实文学也是一条"取经之路"，尤其对于我这样写了三十多年的作家来说。每个作家走过的路都是个人的经验，我曾说过，文学经验有点像一次性消费的纸巾，可能我的经验不会对别人有用，但如果我的文学的求经路上的一些心得，可以给学子们点滴的启示，我都觉得愉快。那么今天我就尝试着讲一下文学的"一人一经"。我将从五个方面来阐述,简要回顾我的写作之路,或者说我的文学的"求经之路"。

大自然与命运感

你们学地理的应该知道,整个大兴安岭相当于一个奥地利国土的面积,据说如果按新加坡的面积计算,有一百三十五个新加坡大。这么大的面积,大自然真是太壮阔了。现在大兴安岭全境也不过五十万人口,人在那里太渺小了。所以小的时候在小镇上遇到生人的时候,会有一种不安感。因为人在那里是少数族类,而动植物是多数族类,像林木等等。

我是冬天出生的,冬天有一项活儿,是我特别恐惧的,就是一到放了寒假,就得去拉烧柴。因为冬天很冷,需要大量烧柴取暖。那时没有燃煤,我们烧的柴火就来自山上。那时拉烧柴的工具有两种,一个是手推车,一个是雪爬犁。一到寒假,每天的第一要务,不管刮风还是下雪——零下四十摄氏度你也要进山,就是父亲带着我们去拉烧柴。我前一段时间给一家评论刊物写了一个创作谈,标题叫《小说的丛林》,其中谈到这个细节。那个时候小,十一二岁跟着上山去拉烧柴的时候,有一种风干的树木,由于被雷击或者是病虫害,时间久了它就站着枯死了,我们叫它"站干"。那时也是要保护树木的,鲜树是不允许采伐作为烧柴的,"站干"就是我们的主要采伐对象。父亲放倒这些"站干"后,十来岁的我们就要从密林深处,扛着"站干"往雪路上走,因为那是手推车停放的地方,你要把烧柴集中在那儿。从家里去山上要走很远的路,我看见过一条"狗"很多次,我说:"这是谁家的狗啊?"我到里面去扛"站干"出来的时候,这"狗"老是看我,还挺肥大的,我也不认识它。我跟父亲说扛"站干"时遇见"狗"了,它老是跟在我身后,我父亲就不再让我一个人往里面走,后来回去才告诉我:"那哪里是狗,那是狼!"——它尾巴拖着,耳朵是尖尖的。所以狼在我童年的印象里,并不是一种凶残的动物。我想可能那时食物链比较平衡,狼可以吃的太多了,它看见一个毛头小孩儿,心想吃了有什么劲呢!所以没有胃口。但也可能是它吃得很饱,正在悠闲地散步。

这样的冬天,我们还去哪儿呢?进城,买年画。我们是在一个小山村生活,那时过年都要买杨柳青年画、朱仙镇年画等等,各县城的新华书店都有卖的。从我们小山村到城里大概二十里路,一般家长给个三两块钱去买年画的时候,就是我最幸福的日子。你去城里书店的路上,沿着雪路走着走着,就得跑起来,因为天实在是太冷了,尤其是腊月天,基本都是零下三四十摄氏度这样的天气。腊月天的大兴安岭要是零下二十摄氏度,那就是上帝对我们的恩赐了。我穿着棉猴,穿着厚厚的胶皮鞋，我们叫"棉乌拉"。当你觉得脚一瞬间有"嗖"一下凉的感觉，那就是你把脚趾冻着了，麻了，那时候要飞快地脱下鞋，抓一把雪搓两下脚，这样就不会生冻疮。你在寒风当中再穿上鞋，要飞快地跑一段再走，不然你的脚就冻坏了。我小时候生过冻疮，是因为拉烧柴，天太冷了，回到家里生了冻疮。我不觉得痛苦，反倒觉得无限幸福，因为我免除了苦役，不用再跟着我父亲上山拉烧柴了。

这样的生活对我的文学创作确实是有影响的。大自然漫长的冬天，你们在南方真是体验不到的。所以很自然地盼春，因为春天太美好了。春天一到，风暖了，不用穿厚衣服了，女孩子可以穿薄薄的花衣裳了。可是这样的日子特别短。那里的春天真是一闪即逝，大概只有半个多月，满山遍野的达子香花，就是映山红，全开了。那时候我们常去山上采达子香花。我曾在《群山之巅》里写到这样一个细节，这也是真实的。我们采了满抱的达子香花后，哪有那么多花瓶啊，没有地方栽，放哪儿呢？我父亲喝酒的酒瓶插几枝，猪肉罐头瓶子也插几枝，最后杯盘碗盏都派上了。最有趣的器皿，那真不是虚构的，家家不是都要养猪吗，猪食槽子那口比较深，所以废弃的猪食槽子，也被我们用来栽达子香花了。在那个年代，生活是那么朴素，又那么美好。当然因为我贪吃，所以我最喜欢那些能坐果的花，比如说蓝莓，我们叫"都柿"。

都柿开花了我就特别高兴，因为我们山村小学的后面就是一片树林，一般是第二节课后的课间操，要做广播体操时，我基本上就会溜掉，从我的作业本上撕下一页纸，叠一个三角小喇叭，飞快地溜进树林，奔向各种果子。不管青的还是熟的，都摘。然后上第三节课，老师讲课时，我就在下面往嘴里塞，偷着吃点，什么马林果、水葡萄等等。大家知道花里边的忘忧草，其实就是黄花菜，我为什么喜欢它呢？因为它能吃。我母亲喜欢百合花、芍药花，经常命令我"你去给我采点百合芍药回来栽"，而我采这些花的时候，都会采一把黄花菜回来——用黄花菜做炸酱面太好吃了！

春天和夏天，也许因为太美好了，感觉一闪即逝。我们几乎不敢种香瓜和西瓜，往往它们还在旺盛的生长期时，天就一天比一天凉了，它们没有熟的机会。有时候九月份就要下雪了，霜来了，然后满山的绿叶变成了五颜六色的。五花山那是绚丽之极，美得醉人。到了这时候，没有成熟的果实，自然也就结束了生命。我觉得这些没有成熟的果实，都有一颗心，这么多颗心寂灭了，特别伤感。我很小的时候就爱伤感，骨子里有一种天然的忧伤，可能与此相关。没熟的果子死了，冬天突然就来了，大自然是那么多变。而人的命运呢，其实也是如此。

那时都是土葬，过了六十岁的人，在当时就算高寿了，当地的风俗，就要准备一下寿材，打上个棺材，刷上红色的油漆摆在家门口，阴森森的。晚上的时候出去串门，经过棺材的时候，真是害怕。这种棺材摆在那儿，让你时刻知道人是有终点的。但也有不该到终点的人，却在人生的列车上出了故障，下车了，夭亡了。死有时候真是突然而至的。童年的时候，我们是四家住一栋房子，那栋房子有三个属龙的女孩，都是1964年生人。有一个女孩生了痢疾，在卫生院打错针了，然后就死了。一个常和我一起玩的女孩，因为一针命就没了，她的母亲哭得呼天抢地，让我觉得特别恐怖，那段时间我每天都在观察自己是不是有痢疾，生怕也打错了针。死亡的阴影一直笼罩着我。还有一个对我刺激很深的，同一栋房的另外一个属龙的女孩，她叫小平。杀猪那天，她家的炕烧得特别热，不能睡人，她就来我家，和我睡在一铺炕上，她还把一块猪肉拿过来给我吃。我有一篇散文谈到这个细节。当天晚上她就发病了。第二天大人们用生产队的马车，把她送到了城里的医院，检查为结核性脑膜炎，一周后她死了。这些跟我整天蹦跶在一起的一栋房子里的同龄女孩，突然死去，对我刺激太深了。命运是如此残忍，如此难测。我母亲比较迷信，她跟我父亲说："咱们最好还是搬家吧，你看这栋房子好像养不住属龙的女孩子。"那时我们家也没地方可搬呀，就一直住在那里。可能我命比较硬吧，安然无恙，逐渐长大。

大自然的风霜雨雪，还有一些朋友、邻居命运的变故，包括我父亲和爱人的早逝等等，让我觉得生命真的很脆弱，人生真是非常苍凉。

一些批评家谈到我作品的死亡情结哪里来的，我想就是在我自幼生活的这片土地上，我看了生，看了死；看到了春天，也看到了冬天；同时看到了死去的植物，在第二年春天复生。明白了一个最朴素的道理：生生死死，永不止息。

苍凉与温暖

冬天给予了我们极北之地人漫长的风雪，也给了我们对温暖的渴望以及不屈、倔强的性格。所以我作品的底色是苍凉的，我笔下的北方人也是隐忍的、坚强的，就像冬天的河流。大家知道黑龙江是中俄界河，冬天的这个时候已经封江了，到了十二月、一月的时候，冰会越来越厚，可是我们冬天时还会在江上捕鱼。我从小跟着大人去江上捕鱼。如果用冰钎凿开厚厚的冰，就能看到江水像充满生命的春水一样在涌流，我们从水里还能捕上鱼来——即使那样的严寒，也没能真正把一条江冻僵，因为春天又会来。

这样的气象就像人生，不管现实多么严酷，我的内心依然涌动热泉，这就是我作品中的"暖"吧。其实暖是对人性有较高的期望值。我也知道恶在人性的丛林中像荆棘一样密布，悲凉之雾在我们人生之河中,从来就不曾远离我们。但我就想在这样的地方,在迷雾当中寻一丝丝的亮光,在这无边的寒冷当中寻找这种丝丝缕缕的暖。实际上,我作品的"暖"也没那么强悍,有时批评家把它夸大了,过于"暖"。大家都知道火炉烧得太暖了,烧过头了,就会引起火灾了。我们老家的炕是用油纸糊的,要是烧得过热,它就会煳了,冒出焦煳的味道,炕面落下伤口结痂似的疤痕。所以说作品的温暖,要恰到好处。在这样一个苍凉的背景下,"暖"要水到渠成地呈现,不要一味地去给它一种"暖",强加所谓"高大上"的东西。在"文革"时期,一些文学作品里的人物,就是"高大全"式的人物,那是小说人物的悲剧。

大家知道我有一个短篇叫《白雪的墓园》,有人读了,说我写得挺温暖,我说这个小说其实更多的是凄切啊。1986年1月,我父亲去世了,他是在凌晨去世的,那天白天他看上去状况挺好,所以晚上我和姐夫在医院的抢救室守着他,让我母亲去姐姐家休息了。凌晨时我看父亲不行了,赶紧让姐夫回家叫母亲。母亲一进来看到我父亲停止呼吸了,她就哭,她是一个很坚强的人,她哭不像一般的人大放悲声,她是忍着的那种哭。她哭着哭着,眼睛里瞬间有了一颗红豆,红红的,很大的一粒,我就想是不是从此以后我母亲的眼睛就不好使了,所以害怕极了。举行完我父亲的葬礼,葬礼三天后要去圆坟,我们怕她伤心,不让她去。父亲是腊月去世的,接着就是过年,过年前按风俗还要上坟——《白雪的墓园》写的都是真实的情节。我父亲去世后的那段时日,我母亲眼睛里那颗圆圆的红豆一直在,我们以为它永远就伴随着她了。要过年的时候,我们姐弟三人都好好地干活,哄我母亲,怕她伤心难过。挑水、劈柴、蒸年干粮等等,不想让她提起与父亲有关的话题。腊月二十七,她要跟我们一起去上坟,我们坚决不肯,飞快地跑出家,七拐八绕,把她甩开了。我们回来后,发现她哭过。第二天早晨我们起床后,突然发现她失踪了。我们特别害怕她想不开去自杀了,到处找,可哪儿都找不到她。最后她终于回家了,外面在下雪,她落了一身的雪,进来后拍打身上的雪花。那时我父亲的坟还没立碑,一般来说要转年清明才立碑,所以坟前是没有名字的,再说那是当时做白事的几个人给选的一块墓地,所以她并不知道父亲埋在哪里。但是她进来说:"我去看你爸爸了。"我们立刻问:"你找到了吗?"她说:"我找到了,我一上山,经过一座新坟的时候,我的心跳得和见到别的坟不一样,我就知道那是你爸。"那一瞬间我们特别难过,然后发现她的眼睛特别清亮,原来她眼里的红豆没了!她上了坟回来,眼里这颗一直带着多少天的、早晨时还在的红豆,突然就消失了。所以我写《白雪的墓园》的时候说,父亲去世的一瞬,像一个顽皮的孩子在要赖,不忍离开,他就化作一颗红豆藏在母亲的眼睛里,直到母亲亲自把他送过去,他才真正安心待在另一世了。

你们现在听的这个故事,小说里面的这些细节,都是真实的,批评家也把这样的小说定义为"温暖",我不敢苟同。这就是我们的人生啊,它是多么残缺、多么忧伤!所以我一直说,我作品的"暖",是苍凉当中的温暖。

现实与超验

也许是童年所听的鬼怪故事对我的影响比较深吧,我一直觉得在人间之外,有另外的生命存在。那些离去的人,也许去了一个我们并不知道的空间,他们在以另外的方式与我们沟通,谁敢说不是这样呢?因为死去的人,也会托梦给你,我们听到这样类似的故事太多了。那么从这个意义来讲,我一直在想,人死以后,是不是真在另外的空间存在呢?所以每当有消息称发现了第几空间,或者说灵魂有重量的时候,我都是无限好奇。我想如果真有另外一个世界的存在,灵魂真的有极其微弱的重量的话,那将是多么有意思的事情。

我的小说偏于现实主义的作品很多,可能这也是我的一些读者比较喜欢的作品,像我刚才谈到的《白雪的墓园》,还有《亲亲土豆》《伪满洲国》《白银那》等等。但我也写了一些超验的作品,如《向着白夜旅行》《逆行精灵》《朋友们来看雪吧》

《格里格海的细雨黄昏》《旅人》等。我在这里以一篇小说为例,来谈我为什么会写超验的东西。

2000年的时候,我们经由爱尔兰去挪威访问,当时是王蒙作为团长,也曾来你们这儿驻校的王安忆女士也同行,还有冯骥才、刘恒等一批作家。我们到挪威去了卑尔根。卑尔根大家都知道,这是挪威最著名的作曲家格里格的故乡,格里格改编了易卜生的《培尔·金特》,其中比较著名的是《晨景》。我们去格里格的故居访问,他的故居面朝大海。接待方给我们代表团请来了一个钢琴演奏者,演奏类似于《培尔·金特》组曲里一些比较经典的《晨景》《索尔维格之歌》等曲子。钢琴演奏是在厅里进行的,它前面有一个很大的露台,这个露台面朝大海。露台是没人的,那天又没很大的风,可是在演奏的时候,我看到厅里通向露台的那个门,一会儿就"吱吱"地响起来,然后就开了。我很好奇,悄悄过去看,咦,并没有人啊。我就把门关上,可是关上以后,不一会儿它又慢慢地开了,好像背后有个重要人物要出场一样。我对冯骥才说,我怎么觉得是格里格想听他自己的曲子,所以他才从露台推门而入呢。门开了,虽然我们看不到他,但我相信他来了。这种感觉真是很奇妙,我有一种创作的冲动,冯骥才也鼓励我,所以回来后我就写了《格里格海的细雨黄昏》。

我的《额尔古纳河右岸》是一部现实的作品,但这里面也有超验的东西。比如说我写到了那个萨满,她每救别人一个孩子,她自己就要失去一个孩子,你说这个是不是很玄妙?这是不是超验的东西?大家可以去看,这情节是真实的。我还记得《百年孤独》里写的有些情节也是超验的,在一个部落,那些没见过磁铁的人们,突然有一天发现谁拖着一块磁铁在走——马尔克斯描写得太精彩了,他写磁铁所经之处,家里的锅呀什么的铁器,都跟在后面"嗖嗖"地走,平时那些针之类的找不到的可以被磁铁吸引的东西,突然全都现身了。这些东西在跟着一块磁铁走。你能相信这样的细节吗?它在科学上是对的,但也运用了超验的艺术手法。对于文学来讲,无论是现实还是超验,这都是一个作家真实心灵的写照,其实也是对现实的一种写照。谁能说现实生活就一定是日升月落,而没有灵魂出窍的时刻呢?它一定在静悄悄笼罩着我们。

女作家与女性形象

去年我参加了一个关于我作品的研讨会,有一些批评家到场,其中有批评家在谈我作品的时候说,迟子建的作品虽然好,但是女性色彩不足,写个人化的东西太少。我是尊重所有善意的批评的,因为好的批评,对作家的写作确实是一种及时的提醒,是一种有力的鞭策。但是对这个批评,我还是持怀疑态度的。

我十七八年前曾经写过一篇文章叫《我的女性观》，其中的一些观点，至今未变。我认为男女之间的关系就像太阳和月亮的关系，紧密衔接，各有各的光明，各自照耀不同的天空，不可能谁取代谁，也别指望谁打倒谁。对于我来说，我觉得女性与男性最大的区别在于，大多数的女性是会生育的，她们在生育过程中获得了对生命最直接、最鲜活的认知，所以从爱生活的角度、从包容的角度来讲，女性可能更浓烈一些。

我个人不喜欢给作家做性别划分，因为任何的性别划分，都带着某种傲慢与偏见，而任何的写作，其实都是个人化的写作。男作家的写作难道不是个人化的写作吗？你说曹雪芹、蒲松龄、冯梦龙的写作，哪一个不是个人化的写作呢？来过你们这里驻校的男作家，韩少功、张炜、阿来、苏童、格非、毕飞宇，他们的写作太不一样了，是不是？苏童和毕飞宇还同在南京，可是他们的作品，是不是各具风采？也正是这些差异，他们才成就了自己。还有，为什么批评家喜欢在"女"字上做文章？强调男作家笔下的女性人物形象，强调女作家的"女性意识"，其实还是有封建的那些东西，似乎女性就是被"看"的。所以我是不喜欢给女作家定义的，也不喜欢贴性别标签。比如说王安忆、铁凝，这些优秀的女作家，如果隐去她们作品的署名，你能看出这些作品一定就出自女作家之手吗？

女作家写女性的东西，应该是情感的自然流露，有一些女性色彩强烈的小说,特别个人化的东西,也有精彩之作。因为个人毕竟也是社会的一部分。但如果为迎合潮流,有意为之,那就是看轻自己,为自己制造了牢笼。这就需要女性有思想的深度,有心灵上真正的自由,这样才能有精神上真正的独立。当然社会也应为女性发展,提供更多的与男性同处的平等空间。

从自然属性来说,女性有善良、隐忍的性别特征,而且热爱大自然,对充满灵性的事物有着先天的直觉。所以女性成为作家——虽然我强调不要去给女性作家做标签,但我也承认,女性成为作家,确实有着一些比较先天的条件。所以你看这个世界,女巫多,男巫少。而很多优秀作品,是有"巫气"的。

这些年的文艺作品,尤其是看到一些影视剧中的女性形象,我有时真是失望,越来越物质化,越来越无灵魂和操守。当然这里有社会拜金主义之风愈演愈烈的因素,让这样的女性形象大行其道。前天我给本科生上课谈到了元曲,比如说关汉卿的戏剧《窦娥冤》《救风尘》《望江亭》,马致远写昭君出塞的《汉宫秋》,这些名剧都赋予女性至高的位置。她们尽管在生活当中受到了爱情的压迫,但她们最后的选择都是遵从自己的内心生活,而没有那么物质地屈从于这些剧里的官吏。再比如说像《红楼梦》,曹雪芹写的那些女性,尤三姐、晴雯,甚至黛玉——你看黛玉那么决绝地焚诗稿,这些女性形象,带着那个时代女性的尊严,虽然不排除有封建的因素,但一种女性天性当中的高贵和美好，一直存在。

可能有很多人都喜欢梅丽尔·斯特里普演绎的那部著名的电影《苏菲的选择》，苏菲面临的选择是什么？在纳粹集中营中，让她交出两个孩子，只能存活一个。苏菲有两个孩子，一个男孩一个女孩。这个情节大家都知道，她后来把女孩送出去了，让她赴死，把男孩留下了。战后她特别痛苦，剧里还写到一个犹太知识分子痛苦的情感纠葛。现在很多人分析"苏菲把女孩儿献出去，是因为男尊女卑"。我不这么看，我认为苏菲身为女性，她把女儿献出去，更主要的是她知道，女性是真正富有牺牲精神的，她很自然地把女儿献出去了，而不是觉得女性是低贱的。我认为是苏菲天性里的牺牲精神，让她认为她的女儿应该也是这样的。从这个角度理解，我觉得这种女性人物形象太伟大了。

关于对女性的认知，不同的人有不同的态度。前不久我发了一条微博：记得在美国爱荷华国际写作中心时，有个奥地利作家在讨论会上说，他开始创作的时候是写爱情诗，因为女性喜欢爱情诗，后来他说真正有了女人之后，他就写死亡了；还有一个尼泊尔女作家，她在谴责国家议会里面都是长胡子的人，女性在政治上所占的席位太少了。我觉得政治呢，可能这是我的偏见，我觉得这真就是一场游戏，是男人之间的一个游戏，女性更接近大自然和天性当中的美好，不太适宜加入这样的游戏。

我有一个好朋友,是香港科技大学的刘剑梅教授,我很喜欢她的一些批评文章。她有两部著作,我觉得做批评的人,尤其是对女性文学研究感兴趣的人,可以去读一下。一个是《狂欢的女神》,一个是《彷徨的娜拉》。娜拉就是易卜生的名剧里出走的那个。《狂欢的女神》里面,她就写了世界上很多优秀的女艺术家,其中包括著名的墨西哥女画家弗里达·卡洛,一个那么不屈的女性。我去墨西哥的时候参观过弗里达·卡洛的画室,就是蓝屋。刘剑梅教授认为在当代,当代女性的物质化会妨碍她们精神上的成长,影响她们的高度。我比较认可她的这个观点。因此,我觉得从这个意义上来讲,女作家和女性文学千万不要囿于自己的小天地,一定要视野开阔一点。

回到这个问题开头的话题,我当时特别想跟提出问题的批评家说,我作品《额尔古纳河右岸》里面的萨满,明知道救别人一个孩子,要死一个自己的孩子,她不断地救,不断地牺牲自己的孩子,这种女性像圣母一样,这不是女性意识吗?我还写过一个短篇小说《逝川》,写一个接生婆,一个老女人,孤苦一生守着一条江,也是那么坚强的一个女性。我还有一个短篇《亲亲土豆》,写丈夫得了癌症以后,夫妻之间的生离死别,最后她给丈夫搭了一个土豆坟,她离开那座坟的时候,一个土豆骨碌碌地滚下来,这个寡妇往前走的时候,还回头说了一句:"还跟我的脚呀?"当然还有《世界上所有的夜晚》中的女主人公，这些女性的伤痛，这种自尊，难道不是女性意识吗？一个作家的心扉和她笔下的人物共融了，只不过她不歇斯底里，就缺乏女性意识吗？我觉得不管从哪一个角度来说，狭隘地定义女性的形象不好。但我同时也要强调，文学史上确实也有女作家写"私小说"，完全写个人经历和情怀的，也有写得很棒的，但比例是极少的。

"走出去"与"走回来"

"走出去"是中国文学向外走，我们知道莫言走得最好也最远，走到了斯德哥尔摩的荣誉殿堂。当然"走出去"特别重要，但是"走回来"也很重要。

我以一个小故事开始吧。2012年举办伦敦书展之时，我从老家坐火车回哈尔滨。插个话吧，我挺爱写火车的，因为我的故乡位置偏僻，火车一直是最重要的交通工具，我经常在路上折腾一两天，才能到家。那天我在火车上遇见一对老夫妻，老头是个阿尔兹海默病患者，他老伴跟我聊了一些他发病时的细节，比如他晚上时喜欢卷起行李，说他要出发了，还有的时候他站在镜子前，左照右照的，觉得自己特别美，有些被我写到《群山之巅》中那个患了阿尔兹海默病的安玉顺身上了。我在火车上遇见的这个老头特别能吃鸡蛋，一会儿吃一个，他老伴就给他剥一个。我说你们这是干什么去呀？她说我们要去按手印，从大兴安岭经由哈尔滨，去老头原来的工作单位，好像是哪个地方的一个粮库，去按手印。他要是今年不按手印，他的退休金就会停发了。我说这个太不人性了。她说："你不按手印，公家认为你这个人有可能死了。"我说："那一定要见到活生生的？如果是瘫痪了或者其他情况，那怎么按？"她说："那没办法，你就得领着他去。"

这件事发生后没多久，就在同年，因为要去参加伦敦书展，我去驻北京的英国大使馆按手印。只为按一个签证的手印，我从哈尔滨至北京，来去两天，非常辛苦。而没有手印作为证据，就无法办理签证，也让我心情沉重。可是到了书展开幕的时候，我在进入伦敦境内的时候，我们代表团的人都进去了，我却被拦住了。我英文不好，海关的工作人员一直在比比画画对我说，我明白了大概，就是我入境的手印和我当年留在北京的手印不符，难道我是女巫？"我"居然不是我了。你说我怎么办？好在我们代表团是参加伦敦书展的，照片什么的都对上了，尽管僵持了很久，最后还是放我入境。看来这样的手印制造的麻烦，不要以为只有在中国存在，在世界上依然存在。

我今年八月在长春参加国际汉学家大会，见到了一些汉学家、翻译家，也见到了瑞典的陈安娜，她刚好要翻译我的《额尔古纳河右岸》。她翻译作品也要采风，会后她和丈夫万之先生去了内蒙古我描写的这个部落，做了实地采访。她真是很敬业。我们在讨论的时候，我有一个发言叫《樊篱外的青草》，我说无论是文学还是其他，樊篱一直存在。消除文化上的藩篱，也不是一朝一夕的事情。

然而，这种"走出去"有时也容易跟风。李安是我非常欣赏的一位导演，大家知道他拍了著名的《断背山》，这部作品是根据美国女作家安妮·普鲁的一个短篇小说改编的。那一时期这样的电影太多了，2005年我和刘恒在爱荷华国际写作中心时，看过几部类似的片子。爱荷华大学有一个免费放映厅，几乎每天晚上都要放映各个国家的电影，作为资料片。刘恒是搞电影的，他给张艺谋和陈凯歌等导演都做过编剧。我不会说英语，但电影打的英文字幕，我还能看懂一些，所以我和刘恒去看电影的时候，偶尔兼做他的翻译，讲讲剧情。我们俩那时期看的片子，我后来查了一下日记，澳大利亚的、法国的都是同性恋题材的，基本刘恒一看开头又是这样的，他就呼呼大睡。有时候醒来的一瞬，他会看看银幕嘟囔一句，又是这个呀。商业和文学在融合的时候，一个作品成功了，它能带来好的一面，当然也可以带来不好的一面。盲目跟风是对艺术最大的不敬和伤害。所以任何一种艺术的发展与创新，需要艺术实践者有开放的视野、包容的心态、独辟蹊径的勇气，当然更重要的还是有人文关怀。在全球化的背景下"走出去"是必然的，也是必须的；但"走回来"也很重要。只有珍视我们的内心生活，珍视我们民族优秀的文化传统，珍视我们脚下土地的丰饶与贫瘠、阳光与阴影，我们才不至于堕入虚浮的泥潭。

过于追随国际风，文学可能失去自我，而一味地展览黑暗与丑陋，无视我们民间存在的善良与美，也是一种投机和不自信的表现。同样，无视我们所体味到的寒凉，生硬地把五味杂陈的生活兑成一锅甜粥，也是脆弱的表现。所以我说，无论"走出去"还是"走回来"，都要警惕文化极端现象的出现。在这个时刻，每一个作家都要警醒，你一定要脚踏实地，要倾听自己内心的声音，一定要写自己想写的东西，不跟风，这样我们的艺术才能立得住。

通过以上五个方面，大自然与命运感，苍凉与温暖，现实与超验，女作家与女性形象，"走出去"与"走回来"，我简要地回顾了一下自己的写作之路，当然也是我文学的"求经之路"。其中有对作品的回顾，也有我的一些文学观，在理解上可能比较粗浅，不够深入。我也想引出这些话题，由大家去丰富和完善这些话题的讨论。

再回到《大唐玄奘》这部电影，玄奘翻译的《心经》流传于世，对佛教的贡献巨大。他走了两条路，一条是现实的路，玄奘走过的路往返数万里，在他那个年代走了几年。他还有一条精神之路，那就是佛学之路，也就是求经之路。他求来的经，至今万人传诵。可是文学的取经却不是这样的,也就是说每个作家,各念各的经。我也不知道我这样的"经",会不会对你们有一点点的启发。对于我这样的写作者来说,我走过的现实的取经路,就是我刚才回顾的,我是从大兴安岭开始到哈尔滨,又到了世界上的一些地方,不管经历了多少山川河流,最爱的还是故乡的山水;但我写作的"求经之路",起起伏伏的。因为在我眼里,没有完美的写作,写作也是没有尽头的。这也就意味着,写作的求经之路无限漫长,而这也是它的魅力所在,壮阔所在。这样的路具有无与伦比的诱惑性,是艰难之路,同时也是灿烂之路。对于一个生长在极北之地的人,一个在雪地里打滚,经历了几十年严寒摧打的人,一个开始不断生长白发的五十多岁的人,筋骨还算强健吧!我愿意在这样的路上倾听风雨,迎接未知的暴风雪,继续我文学的"求经之路"。

(本文为迟子建2016年11月9日在华中科技大学人文素质教育基地的演讲)

如海鸥与波涛相遇

苏童

短篇小说的使命

人们记住一篇小说,记住的通常是一个故事,一个或者几个人物,甚至是小说的某一个场景,很少有人去牢记小说的语言本身。所以,我在叙述语言上的努力,其实是在向一个方向努力——任何小说都要把读者送到对岸去。语言是水,也是船,没有喧哗的权利,不能喧宾夺主,所以要让他们齐心协力地顺流而下,把读者送到对岸去。

短篇小说的写作就像画邮票

我不算很"自恋"的人,但回头一看,在三十多年里,自己竟然不知不觉写下了这么多的短篇小说,还是有一种莫名其妙的自豪感,不是为自己的崇高自豪,喜欢写短篇没什么特别的崇高意义,是为自己的"自我忠实"自豪。我的感慨是我以为自己很商业了,结果却告诉我,我很"自我"。我喜欢写短篇,这没什么可羞愧的,也没什么值得夸耀的,没有什么特殊事件对我的影响,也没有任何殉道的动机,仅仅是喜欢而已。

"香椿树街"和"枫杨树乡"是我作品中两个地理标签,一个是为了回头看自己的影子,向自己索取故事;一个是为了仰望,为了前瞻,是向别人索取,向虚构和想象索取,其中流露出我对于创作空间的贪婪。一个作家如果有一张好"邮票",此生足矣,因为怀疑这邮票不够好,于是一张不够,还要第二张、第三张。但是我觉得花这么长时间去画一张邮票,不仅需要自己的耐心、信心,也要拖累别人,考验别人,等于你是在不停地告诉别人,等等,等等,我的邮票没画好呢。别人等不等是另外一个问题,别人收藏不收藏你的邮票又是一个问题,所以依我看,画邮票的写作生涯,其实是很危险的,不能因为福克纳先生画成功了,所有画邮票的就必然修得正果。一般来说,我不太愿意承认自己在画两张邮票,情愿承认自己脚踏两条船,这其实就是一种占有欲、扩张欲。

我的短篇小说,从二十世纪八十年代写到现在,已经面目全非,但是我有意识地保留了"香椿树街"和"枫杨树乡"这两个"地名",是有点机械的、本能的,似乎是一次次地自我灌溉,拾掇自己的园子。写一篇好的,可以忘了一篇不满意的,就像种一棵新的树去遮盖另一棵丑陋的枯树。我想让自己的园子有生机,还要好看,没有别的途径。

作家对待自己的感情有技术

最近看到有人在批评罗伯·格利耶的作品,说他在小说技术上无限制地探索革新,其实损害了小说这种文体。我没有认真研究过罗伯·格利耶的小说技术,我的直觉是恰恰是他的那种"损害"技术成就了他的小说,因此而来的成就,完全可以讨论,仁者见仁,智者见智。我的观点是,与其说短篇小说有技术,不如说作家对待自己的感情有技术,如何在作品里处置自己的情感,你对自己的情感是否依赖,或者是否回避,是否纵容,是否遏制,这是一个问题,是需要探索的。

谁也不知道作家应该在作品里设置多高的情感温度,但那温度却是让人真切可感的,必须适合他个人的情感需要,涉及不期而遇的几方当事人,无法约定。可以说那温度很神秘,有时候它决定作品的成败,那大概是非常重要的元素之一吧。

说到短篇的结构,我感觉无所谓紧和松。文字如果是在虚构的空间里奔跑,怎么跑都可以,只是必须在奔跑中到达终点,不会有人计时的,也不会有人因你奔跑姿势不规范而判你犯规的。如果说结构出问题,那作者不是气力不支爬到终点,就是中途退出了。

用传统美学探讨短篇是一个途径,一种角度,"聚"和"散"说起来是"气"的分配,其实也是个叙述问题。我一直觉得创作的魅力很大程度上是叙述的魅力,如果对一个小说,自己很喜爱,多半是叙述的力量,自己把自己弄晕了。这时候,你觉得你可以和小说中的人物握手拥抱,你甚至会感受到自己在小说世界里的目光,比在现实生活里更敏锐,更宽广,更残酷或者更温柔。也许自己喜欢自己这么多短篇,有点不正常,就像我不怎么喜欢自己的中、长篇,同样也不正常。我在短篇的写作中,与长篇不同的感受其实非常简单,写短篇是为我自己而写,写长篇是为苏童而写,都要写,因为我就是苏童。

孤僻者发出的歌声

好的短篇小说的得来,对我来说一样是偶然的,我不认为自己在短篇创作上有任何天分,只是喜欢,喜欢就会心甘情愿地投入。在短篇创作上，我有目标，目标有时候就是野心，我以前曾经大言不惭地祈祷自己的野心得逞，不过就是要成为短篇大师之类的话，现在觉得自己很滑稽，不是野心消失了，是自尊在阻挡病态的狂热，这种自尊是孤僻者觉悟后的自尊。孤僻者不要站到大庭广众前，尽管发出你孤僻的歌声，孤僻的歌声也许可以征服另一些孤僻的人。我的短篇，通常都有一个较长的酝酿期，有时候觉得呼之欲出了，一写却发现障碍，我不解决障碍，一般是冷处理，搁置一边。

有时候很奇怪，在写另一篇小说的时候，会想通前面那篇的问题，其实是在一个相对完美的叙述逻辑里反省到了另一个逻辑的问题。从这个经验来看，每一篇小说里的小世界呈现不同的景象，但仍然是一个世界，所有人对世界的描述都是局部描述，所有完美的描述都有放射性，其中隐藏着一种逻辑的动力，它捉摸不定，却必须驾驭。我认为，小说不靠算计，就是靠这种逻辑动力。所以你说要摆平小说中的每一个元素，实际是进行了分解。我的理解是小说靠逻辑动力做乘法，要扩展，更要摆平的，还是叙述的逻辑。

小说都要把读者送到对岸去

谈小说的语言，确实是让人很为难的一件事。我最初的小说语言，可以说是追求色彩和温度的。有的小说语言回避故事和人物，面对杂乱的意象，采用的是从诗歌转换而来的叙述语言。二十世纪九十年代以后，诗歌语言开始"后撤"，所以我在学习叙述。叙述是个大课题，我们一直在讨论这个问题，但是说到底，我认同这么一个观点，人们记住一个小说，记住的通常是一个故事，一个或者几个人物，甚至是小说的某一个场景，很少有人去牢记小说的语言本身，所以，我在叙述语言上的努力，其实是在向一个方向努力，任何小说都要把读者送到对岸去，语言是水，也是船，没有喧哗的权利，不能喧宾夺主，所以要让他们齐心协力地顺流而下，把读者送到对岸去。

我尽量摆脱自己的作者身份。回头看这些作品，自己最偏爱的还是近期的短篇，也许是因为近期的小说，总是不停地改，遗憾也就相对少一些。还有也许是因为近期的小说里有一个中年人的身影，中年人直面人生的态度是世故的，却比年轻人经得起推敲。当然，世故不是我的追求，所有的写作，最终都一样，必须用最世故的目光去寻找最纯洁的世界。

追寻真实与翻转真实

如果一部好的长篇小说是一部气势恢宏的交响乐，那么短篇小说就是室内乐,短篇小说不是一个人的独角戏,长篇小说有诸多文学元素的相互作用,短篇小说也都有。它虽然不像交响乐般华美,但其复杂性、丰富性与协作性都能得到体现。短篇小说的艺术体现为"一唱三叹","唱"其实就是创作,"叹"就是阅读之后所产生的审美概念。

在我看来,《三言二拍》标志着符合现代审美意义的短篇小说在中国出现。我最喜欢其中的《醒世恒言》,你会看到,在那样的时代,中国的业余作者,根据市井生活编造了大量世俗意义上的故事;在意大利,作家几乎采取了同样的方式,对世俗的人生百态进行描摹,创作了我们知道的《十日谈》。

《十日谈》和《三言二拍》时代的短篇小说呈现的是一个世俗的、草根的形态,当时的短篇小说写作者不是知识分子,所以对社会不存在批判的热切欲望。短篇小说在英、美、俄等国家发展、成熟得比较快,到了十九世纪末,契诃夫、莫泊桑等作家的出现,标志着短篇小说在西方的成熟。我们则到了现代文学中鲁迅先生创作的短篇小说出现时,我们的短篇小说算是真正成熟了。这个时候的短篇小说有一个共同的面貌,基本背离了《十日谈》与《三言二拍》的风格,短篇小说作者开始在作品中建立自己的形象,当然,很多人选择的是批判者的形象。

在短篇小说这么一个逼仄的空间里,我该讲一个什么样的故事？这是非常具体的问题。要写好小说，必须要提供好故事。这个故事怎么讲，成为一个非常大的学问。欧·亨利的小说《麦琪的礼物》《最后一片叶子》，让无数人记忆深刻。他的小说是靠什么东西提供故事的？对，是偶然性。欧·亨利所有的短篇小说都依赖于某一个偶然事件的发生，然后，敷衍出种种的意外，它的戏剧性就建立于此。这种方式在某一时期内成为短篇小说的正统，直到现在，美国有一种很有名的短篇小说，就叫欧·亨利短篇小说。

除此之外，短篇小说还有很多种类型，我倾向于美国学者哈罗德·布鲁姆的说法，他认为现代的短篇小说不是契诃夫，就是博尔赫斯。在布鲁姆看来，这是两种短篇小说，契诃夫式的短篇小说和博尔赫斯式的短篇小说。布鲁姆说："短篇小说的一个使命，是用契诃夫去追寻真实，用博尔赫斯去翻转真实。"以契诃夫名篇《万卡》来解读"用契诃夫来追寻真实"这句话，这封小男孩万卡写给爷爷的信，似乎写得很杂乱，但是你在静心读的时候，会真的读出眼泪。我的泪点其实很高，但是契诃夫让我读出了眼泪。就这么一篇三千字的《万卡》，可以体会到契诃夫真实的力量。

最初，我对"用博尔赫斯去翻转真实"感到费解。后来看到布鲁姆引入了卡夫卡，用了"卡夫卡和博尔赫斯"这个表述时，我突然明白了"翻转"的含义。博尔赫斯是一个非常奇特的大师，他在晚年时眼睛瞎了,他作品里那些唯美的句子,居然是他自己说出来,由他妈妈记录的。他的小说有两类:一类是《小径分岔的花园》《阿莱夫》这样比较虚幻的;还有一类是非常写实的,写阿根廷日常街头生活的,那是在他还比较健康的时候创作的。

"追求真实"与"翻转真实"的差异,其实就是面对着一只落水的桶,契诃夫的小说,是慢慢地写水面的,水面慢慢地降低,桶底露出来,有一条缝,如果说这就是真实,那么契诃夫就从水写起,他是不破坏我们的习惯的。但我们看卡夫卡的《变形记》,格里高尔一觉醒来,变成一条虫子,很少有人会问,他是怎么变成虫子的?他只看你接不接受最后的结论,这就是把水倒掉,把桶倒扣在地上,直接告诉你,这个桶的桶底有一条缝。格里高尔从一个人变成一条虫子,如果在契诃夫那里应该就有细细的描述,这其实内藏一个非常大的象征,只是你对这个象征接受不接受。用卡夫卡和博尔赫斯解释对真实的一种诉求,不要计较这个虫子有没有什么荒诞性。"翻转真实"就是把一个荒诞的、偏离我们日常生活真实的事情告诉你。

无论追求真实也好,还是翻转真实也好,短篇小说的使命还是要去揭露现实。说到短篇小说的发展,如果用一句话来概括,就是在反对欧·亨利、莫泊桑的道路上越走越远,这是当今短篇小说的一个总体趋势和走向。雷蒙德·卡佛的小说开创了一种堪称新时代短篇小说的视野,甚至是方法。现在不仅是中国作家,在世界范围内,短篇小说创作都是在反莫泊桑的道路上越走越远,越来越趋向于一种简单。

哈金

小说是什么

一

首先小说必须是虚构的。不管写得多么真实,多么贴近生活,小说是建立在虚构基础上的。我们所说的真实只是感觉或幻觉,小说不可能原原本本地把生活搬进来,细节要经过筛选、改变或重塑才能跟故事融合。还有,细节只是经验的碎片，一个单独的细节并不具有什么意义，只有跟别的细节连起来才能产生意义。就是说，细节的组织方式通常是虚构的，体现作家的态度和眼光。

一般来讲，小说需要一个故事。故事是由几个事件构成的，这些事件需要有因果关系，这样就会产生叙述冲力。比如说，王老汉死了，这只是一个事件，并不是情节，没有戏剧性。但加上这样几个事件就不一样了：王妻伤心欲绝，病倒了，不久也去世了。这样就产生了一系列的事件，构成了情节。这是创作小说的最基本方式，是完全可以凭作家来创造，来虚构的。通常来说，具备有意思的情节，故事就会有推动力，就会使读者读下去。这是为什么许多人强调小说必须要有好的故事。中国小说起源于说书传统，非常强调故事性，而西方小说起源于个人阅读（中产阶级家庭妇女有大把时间来读小说），所以西方也有一个不那么强调故事性的传统。比如，契诃夫后期的一些最辉煌的小说，根本没有故事，但它们也能让人读得津津有味，而且还感动得一塌糊涂。文学史上常把这种小说称为"一片生活"。这种没有故事的小说最难写，需要高超的技艺和独特的诗意。所以，小说有没有故事并不是最重要的，关键要有趣，能使人读下去，还要给人某种整体感，这种感觉并不是全靠结构和戏剧来达到的，也可以通过别的方式来获得，只要能使小说形成类似音乐式的整体感就可以。

小说中能生产趣味的成分有许多。比如，人物。一般来说，长篇小说是以人物为中心的，而短篇则很难有足够的空间来把人物发展丰满。人物是生活在时间里的，所以小说里要有一段时间，在其中发生了一些事，这些事最终多少改变了人物或人物的生活。成功的小说往往会有一个或几个鲜明的人物，像祥林嫂和猪八戒。还有，细节也可以产生趣味。生动的细节会令人耳目一新，读后难忘，也体现了作者的眼光，更重要的是能表现人物生活的质量。一些别人不注意的细节如果用得恰当，会给小说特殊的质感，吸引人读下去。当然语言也很重要。小说的语言应该宽度大些，一般来说有三种：叙述语言、对话、想法（包括活动的意识）。叙述语言要比较正规些，尤其是第三人称叙述，而第一人称的叙述语言则要根据叙述人的身份来确定。相比之下，对话语言要活泛，因人而异，多种多样。反映内心活动的语言则不必完整，常常是破碎的。有些青年作家以为语言是最重要的，是才华的标志，甚至有人说，写小说的过程就是跟语言搏斗，这是偏误的说法。经验丰富的小说家一定会强调内容比语言更重要，作家的才华更表现在有东西说，而且说得有意思，有见解。成熟的小说家都明白，有东西说，语言才会雄辩，才有活力。如果无事可说，还要用词华美，就是装腔作势。跟语言搏斗是诗人的事情——优秀的诗人要把语言伸展到极限，从而发现语言的容量和潜力。

小说的叙述角度本身就是一门艺术。纪实文体一般不必在叙述角度上多么讲究，只要把事情讲明白就可以了。而小说的叙述角度是技艺的重项。一个故事要讲好，角度的选择至关重要。笼统地说，小说有三种角度：第一人称、第二人称、第三人称。而每一个人称中又有各种区分。第一人称中有日记、信件、回忆录、证人、集体等各种各样的角度；第二人称是一种诗歌式的角度，叙述人直接对故事中的"你"诉说，从而把读者挡在故事外，强迫他们旁听或偷听（这种叙述技巧眼下很流行，但不适用于长篇，因为语调会太紧张，难以持久）；第三人称中有全知式、聚点式、多角度式等等。在长篇小说里，叙述角度通常不是单一的，而是综合使用的。这方面的经典之一是远藤周作的《沉默》。这部长篇不但是伟大的小说，也是叙述角度运用的范本。如果把其中角度变换的理由和效果搞清楚了，也就明白了叙述角度的基本原则和技法。

还有风格。好的小说要有独特的风格，但风格应该从故事或戏剧本身衍生出来，而不是外加的。如果写纪实作品，清楚和确切是基本准则，但小说的语言常有游戏的成分，有各种各样的语气和暗示。有艺术修养的小说家的确注重作品的独特风格，不过风格并不是能苛求的。它像一个人身上的气味，是个人独有的，不可强求。一般来说，只要把故事讲好，把它的复杂性都表现出来，就算成功了。作家的任务是把作品写满、写透，力争让文字焕然一新。对小说家来说,最重要是有不同的眼光,对世界有自己的独到的看法,这样才会有自己的风格。

二

小说家们常说作品的首要功能是给读者带来消息,就是告诉人们一些不为人所知的事情。别人讲过的故事,再讲就没意思,没意义了。但这只是第一步,文学小说要有一个更高的层次,就是传递永久的消息,就是表现作者对生活独特的感受,更可贵的是洞见和智慧。这些品质都不会因时间而老化,是文学中常青的成分,也是最高的境界。有些作品本身一点也不精彩,但它们有洞见,能让人醍醐灌顶。单凭能启迪人心这一点,它们就在文学中占据"一览众山小"的高处。契诃夫有一个叫《醋栗》的故事,除了《带小狗的女人》,这是他最常被收入选集的短篇。故事很简单,几个年轻人在乡下狩猎,遇上大雨,就在附近的一位朋友家待下来。晚上主人给他们讲了自己兄弟的故事。他兄弟平生最大的愿望是拥有一所自己的小农场,他每天省吃俭用,最终娶了一个丑陋的富婆,可以吃上自己种的蔬菜和醋栗了。整个故事沉闷枯燥,主人显然不喜欢他兄弟的小庄园主式的、令人窒息的生活。故事讲完了,他突然对客人们冒出这样几句话:"幸福是没有的,也不可能有;如果生活有意义、有目标,那也绝不是我们的幸福,我们的幸福在于更明智、更伟大的事业。做好事吧!"这话看似平淡,却令人震撼,一下子把故事提高到哲理的高度,提高到经典的水准,使一个普通的俄国乡下故事具有了永恒的普世意义。又如奈保尔的《河湾》,在小说技艺方面是有瑕疵的,尤其是在章节布局方面做得不够好,但它仍是伟大的小说。记得有一回教完《河湾》后,我班上的一位旁听生,一位四川来的女孩,对我说:"读完这本书,我突然觉得心里亮了,看世界的眼光不一样了。"多年前我也曾有过同样的体会,所以《河湾》对我来说永远是一部伟大的小说。

我不厌其烦地谈洞见是强调小说的精神。文学不是技巧,而是精神,只有独特的精神和不群的姿态才能成就文学。而且这种精神必须是个人的,独一无二的。小说不管写得多么精彩,如果没有这个精神层次,没有洞见,终究不会成为经典。精神和智慧的层次并不总是直接由文字表达出来,往往存在于故事的戏剧结构中,比如卡夫卡的《变形记》和《饥饿的艺术家》。

小说家与纪实作家写作的意识非常不同。优秀的小说家有强烈的艺术传统意识,而纪实作家不必在这方面多费心。小说家必须清楚前人在小说艺术方面已经做到什么,自己怎样才能再进一步。比如,契诃夫的《带小狗的女人》创造了一个圆形的叙述结构:故事的结尾恰恰是故事的开始。这是短篇小说艺术上的一个突破，一个小里程碑。又如，斯坦贝克的《愤怒的葡萄》使用了许多插入章节，以扩大小说的容量。这种做法以前没有过，对作家本人也是一个巨大的挑战。斯坦贝克在写该书时，在日记里说自己不是作家，根本完成不了这部巨大的小说。也就是说他的艺术被伸展到极限。这种不确定性常常标志着艺术的突破。

三

通常小说有三种形式：短篇、中篇、长篇。这三种形式都有各自的技巧、内在逻辑和创作目的。技巧方面我已经说了不少，就不再细说了。短篇小说家的终极雄心是有一两篇作品能进入最优秀的选集，这样自己的作品就可以长存，并拥有长久的、一代代的读者。1948年6月的一天上午，舍丽·杰克逊用了几个小时写成了短篇《彩票》，这篇小说很快就成为经典。如今任何英语的短篇选集都要收入这个故事。由于这篇小说，她的其他作品从未绝版。这体现了一个优秀短篇的巨大力量，也是短篇小说家梦寐以求的成就。但短篇小说家很难独立，不得不依附于杂志，也得依靠杂志和选集的编辑来生存。中篇其实跟电影相关，中国大陆的文学杂志都很大很厚，愿意发表中篇，而且中篇容易改成电影剧本，所以在中国大陆中篇很风行。

但在国外，中篇几乎没有市场，因为一般杂志根本没有那样的篇幅来发表中篇。西方通常把中篇当作小长篇，就是设法当作单书来出，形式上应该归入长篇。如果作者已经有名声，也可以把三两个中篇作为一本书来出。长篇能使作家们更独立，使他们不依赖杂志和编辑，直接跟出版社或中间人打交道。由于容量大，需要更多的脑筋和劳动来完成，长篇通常被认为是小说的主要形式。想想看，《战争与和平》需要作者多大的脑力来装载，修改起来多么难。一般来说，每一代人中，如果幸运的话，会有五六个长篇留存下来。这样的长篇小说就是里程碑式的著作。每一位有雄心的长篇小说家都渴望能写出这样一部作品，独自立在文学的景地上。

现在汉语小说家非常多，而且汉语可能拥有最大的读者群，但我们还不能说汉语是文学的强大语种。我们的古典诗歌曾有过举世公认的辉煌。我们的古典小说跟西方小说是完全不同的东西，像梨和苹果无法比较。而我们的现当代小说则是舶来品，就像汽车、飞机、电脑等等都来自西方，所以西方文学界似乎看不起我们的小说。在英语世界中要编一部《世界短篇小说选》，当然一定要收入众多的欧美作家，但这几位俄国作家是必须选入的：契诃夫、果戈理、托尔斯泰。日本作家中一定要选三岛由纪夫，拉美作家中要选博尔赫斯和马尔克斯，非洲要选阿切比和戈迪默。而汉语作家通常是没人入选的，是可有可无的。至于长篇，我们也有类似的尴尬。我在美国已经三十年了,跟西方作家来往中看得出来他们的确看不起现当代汉语文学中的长篇小说。每回有哪位中国作家获得国际奖,我周围的作家中就会有人问我获奖人的作品到底好在哪里。言外之意,他们读完后心里不服气。当然他们有偏见,但平心而论,现当代汉语文学中确实还没有举世公认的伟大小说。我们应该面对这个缺失,知耻而后勇,希望有年轻人能把这个缺失当作自己的机会和梦想。

酣畅淋漓的重组

刘醒龙

我与小说打交道的时间是从小学四年级时开始的。若算上更早的时候听爷爷"挖古",这辈子几乎一直没有离开过小说。像我这样没有家传书香的人,民间传说是那个时代民间的一种真实,其传播更依赖于口口相传。无论何种功利,都是小说的天敌。我的书写,第一目的还是为了小说的妙不可言。试想一下,除了小说,还有哪种形式的书写能够如此地在汉民族心灵史中汪洋纵情!真正的人文传统总是栖身民间。一次成功的文学书写,即是指点通向其民族心灵史的探幽之路。

完成这次书写之后,我才从别人那里听说,这些属于历史题材。最初那段时间,我一直在强烈地抵制这种界定,怎么也不相信,那些就在眼前的事物,怎么就变成历史了?在情感上,我也下意识地觉得岂能连带着使自己早早进入历史范畴!小说家的书写,只要贯注的是当代意识,就不会与一切都是当下的书写有何不同。厚重或精巧,就像年轻时当车工所使用过的车床,一台是普通的,另一台是加长到三米的。我更喜欢操纵后者,加工那些巨大的、异型的金属零件。只要磨好车刀,想好切削方法,随后的过程会轻松舒展许多。反过来,在普通车床上,一个班要加工几十根细小的不锈钢螺杆,从头到尾紧张得连和漂亮的女工友说句闲话的时间都没有。小说的书写,一如此中道理。

这些年,对写作中想象力的夸张,已近神话,却忽略了想象之力无一不是来自经验。在一般人看来,巨大的小说,一定会写得很苦很艰难,实际上完全相反,《圣天门口》是迄今为止我的写作经历中最安宁、最享受的。

一次具有文学意义的书写,必然是某些经验元素积累到临界点后的一次酣畅淋漓的重组,幻变而成的新生。这样的经验,只靠肉体积淀是不行的,得通过灵魂的升华。即便是鲁迅那样的大师,也不能成为后来者的个人经验。他的小说经验只是相对文学史而言，对于后来的个人写作，最能发挥功效的，反而是使其成为独立写作个体的近亲回避机制。当下业界与媒体甚至更愿意在一个六岁的孩子的文字面前蜂拥而上，更愿意炒作一部只用六天时间写就的所谓著作。用六年写一部小说很可能是蠢材，六天的写作绝对可以吹捧成为天才。文学界没有经历过"虚假的繁荣"，还没有产生这方面的免疫机能，这些也得靠经验积累。所以我只好自我证明，是过去四十几年的个人经验成就了这部小说。这其实也是长篇小说的难度。

写小说对我来说真是一件妙不可言的事。这且不说小说本身的妙不可言。它给了我太多的意想不到，对世事的发现，对人的发现，对自己的发现。《圣天门口》的书写过程，无论我有多少想法，也不管这种想法是如何天花乱坠，说起来还有些哗众取宠、自吹自擂的嫌疑，其实最真实的原因是这六年间，女儿这个可爱的小生命，她的成长需要有成人在一旁监护。人到中年，得一个宝贝女儿，自己哪里愿意远走一步呀。有一年秋天，在文艺报社工作的朋友王山，来武汉参加一个活动，因飞机误点，半夜过后才到。一屋子的人都在对他说些慰劳的话，他却充耳不闻，径直冲着我走过来，说："醒龙，我也生了个女儿！今天刚满月！"在众人的一片惊愕中，我俩紧握着手放声大笑。一部好小说总是独特得非要天马行空才行。而一部小说再好，也会命中注定是一个必须在尘俗中打滚的东西。我的书写到了何等程度，我的思想境界穿透了哪一重天，在一分钟一分钟度过的日子里，谁也看不见，我自己也同样摸它不着。用一百万个汉字来打熬六年，最能让自己信服的理由只有一个，做这样一件可以耗掉更多时间的事，使得自己可以终日面对那可爱的小生命，也让一步也舍不得走远的世俗念头，披上障人眼目的外衣。男人非要到四十岁以后才懂得如何做父亲，如何善待女性，才能体会到女儿是父亲前世的情人。至于小说，我相信自己永远也不明白它是什么，那样的小说才会使人始终保持着前所未有的兴趣。用我家里的话来说，小说是放养的，小说家是圈养的。

　　以前有读者要签名，一口气写下来几乎全是同一句话：文学是永不背叛的朋友。1997年夏天，在大连开会，回武汉的飞机失事，我却幸运地逃过一劫，此后，我最喜欢签名的一句话变成了：文学是一个人的"福音"。下一步，我要写个人的第一本散文。这也是多年的心愿。曾经断断续续地写了许多叫散文的文字，却不满意汇成一本书。所以，我要完完全全地用现在的文字来书写，就像写小说那样，从头到尾地结构"她"。

情感是写作的最大诱因

毕飞宇

与小说有关的一些东西中,我特别感兴趣的是小说的生成,或说小说创作的第一动因。人在写作时,身体里会有一些柔软的部分,这些柔软的部分一旦被触动,就会有一些调皮的东西迸发出来,这些迸发出来的东西很可能就是一部作品。从我个人来讲,作品的产生大多来自自己身体里迸发出来的东西,它们是经验、情感和愿望。

经验是小说创作的根底。没有经验,根本就写不了。经验对小说家的价值，我觉得怎么评价都不过分。它在你迷失的时候悄悄地支撑起你的行为，那就是创作。《哺乳期的女人》的写作来自一个细碎的小经验：与哺乳期的女同事短暂地拥抱，一股强烈的气味刺激了我。这一经验深深植根在我的心中。不久，我生病住院，躺在病床上怎么也赶不走那个拥抱、那种气味。我当时没想写作，可我想说的是，经验在这时表现出了无比可贵的价值。它在我的潜意识中已经爬进了小说创作的进度，换句话说，我自己还没意识到我要写小说的时候，经验已经告诉我你可以开始创作了。后来又结合"空镇"所见和阅读经历，当所有这些联系起来以后，几乎都没让我动脑筋，像命运安排一样，我写成了《哺乳期的女人》。

再就是情感动因。我把那种看似无用的、没有对象和没有来源的情感，放在内心，反复琢磨、考虑，让这种情感尽可能地和外部发生关系，然后形成一部作品。《青衣》就是一个非常虚拟的情感催动的作品。二十世纪末的时候，我很焦虑，总有一双女人的手在我的脑子里晃动，我必须去寻找这个情感的来源，使自己安宁下来。而当我看到一则女演员身患重病，不顾生命危险登台演出的消息时，我觉得我焦虑的心安抚了。我假设女演员的这种行为与手有关，或者说跟一个女人内心无法破解的欲望有关，而且这个欲望已经强烈到一个程度，支撑她，使她认为它比自己的性命更重要。从我个人的写作角度来讲，最多的一种小说创作的诱因是情感，它为我提供能量，提供源源不断地向下写、往下寻找的动力。我大概写了一百多部作品，其中六十多部最早由情感诱发，导致我进入写作。

最后是愿望。最初写《玉米》的时候，就有一个强烈的愿望，想写一个特别的爱情故事，尽可能地让两个人处在爱得死去活来同时又缅怀的状态。这种缅怀不是由距离带来的，两个人就生活在一起。但我把这个爱情故事摁住，永远不让它挑破，永远不让他俩有身体的关系，让他们处在思念、爱和缅怀之中。我特别想写这样一种爱情，因为我痴迷一样东西：害羞。害羞的底子不是害羞，是珍惜。一个人渴望得到一件东西，可是她不敢轻举妄动，她知道万一轻举妄动就会失去，所以她在情感表达上会呈现害羞的状态。我觉得害羞的状况和珍惜的状况，是我们现当代文学中缺乏的东西，尤其是我们人生当中缺少的东西，也是今天我们的爱情中所缺少的东西。后来这个爱情小说由于其他原因写成了时代小说，但却是我想了解爱情、呈现害羞、表达珍惜的愿望诱发的。

这些都是从我身体里迸发出来的，与大家分享。

刘亮程

文学是**做梦**的艺术

梦是另一种醒来

作家是做什么的,其实什么都不做,这是一种想事情的职业,大家在忙忙碌碌做事情的时候,作家在想事情,想完就完了,也并不去做。

作家唯一做的一件事,可能就是做梦。

如果把人的一生分为不同的两种状态——睡和醒，通常人或许只注重醒来的时间，认为它是真实的可把握的。而睡着做梦的那段时间往往被忽视，以为梦是假的，睡是无知的。

但是作家不一样。作家相信梦，在睡梦中学习。一个优秀的作家肯定在他生命早期，什么都不知道的时候，糊里糊涂地接受了梦的教育。在那个我们还不会说话，不会做事的幼年，我们学会的第一件事就是做梦。

一场一场的梦，是开设在人生初年的黑暗学校，每个人都在这个夜校中不知觉地学习。只是，大部分人不把这种学习记在心上。只有作家把梦当真，视睡着为另一种醒来，在无知的睡眠中知觉生命，在一个又一个长梦中学会文学表达。

许多天才作家很小就能写出惊人的诗歌和小说，是因为他们早早在梦中学会了文学写作。

文学，本来就是人类最早的语言，是我们的先人在混沌初开的半醒半睡中创造的语言方式，并以此和天地交流。最好的文学艺术都具有梦幻意味。那些感动过我们的优秀文学作品，仿佛都是一场梦。

文学是做梦的艺术。一场一场的梦，连接着从童年到老年的全部生命。

作家所做的，只是不断把现实转换成梦，又把梦带回到现实。在睡与醒之间，创造另一种属于文学的真。

站在房顶的老师

我相信每个人的童年,都是一场没睡醒的梦。童年是我们自己的陌生人。每当回想那些小时候的往事,不清楚哪些是真实发生的,哪些是早年做过的梦,它们混淆在一起,仿佛另一种现实。童年故事都是文学,半梦半醒。

我上小学时赶上"文革",一年级上了半年,有一天快中午,被人从课堂上叫出来,说你们家出事了,快回去吧。

那年我八岁,父亲不在了。

紧接着学校的老师也跑了,我辍学在家。邻近的皇渠七队有小学,在三四公里外,我年龄小,走不了那么远的路,就说在家长两岁,能走动路了再去上学。

过了一年,我就跟着大哥到七队上学了,还带上了更小的弟弟。学校就一个老师,一、二、三年级一起教,学识字和加减算术,好多学生书包外背着算盘,跑起来算盘珠子哗啦啦响。

七队和我们村隔着一道盐碱梁,从村里出来,上坡,翻过梁,再过一条水渠,就看见了。平常时候只听见那个村子的鸡鸣狗吠隐约传来,人的声音翻不过梁。

学校在村外荒滩上,孤零零一间房子,四周长着芦苇、红柳、碱蒿子和骆驼刺。一条小路穿过盐碱滩隐约通到那里。

多少年后，我还经常梦见自己在那个荒野中的房子里上课，一个人坐在昏暗中，其他孩子都放学走了，我留在那里，好像作业没写完，好多字不认识，数字不会算，心里着急，又担心回去晚了，会在路上遇见鬼。那个我只上过不到一年的荒凉学校，在梦中把我留置了几十年。

印象最深的那个老师，我忘了他的名字，每天我们从自己村子出来，翻过盐碱梁，就看见老师站在学校房顶上，远远地看我们，一直看到我们走近，才从房顶下来。

放学以后他又站在房顶上，看我们走过荒滩。我们在盐碱梁上总要回头看看站在房顶上的老师。过了梁，就看不见了。

一天早晨，我们翻过梁，没有看见房顶上的老师，只有孤零零的教室，半截子淹没在荒草中。

来到了教室才知道，老师昨天下午从房顶掉下来，把头摔坏，当不成老师了。

小时候

我小时候喜欢爬房顶、上树梢，可能跟那个老师学的。大人说爱往高处爬的孩子将来有出息。可是我也喜欢钻地洞。村子高高低低的地方都被我摸遍了。一个人小的时候，是有可能知道世界的某些秘密的，孩子可以钻到大人到不了的某些地方，那些隐蔽的连通世界的孔道也有可能被孩子找见。

我上四年级时转到黄渠大队,去大队学校的路绕过河湾和一片长满芨芨草的坟地。

再后来,我们家搬到太平渠村,属于新胜大队了,依旧在玛纳斯河边上,只是朝北迁徙了几十公里,更加荒凉了。

就这样在穿过荒野坟地的路上,有一年没一年的,有一节课没一节课的,上完了小学中学。

我上四年级时开始写诗歌和童话,现在想起来,写的全是自己的梦和害怕。我小时候胆小,晚上蒙着头睡觉,眼睛露在外面,就能看见荒野上的坟地,好像我的眼睛能穿透墙和房顶,看见黑暗里的一切。

小孩啥都能看见。万物的灵在孩子的眼睛里飘。小孩看见的世界比大人多好多层。一长大人的眼光就俗了,看见的全是平常物。

一天收到三十封情书

初中毕业后,我考上石河子农机学校,学了三年农业机械,后来有了一份乡农机管理员的工作,干了十几年。

乡农机管理员没多少事可做,主要和拖拉机驾驶员打交道。每天一到下午,其他干部早早下班回家,整个乡政府大院子里，剩下我和一个看大门的老头。晚上那个大铁门只有我一个人进出，我开门关门的声音把守门人惊醒，他喊一声："谁？"我答一声："我。"然后，便是静悄悄的长夜。

乡政府办公室坐西向东，一幢空荡荡的老式建筑，晚上窗户黑洞洞的。我在这个院子住了好多年，后来经常梦见自己走过办公室的长长走廊，去布满尘埃的收发室，在大堆未拆封的书信中，找寄给我的信。这个梦里没找到，下一个梦里又去找。

我在这个大院里一次收到过三十多封情书，一个大学生女孩写的，因为邮递员每星期来一趟，好多书信积攒在一起。那是最幸福的一个星期，我反复读那些情书，每个信封里都装好多小纸片，可以看出是在课堂、在宿舍、在图书室里匆忙写就的，字又小又拥挤，像有说不完的话。

过了一个星期，又收到十几封。

这样的好事情持续了一个多月，我沉浸在上百封炙热情书的阅读中，还没反应过来怎么去回应，那个女孩的情书，就再也不来了，没有音信了。

这是我青春期里别人对我的一场恋爱，像花开一样，像一阵风，更像一场梦，那么美好地突然到来，又悄然消失。

我在那样的环境中写诗。每周来一次的邮递员是我最期盼的，我订阅的诗歌杂志，总是晚两个月到，我在三月的料峭寒风里，收到一月出版的《诗刊》，再把自己一个星期前写的信，交给邮递员捎走。至少半个月后,信才会送达,回复过来,一定是两个月后,天气都由寒转暖了。

我寄出最多的是投稿信,偶尔收到编辑的退稿和用稿信。现在我还记得收到刊登我的诗歌的《星星》诗刊、《绿风》诗刊、《诗歌报》时的激动,那时候,在这些刊物上发表一首诗,全国的诗人都会读到。我也由此收到许多认识不认识的诗人的来信。

只是,我再没收到过几十封情书。

一笔天上的生意

当乡农机管理员期间,我做了一件改变人生的大事情。

那时正赶上全民下海经商,我没经住诱惑,做起生意来。

我做的是农机配件经销,在县城东郊的路边上,租了一间农民的房子,进了些货,门头拿红油漆刷了"农机配件门市部"七个大字,就开业了。每天坐在街边看拖拉机过来过去,那时的乡村道路上总是尘土飞扬,大坑连着小坑,住在路边的农民都喜欢这些坑,因为过往的车辆总有些东西被颠下来,他们就有了意外之财。

这个开农机配件店的青年,天天看着过往的飞机,有一天突然脑门大开,他意识到这么多飞机从天上过往,却没有人去做飞机的生意,地上来来往往的拖拉机坏了有农机配件门市部,谁会想过为天上的飞机开一个配件门市部呢?

他为自己的想法而激动,买了七块大纤维板,偷偷搬到房顶上,不能让人知道。提着红油漆罐子上房顶,写了七个大字"飞机配件门市部"。他想,过往的飞机驾驶员往下看的时候,一定会看见写在房顶上的大红字,知道在沙湾县的城郊有一个飞机配件门市部,如果哪一天飞机在天上出了事,他一定会知道这边有一个修飞机的地方。

这个青年为自己的大胆想法激动着,不告诉任何人,每天独自看着天上的飞机,独自想着飞机应该用什么样的配件,于是开着拖拉机到处收集各种零配件,储存起来。

就这样,他一个人怀着做天上飞机生意的梦想,在地上的尘土飞扬中默默等待时机。

终于有一天,一架飞机在天上出事了,冒着黑烟,朝这边飞过来,越飞越低。那个青年马上召集几十辆拖拉机,拉着他几年来储存的一堆堆的古怪铁零件,朝着飞机降落的大片麦田追了过去。

这篇文章到此基本结束了。农机配件门市部卖掉后,写着"飞机配件门市部"的七块纤维板,也在此后的大风中一块块地飞落在地。

我开农机配件门市部的时候二十多岁,写这篇文章的时候已经四十岁。文章的前半部分,是真实的,我用了第一人称"我"

讲述，我确实开了一家农机配件门市部，也确实有一个飞行员的朋友，但后半部分是文学的虚构，是一场梦，我替换成"他"讲述。

二十年的时间，让这样一个有关农机配件门市部的现实故事，变成了面目全非的飞机配件门市部，这就是文学完成的。文学让地上的一件普普通通的事情，变成了天上的事情；让一个在农机站当着小差，有一个当站长的梦想却不能实现的小职员，从尘土飞扬的街边，看到了天上，知道了仰望。

文学和现实的关系是什么？可能所有的现实故事，都会成为文学的题材。但不见得所有的题材都会成为文学。

文学必定是我们在现实生活中的朝上仰望，是我们清醒生活中的梦幻表达。文学不是现实，是我们想象中应该有的生活，是梦见的生活，是沉淀或遗忘于心，被我们想出来，捡拾回来，重新塑造的生活。

文学是我们做给这个真实世界的梦。

看见另一个世界

农机配件门市部卖掉后，我的兴趣转到另一件更加玄妙的事情上：练气功。那时候全国气功热，我买了大量气功方面的书，想看见另一个世界。

其实，那另一个世界就在文学中，后来真的被我看见并写了出来。

我离开农机站在乌鲁木齐打工期间，用七八年时间，写出了散文集《一个人的村庄》。

到城市后我突然不会写诗了。我尝试着写散文，用我写诗的语言写散文。我这样写作时，慢慢地把我生活多年的村庄生活全想起来了，仿佛我梦见了它们。

是的，我写了我在那个村庄的梦。多少年来我在那个村庄的真实生活，终于化成一场梦。仿佛重回世间，我幽灵般潜回到那个村庄的白天和夜晚，回到她一场一场的大风中，回到她的鸡鸣狗吠和人声中，我看见那时候的我，他也瞪大眼睛，看见长大长老的自己——我的五岁、八岁、十二岁、二十岁和五十岁，在那场写作里相遇。

当我以写作的方式回去时，这个村庄的一切都由我来安排了，连太阳什么时候出来，什么时候落山，都是我说了算。这就是文学创作，一个人在回忆中，获得了重塑时光的机会。

《一个人的村庄》，是一个人的孤独梦想。那个想事情的人，把一个村庄从泥土里拎起来，悬挂在云上。

背铁砧上山

陈应松

当我们在这里讨论文学的时候，文学就出现了。

文学依然忍辱负重，沉默的写作者，在用带着热量的文字战斗，他们想尽办法，用文学赋予的一切权利，比如象征、隐喻、犀利的思想和反讽的言辞来完成反击，表达他们的严正立场和使命。但这是一个人的血性所决定的。

作家拥有了一支笔，就像一个人突然有了一支枪。要么作恶，要么行义。作恶打家劫舍，行义杀富济贫。枪的作用也就这两种。

我们可以减少与社会的直接冲突，比如在网上破口大骂，直筒筒地表达激愤，对某个贪官、骗子畅快淋漓地痛斥。我们可以有一个地方表现我们的血气方刚，主张正义，揭示生活一角的现实与生存经验。就如美国作家、评论家苏珊·桑塔格说的："作家的首要任务不是发表意见，而是揭示真相，以及拒绝成为谎言与讹传的帮凶。文学是微妙与矛盾之所，而不是简单化的声音。作家的工作就是让人更不轻易相信那些精神掠夺者。作家的工作就是让我们看清世界的本相——充满着不同的诉求、不同的组成部分以及不同的经验。"这种现实生活是在网络对峙的现实之外的、抛到一边的、完全没有被人发现的、忽略的、遗忘的世界。网络何其大，简直浩渺无边。但是，网络何其小，就在电脑和手机的方寸之间，而且非常嘈杂吵闹。那么小一块地方，人们扎堆，拥挤不堪，互相指责，抱团谩骂，举证、反驳、讥讽、手摇大旗，站在道德制高点上，欲置对方于死地，用虚拟的刀枪棍棒，杀得血肉横飞。

诚然，这里有严峻的现实，有欺凌和反抗的真相，但是作家不能仅有一张骂街的嘴，必须有一支负责任的笔。

基于此，当我一次次走向神农架的时候，我有一种私奔的快慰，离开悲痛与吵闹，一个庞大而宁静的世界在远方等着我。当觉得一切没有前途的时候，我们还有远方。神农架传说是有野人出没的地方，野人是南方古猿和巨猿的后代。照说，它们都绝种了，只有一两块骨头的化石。但是如果我们有足够的运气，我会与它们相遇。不过，在那里，我更欣赏触手可及的大气蒸腾的景象，群山一眼望不到边，世界似乎没有尽头，思绪可以在更远的天空中起落。峡谷因为畸形发育而残损深切。我们可以看到"燕山造山运动"而导致的扭曲狰狞，褶皱断穹；看到第四纪冰川经历的刨蚀地貌和U形谷，巨大的冰斗、角峰、刃脊、漂砾、巨大的擦痕等；可以看到因为高寒而在湖北任何地方看不到的冰雪、雪线、凌柱、冰瀑；看到因地壳碰撞和挤压而产生的河流、瀑布；看到那些躲过第四纪冰川而侥幸活下来的草木与鸟兽，那些鸟语花香，白云缥缈。但我也看到了因为贫穷和偏远产生的暴力与杀戮，悲伤与忍耐。

比方说多年前那里有收山货的人戴一块几十块钱的手表，被贫穷的山民盯住而被杀。还有丈夫只要喝酒不高兴就搞家暴，甚至将老婆的膀子卸掉让其脱臼。也有下电网电野兽将自己电死的，也有乱砍滥伐让你气愤不已的。比如非保护区的一些山上，百年的红桦被砍后扔在山里；为了一棵梣椤树上顶多两百块钱的果实，竟然将这些数十年的大量梣椤树拦腰砍断，让人恨得直咬牙；为了让保护区开满杜鹃，竟然把许多山上的杜鹃全部挖走，还有兰花，比如春兰、蕙兰，也被挖光了。再比如，神农架深山老林里，有不少呆傻人：有的是因为三岁前高烧无法去医院治疗烧坏了脑子，有的是因为不读书，有的是因为近亲结婚生下的孩子。我曾经在神农架红花坪村住过，那里死了个四十多岁讨不到老婆的单身汉。他与八十多岁的老母亲同住过，他找母亲要二十元钱买烟，未要到，他在茶园采茶，越想越怄气，就回家拿一绳子吊死了。

即便有这么多悲剧，即使生活简陋，劳动繁重，许多家庭收入微薄，但至今在神农架深山里，村里的房子大门是不上锁的。村里不会出现小偷和丢失东西的现象。人与人之间充满信任。比如卖茶叶，采来的鲜叶放在家里，收鲜叶的商人自称自取，你说多少就是多少，然后将钱放在这家人家里。人们在朴实的桃花源般的生活中，没有奢求，不会在网上骂骂咧咧，永远知足常乐。人的生命力是呈原始状态闪光的。作家在这里可以直接进入到文学永恒主题，生与死，爱与恨的深处，让文字与大地紧贴，生命与自然共舞。这儿所有的生灵，包括一草一木，一朵白云，一声狗吠，都可以上升到神圣的境界，对其产生全身心的爱恋，重新拾回生命源头的东西。就像卡夫卡说的，为了获得生活，就得抛弃生活。

作家的笔也是这样，他从无休无止的个人恩怨和社会格斗中奔向山川草木辽阔的世界，就像一只鹰在某个高度，可以俯瞰整个河谷和平原，生命的传奇与壮丽即将展开。一个作家突然靠近了那些卑微的、从未听说过的生命，那些底层带着滚烫热血求生的人，那个与鸟语花香在一起的生机勃勃的世界，那些在当下残酷的丛林法则肉搏之外的，像野生动植物一样的伟大的人，聆听着他们的心跳。

作家只不过是社会角色中普通的一员，文坛也并不比其他行业特殊，一样面临着价值混乱和道德重建的问题。作家因为心中有一份优雅的诉求，极易成为文字表演者、矫饰者。一个作家所到达的地方不同，所处的位置不同，但我愿意坚守那些看上去比较寂寞却可以一辈子值得坚守的东西。我愿意待在某个地方，行走，交往，目不转睛地注视，书写和陶醉。这是一场关乎自身的革命，是从赞美辽阔的大地和自然开始的。

当我在山上和森林里大喊长啸的时候，我对自己的生命状态有了自信。这是一次长途跋涉的证明。你的欣喜跟跑到一个无人的地方大哭一场是一样的道理。有一种驱动力和被称之为信仰的东西在承认我的皈依。这不是窥探而是深入，不是猎奇而是拥抱，虽然怯生生的，莽里莽撞的。其实这也不过是一个劳动者找到了一个自己喜欢的工作环境，但神圣的东西与我相遇了。无论怎样声嘶力竭地证明你的写作有多么伟大，多么崇高，多么有灵魂，都不如一头扎进群山的怀抱。有人会问，只是你自己的生活发生了改变，你的作品改变了神农架的生态吗？改变了当地农民的生活吗？提高了他们的苞谷和茶叶产量了吗？能引领文学走向大自然吗？能改变文学的接受率吗？不能，是的，一切都不能。

我下面讲一个背铁砧上山的故事。

神农架自然保护区深处有一条阴峪河，阴峪河也曾是一个村庄，你站在神农顶，如果天气晴朗，可以看到峡谷底部那条细小的河流，但村子已经荒废了。它因处在核心保护区，所有五十五户，二百零七人全部要搬迁出来。这个村子当年与世隔绝。据说村里住得远的人家到镇上去一趟，买日用品和卖山货，要走两天，途中要借宿或在山洞里过夜。有一个村民叫沈昌海，他们一家被安排搬迁到约两百公里外的堂坊村。他们要将所有的物品用背篓背到一个叫观音岩的地方，上公路后再装到汽车上。这一段没有路，只有森林和悬崖，要过无人区。一个家要背几十趟，什么床呀柜子呀，都是放在背篓上背出来的，可以想象搬家之艰难，又重又大的物件弄得不好，失去平衡就会坠下崖去。他家里有一个一百多斤的铁砧，是祖上传下来的，现在毫无用处，就是一块死铁、铁疙瘩，他完全可以丢弃掉，但他竟然背出来了。到了堂坊，他买下的当地农民的老房子在离公路十多里的老山上，也没有路，要翻过两个山梁。我去找他的时候，翻山越岭，走了几个小时，走得人仰马翻，精疲力竭。山也是很陡的山，只不过不在保护区了。他之所以要买下这山上当地农民荒弃的、透风漏雨的干打垒土屋，是因为这山顶上有十几亩坡地，可以让他们生活。住到山脚下、公路边，他没钱造房子，也没有地可耕种。同样，又得用背篓背几十趟将两车生活生产物品背上山。还有那个铁砧，他完全可以当废铁卖了。但是一个农民对自己的家传物品视若珍宝，他依然将它背上了山。我用全力试了试，撼不动，但他可以放入背篓，背几个小时。这块铁砧放在墙角里，跟一块石头没有两样，毫无用处。有用的东西很多，比如，他屋梁上挂着有近千斤腊肉，密密麻麻地在头顶。这是因为，猪赶不出来，又卖不出去，只好杀了腌制成腊肉。有许多木枋子，大约有几吨重，都解成两米来长，是在未禁伐时砍的，以后造房子家具要用，全部一根根背出来再背上山，一根木头也有两三百斤。还有近千斤苞谷，体积太大，再没法背出来了，就全部酿了酒，比较好背出来。一般两斤苞谷酿一斤酒。他请了几个亲戚背，每人背几十趟也背了两三天。这简直是不可想象的。还有三头牛无法用汽车拖，他和他的父亲就赶着三头牛从阴峪河走到新家，走了三天，带着被子干粮。按他的话说，三头牛的牛蹄子都走肿了，全部的蹄壳都走烂了。我问他铁砧现在作何用，他说没有什么用，但自己的东西舍不得，就背上来了。他说这话没有任何愁颜，非常乐观，仿佛背这些无用的东西上山是天经地义的事，哪怕再沉再无用也得背，没有抱怨，人生的困苦都是命运所赐，必须乐意接受。

听了这个背铁砧上山的故事，大家可能会联想到希腊神话中那个西西弗斯的故事，简直太像了，如出一辙。西西弗斯曾经是一位国王,由于泄露了众神之父宙斯的秘密,宙斯派死神将他押下地狱。但他足智多谋,绑架了死神,死神在西西弗斯手上,人间就没有人死去。后来死神被救出,西西弗斯被打入冥界。由于他触怒了众神,为了惩罚西西弗斯,便安排他将一块巨大的石头推到山顶。这事无法完成,因为巨石太过沉重,每每快到山顶时,又滚了下来。于是他再推。就这样,西西弗斯永远推着这块不能到顶的石头,这也成为他唯一的生命。

我们将两件事联系起来,一件是希腊神话故事,一件就发生在离我们并不遥远的神农架,发生在我的身边。这看起来是不可理喻的,但的确是现实中一个头脑清醒的农民所为。现实跟神话一样精彩,一样富有哲理和象征意味。这是一个伟大的象征,也是一种伟大的生存。一个背着铁砧上山,一个推着石头上山,两者都是悲壮的英雄。

法国获诺贝尔文学奖的作家加缪,也是存在主义作家,他写过西西弗斯,他从存在主义立场出发,认为西西弗斯的这种工作是荒诞的,无意义的。他评价西西弗斯说:"他藐视神明,仇恨死亡,对生活充满激情,这必然使他受到难以用言语尽述的非人折磨:他以自己的整个身心致力于一种没有效果的事业。而这是为了对大地的无限热爱必须付出的代价。"我们知道,西西弗斯是因为贪恋人世的美景,才被罚推这块巨石的。在被打入冥界前,西西弗斯嘱咐妻子墨洛珀不要埋葬他的尸体。到了冥界后，西西弗斯告诉冥后帕尔塞福涅，他说一个没有被埋葬的人是没有资格待在冥界的，并请求给他三天时间告假还阳，处理自己的后事即把他埋掉的事。但没有想到，西西弗斯一回到人间，看到美丽的大地景色就不想离开，不想回到阴暗的冥府去。后来他死了，回到冥界才被罚推巨石。加缪说的荒诞和无意义，就算对，也不过是一个局外人，一个旁观者的看法。在我认为，推石头和背铁砧的人，他们的生活并不荒诞，也存在着意义。

许多人的一生也许就是进行着一种看似无效的没有尽头的劳役。在神农架人那里，永远是这样。我在神农架一个农民小黄家里住过，他们夫妻从早忙到晚没有歇息的时候。他的老婆在亲戚家帮忙办丧事，两天两夜未休息，回到家连坐一下喝口水都没有就背上小茶篓去采茶了。我曾经在一家何姓农民家借宿。他住在深山老林中一个叫庙儿沟的地方。他有两个孩子，一个女儿当时读初三，一个儿子当时读小学六年级。他们在镇上住读，周五下午回家，要走四五个小时，要走山上，走老林子，也要走悬崖绝壁。我借宿的第二天是星期日，是他们返校的日子，但上午他们却与我们一道，步行了十多里路，上另一座山去挖药材。他们挖完药回家吃饭再背米返校，这一天就完全没有一点空闲。这种生活我们也会觉得太苦，像蚂蚁一样奔忙，没有意义，荒诞。但是对于一个农民来说，是他们完整生活的必然，是为了明天在拼命。

这也使我想起了一部法国的获得龚古尔文学奖的自然主义作品《马鄂的雀鹰》，作者是卡里埃尔。这部小说是写一个叫雷朗的农民，坚持在没有水的马鄂的高山上，每天去挖山洞寻找水源，为了活下去，所有的人都离开了这个贫瘠的高山，去到了城里，他却坚持生活在这里，挖出山洞巷道几十米，但却还是找不到水源。一个老人劝他说：就算你在山下面找到了尼亚加拉大瀑布，这能改变你的境况吗？因为这个，你就不笨了吗？雷朗回答说：如果白挖使我高兴呢？

捍卫自己的生活，哪怕从事着在外人看来毫无意义的行为和劳动，也是对抗外来世界最具有英雄主义气质的方式，是与一座山相匹配的不让自己颓丧和绝望、咬牙向前的生命惯性。这种生存方式，是一种不屈从于命运的抗争，具有悲壮的愚顽的史诗性质，可以开拓人们对于当代生活的认识。因为白挖也会使他高兴，这关别人什么事呢？

作家的工作难道不是一样吗？他能力微弱，人微言轻，在这种看似荒诞的现实中，去寻找底层生活的正当性和伟大之处，没有意义也让自己变得坚强。我看到过一段文字是这么说的，如果有一堵墙无法推倒，许多人也撼不动它，但依然有更多的人，日复一日地参与推。虽然我们无法推倒这堵墙，但因为我们每天用力，我们的肌肉和体魄强健了，这难道不是一种意义吗？沈昌海也好，西西弗斯也好，雷朗也好，作家也好，最后，你的人，你的作品，会变得跟石头和铁砧一样坚硬，你自己就是那块石头和铁砧。文学的意义诚如卡夫卡所说："文学只是加深了我对他人的自我，他人的领域，他人的梦想，他人的言论和他人所关心的地域的同情。"同情即是最大的意义。

加缪说："今天的作家不应为制造历史的人服务，而要为承受历史的人服务。否则，他将形影相吊，远离真正的艺术。"制造那块铁砧的人并不伟大，伟大的是命中注定背负它的人。背负它的人中，让背负有意义的并不伟大，真正伟大的是那些辛苦承受却毫无意义的人。承受者就是文学的意义。

在神农架，我看见了太多像沈昌海这样背负铁砧上山的人。这些人与我们的生活完全不同，他们并不知道外面的世界。我所住的那个村，一个七十多岁的老人，这辈子竟然连宜昌也没有去过，更不消说武汉。他们不读书不看报，也不知道网络世界的恩怨情仇，他们想到的就是怎么将一块笨重的铁砧背回家去。只有这块铁才是他们实际的处境和生活，是他们需要处理的难题，也是他们的所爱。他们并不认为这多么困苦和悲痛。再说，一个人在角落里自生自灭活着还需要别人赋予意义吗？宙斯和他率领的众神活着才是有价值的？那些资产阶级小姐、社会精英的活着才叫活着？

石头和铁砧是我们要征服的对象，而作家对这片山岗注视的时候，看到了鸟声啁啾，奇花异草，看到了晨光妩媚，夜色深沉……当汹涌的泉水从山上奔腾直下的时候，你接受这样隆重的、盛大的馈赠，这不是生命意外承受的惊喜吗？不是精神的盛宴吗？如果这还不够，你尽可以将天地揽入怀中，独自将它享用。但幸福是要分享的。

我刚从神农架回来，在神农架居住期间，我与当地朋友在山村里每天吃自己采摘的野菜，如鸭脚板、马兰头、折耳根。变着法子下火锅，凉拌。这些粗糙的、有些异味的野菜何尝不是在涤荡我肠肚中的辛甘肥厚。我怀着隐秘的渴望登上动车再转长途汽车，是对生活中遍布的平庸的反叛。要想拒绝水到渠成的没有意外的生活，就必须服从于真理。仅有网络、书本是不够的，那些认为在自媒体上振臂一呼的人们，不停地展示自己高雅和闲适的人们，他们缺少与人民直接对话的机会。要与远方的他们同路，结伴而行，即使不能分担他们肩上的重量，但如果能够陪他们一程，那至少你作品中的人物和世界要真实可信。这样，你就获得了一块铁砧，这是给你的作品增加分量的。

最后，我要说的是，负重远行的生命是有意义的，对文学尤其如此。要敢于丢弃自我，才能超越自我。神农架这个庞大奢侈的世界让我体验到了最为悲壮也最为壮丽的命运。没有人将它当作圣地，对于我来说，也只不过加入了另一种短暂的生活，但它是有力量否定以往的生活的。这种短暂的反叛是避免粉饰现实和复制传统,且对抗自我毁灭的最大能量。那里没有神,虽然有首歌唱道,"神农架确实有点儿神"。但注视那些平凡、笨重、愚顽的命运,会使我们的内心处于纯洁和神圣的状态。文学的意义最终会在这里被点亮。

我所体验的网上写作

金宇澄

《繁花》出版后,有个记者问:"没想到您是从网络'回归'文坛的,金老师是老网民吗?"我说不是。

以前也有人这样问我。2011年我在"弄堂网"发帖,写普通的上海人故事,写了两三天,版主就上来问,老兄,你是某某吧,不是吗?那你是谁?我说,我是新来的。版主说,不要装了,我已经知道了,你一定是谁谁谁的"马甲"。我说,我叫"独上阁楼",没有其他名字,真是刚来的。版主仍然给了我"置顶",帖子每天放在最前面位置,不会下沉,我不喜欢这种"离休干部待遇",希望他取消,他不理我。这阶段,他其实一直让别人看我的帖子,想知道我究竟是谁,最后他找到文汇出版社的朱耀华——我2006年出版的随笔集《洗牌年代》的责任编辑。朱看了就笑说:这个人烧成了灰,我都认识,肯定是老金了。他们都给我打电话,我只能认了,但希望他们保密,因为我已经发觉,在网上匿名很自在,很随便,仿佛脱离一种真人状态,"脱离了文学圈""没人知道我是谁"。如果都知道我是《上海文学》编辑,感觉上就不自由了,好像还在这个圈里,于是就这样写下去。也幸亏"弄堂网"是小网,来往都是和蔼的上海弄堂邻居,如果是大网,各种人就多,就容易有人骂,文章可能就做不下去了,网络会出现这种问题。比较自由的是,可以写错别字,随意更换人物的姓名,网友注意到会一一指出,但因为喜欢,也听随我的选择。

那时几乎每日发帖五六百字,很快就保持在每天三千字一大段的进度。欲罢不能的阶段,一天写过六千字。这是非常奇怪的经历。这个"独上阁楼"的帖,至今挂在网上,改成的小说《繁花》,也保持了原稿样貌,每一整段就是当时一天写的。进入写作,也即进入网友的议论中,与一般的面壁写作不同,很新奇。六个月写到尾声,我对网友说,这稿子要整理出版,不能全贴上来,以后大家去看书。

整个过程，网友都有讨论，也有人热情为我分行，我一大块一大块的文字，只用逗号句号，显得太密，看得他眼晕，我不予理会，因为我已察觉，这正是我找到的一种舒适的叙事样式，我的文学立场，多年的编辑经验，长期的"圈内"训练，都开始起作用，假如这帖子是另一人所写，故事可能就是另一个走向了。

网上的初稿中，有个人物绍兴阿婆，很早就死了，是从绍兴扫墓回来，忽然去世的。网友跟帖说，这老太太非常有意思，可惜这么早就死了。这意见引起我的注意，修改本也就让她延续到1966年"文革"初期，在一个最为潦倒的阶段，才与蓓蒂一起消失。阿婆扫墓回来忽然去世这一情节改成她病重，想吃一根热油条，最后起死回生。读者的提醒常常对我有益，假如我独自处于一种冷静中，一种冷状态的写作里，就得不到这一类的提示——小说通常都是到了最后印出来，才给读者看，我却提前听了意见，这样的写作产生一种现场，等于传统讲故事者的现场，七嘴八舌的，至少在我看来是合适的，我可以这样近距离接受读者的反馈。

记得网上初稿结束之前，我已感觉这是不错的一部稿子，一个网友跟帖却说：阁楼兄，这是个好东西，但要放进抽屉里，至少安心改二十遍，才可以达到"好东西"标准。我当时想，我这么好的内容还要改二十遍？但没有料到，在《收获》发表之前，

2013年出单行本之前,在这两个等待期里,我真的改了它二十遍,极其自愿的,一次次地改。我很感激这位网友的留言,但在当时,我是根本不信的。

如果把传统连载写作,与网络写作进行比较,前者就是报纸,小篇幅,字数有限,不可能给出网上一帖几千字、汪洋恣肆的自由。与以前的连载相似的是,都会有环境的激励,也都在考验作者的把握能力、逻辑方式,总之,这像是一种"热写作"状态。

西方盛行的作品朗读,新作朗读会,其实是他们的古老传统,作者习惯为朋友读稿子。朗读刚刚写就的文字段落,是一种听取意见的写作传统,这与网上写作互动方式,有相似之处,当然,也只适合某种性格的作者。当年狄更斯的小说,也依赖连载,包括《远大前程》,读者通过给作者写信,希望小说某个人物别太受苦,别让某人死去等等。张恨水最有趣的连载是《太平花》,反映二十世纪三十年代的国情,老百姓饱受水灾、兵灾、离乱之苦,张恨水想写一个"我们要太平"的小说,连载到一半,突然一下子"八·一三"了,日本人打进来了,贴近现实的所谓"俗文学",容易这样被牵制,读者都在等,张恨水只得改掉"太平"方式、变换主题。独自面壁的作者,不会发生这种公开转向的尴尬,一个"求太平"的,公开了的文字过程,中途改变原委,真是尴尬。国情已是"我们要打仗",接下来的情感就反映"不求太平"

的对抗，但是等日本战败，《太平花》准备做后记，印刷成书之时，形势又变了，等于说，作者初衷的不断改变，全因为连载，直面读者，会受影响。想想远古的无名讲故事者，包括我这一代最熟悉的"乘凉晚会"，那些弄堂说故事者，常也那么随心所欲，常常晨秦暮楚，甚至遗忘故事的主题。传统的重要文本，同样也经历了不知多少次转述、变化与遗忘，才成为经典。

曾经我参加过浙江一个"类型小说"会议，陌生的网络作家的状况，引起我的注意。这些年轻人对所描述的对象，一般都做足了功课，如写唐朝故事，必会掌握那时代衣食住行等等名目清单，无微不至……我以文学编辑的角度感受到，圈内的来稿，一般很少有这样精细的准备精神。

我曾对一位青年小说家说，假如我二十岁，我会去研究"类型小说"，研究那些高手的招数和诀窍，找他们的优点，为我所用，也许我就会有新变化，我可以获得更多的读者。他看看我说，金老师，为什么要我们去学他们？我们也很努力啊，我为什么要那么多的读者？我写到我现在这个样子，写到我这个程度，同样是很不容易的……

我理解这样的回应。只是感慨"他们"和"我们"，所谓庙堂的优越感，是否已经在我们的青年心里，种下了分界线、不相往来的碑石？争取读者，引动读者的关注，这是必须的吗？我理解的文学，不是故意拿出一个很难的内容，去给简单的人看,而是以自己的立场和积累,最大程度去吸引更多读者,慢慢靠近我所认为的文学,包括博尔赫斯极欣赏《一千零一夜》的方式——他认为好的小说,是让"读者消遣和感动,不在醒世劝化"。

我所体验的网上写作,是发觉作者在写作心理上,更容易倾向于吸引读者,每写一帖,都会考虑到更多,试图用更特别的内容,让读者注意,让他们高兴,惊讶或悲伤。"听故事的人,总是和讲故事者为伴",这个写作阶段让我认识到,小说的第一需要,是献给我心目中的读者,让他们喜欢,让中文读者喜欢,最大程度吸引他们的注意。

至于严肃文学与俗文学的区别,我认为并不在于发表在文学杂志还是网络上,主要是看作者处在怎样的写作立场。

"上海的街"与"北京的街"

王家新

谈到诗歌与都市这个话题,我首先想到两位"彼得堡诗人"——阿赫玛托娃和曼德尔施塔姆,因为他们都从他们生活的彼得堡为我们发现或创造了独具特色、令人难忘的意象和象征。因为他们,这些诗的意象也都具有了"标志性意义"。如阿赫玛托娃的一首短诗:"在那座吊桥上,/在如今已成为节日的那一天,/我的青春结束。"

仅这三句,就是一首令人动容的好诗!"吊桥"为彼得堡的一个标志（贯穿于彼得堡市区运河上的桥大都为吊桥），阿赫玛托娃精心选取了这个细节，不仅把握到了"经验的具体性"，有一种视野上的"可见性"，而且暗示了她青春时代的告别与相逢，迷惘与徘徊，而接下来"在如今已成为节日的那一天"这一句，更是惊心动魄，只有一个历尽沧桑的诗人才可以写出!

对我来说，彼得堡的"吊桥"从此就和阿赫玛托娃联系在一起了。她从她生活的"北方的威尼斯"（彼得堡为彼得大帝仿威尼斯建造的城市）创造了它，它也永远属于这位伟大的女诗人了。也可以说，在从生活转化而来的诗歌世界里，它有了某种"专属性"。

我们再来看曼德尔施塔姆："我的国家扭拧着我／糟蹋我，责骂我，从不听我。／她注意到我，只是在我长大／并以我的眼来见证的时候。／然后突然间，像一只透镜，她把我放在火苗上／以一道来自海军部锥形体的光束。"

这是诗人后来在沃罗涅日流放期间所写的一节诗。诗中直接出现了"个人与国家"这一主题。"海军部"这一形象极为典型：它为彼得大帝时期的产物，位于圣彼得堡三条主要街道的焦点，镀金的尖塔顶部成为一个帝国的标志。诗人早期曾专门写有《海军部》一诗，现在它又出现了，却投来一道足以致命的"锥形体的光束"!

我曾访问过彼得堡，一到那里，从任何角度都可以看到海军部高耸的金色尖顶。一看到它，我就想起了曼德尔施塔姆。在彼得堡市区或涅瓦河上漫游，诗人那不朽的声音也因此无所不在了。

我不能不想起瑞典诗人特朗斯特罗姆所写的《上海的街》。这不是一首泛泛的观光诗，而是带着一个杰出诗人新奇、深刻的感受和艺术创造。谈到这首诗时，美国诗人罗伯特·哈斯曾这样感叹，我很高兴看到，这首诗并非以人群带来的冲击开篇，而是从公园里的一只蝴蝶开始。哈斯指的是该诗的著名开头："公园那只白蝴蝶被很多人读过／我爱这只菜粉蝶，仿佛它是真理扑扇的一角！"

而我则惊异于诗中的这样一个"创新性隐喻"："黎明时人群踩醒我们沉寂的地球／我们都在街上，像挤在一条渡船的甲板上……"

我们都知道上海熙熙攘攘的大街和黄浦江上的渡船，甚至习以为常，而诗人却将这两者联系起来，并由此创造了一个令人惊异的现代人存在的隐喻！

所以，对我们生活或访问的城市是否有独到的感知和艺术发现，这是判断一个诗人的标准。这对我们的感受力、洞察力和语言创造能力都是一个检验。

上海，我自己已来过多次。我喜欢这个有点欧洲情调的国际大都市，它弥补了我在北京生活的某种不满足。我也总想就上海写点什么。我喜欢苏州河上的"外白渡桥",那是上海独有的一道风景。我也喜欢在老城区的街上漫步,听着细雨落在法国梧桐上的声音。这些都是我在北京体会不到的。但是,这些对我来说仍构成不了一首诗。我总感到自己欠了上海一首诗。正是这种"欠债感"迫使我向我的经验发掘,迫使我去找一个独特的角度或"触发点",以写出一首与这个城市"相称"的诗来。

直到有一年冬天,我重访了上海的普希金纪念碑。它坐落在汾阳路、岳阳路、桃江路的交叉路口。1937年2月10日,为纪念普希金逝世一百周年,一座青铜纪念碑在那里落成。1987年,在诗人逝世一百五十周年的日子里,这座曾两次被毁的纪念碑得以重建。重访那里,我很是感叹,一首《上海普希金纪念碑》很快也就出来了:"像一尊飞来石,耸立在/一个远离故国的交叉路口,/第一次去寻觅它时,出租车/绕了很久,像是某种迷失/最终把我们带到这里;/我们去时,街心小花园四周的烧烤摊/在细雨中还冒着滋滋的白烟,/人们以我们听不懂的上海话/问着价钱……/流亡的诗人,你孤独吗?/雨夜,我无法看清你那远望的眼睛/和石斧般的嘴角,/我只能用手触摸布满青苔的基座,/任一阵冰凉传遍全身……/而现在,我再次回到你的身边/(四周的酒吧也多了起来)/诗人,你仍在那里眺望吗/你还要眺望多久?/这里是上海,很少有人知道/你那被繁华掩盖的/刻在专制废墟上的名字,/也许,我们只能用更锋锐的汉语／才能再次把它擦亮。／也许，我们只能任其荒芜。"

这首诗看上去写得随意，却把我内心中的很多东西调动起来了。这也说明，要通过诗来谈论一个城市，首先要能找到我们个人与这个城市最隐秘的切入点。

除了上海和中国其他城市，我也写过伦敦、纽约、布拉格、柏林、彼得堡等城市。至于我自己所生活的北京，它一直是我写作的一个主题，即使我没有专门写它，它也存在于我许多诗的背后。我不太认同"城市诗"这个说法，就如同我不认同"农村诗""工厂诗"这类说法，因为它们把诗歌题材化了，也狭隘化了。即使我在北京生活了这么多年，我也从不认为我是一个"北京诗人"。我写它，是因为它和我们的个人存在息息相关，就北京这个"政治文化中心"而言，它也和我们所处的时代深刻相关。

我有意识地写北京，是从我于1990年冬写那首《帕斯捷尔纳克》开始的："这就是你，从一次次劫难里你找到我／检验我，使我的生命骤然疼痛／从雪到雪，我在北京的轰响泥泞的／公共汽车上读你的诗，我在心中。"

帕斯捷尔纳克的诗中时常有"雪橇""轻便马车""早班火车"这样的意象，而我着意写了北京的街道、冬天的雪、呼啸而来的公共汽车，以和俄罗斯这位诗人的作品构成"对称"，而在该诗的最后部分，我又写道，"这是北京的十二月的冬天"，再次对地点和时间做了强调。我有意要以此在一个历史时空中对自身的命运处境进行重新"定位"。如果说在二十世纪八十年代我们的写作有些流于空泛的话,到了二十世纪九十年代,我首先要做的,是在写作中确立具体的时间、历史空间和物质环境,并由此导向对我们自身真实命运的发掘。不管怎么说,诗歌仍是存在的"见证",我这样写显然也是为了"见证"的具体性与确切性,为了使一首诗在"超越时代"的同时获得它自己特有的时代感和场域感。

叶芝曾写有这样的诗句:"但人的生命是思想,虽恐怕/也必须追求,经过无数世纪,/追求着,狂索着,摧毁着,他要/最后能来到那现实的荒野……"(杨宪益译)我认为我们在今天也仍面对着这样的诗学命题。我们对都市生活的书写怎样能不流于表面的光怪陆离,切实抵达"现实的荒野",让"当下的脉搏"在我们的字里行间跳动?

近年来我写了一些和我的都市生活有关的诗,尤其是一首较长的诗——《这条街》(见《诗刊》2017 年第 1 期),可以说把我的生活和内心较充分地写了出来。这首诗写出了五年多来我们为了孩子上学而在北京西边租房生活的感受,很多诗人和读者说读了很感动。不管怎么说,有了这首诗,我们没有白白在"那条街"生活那么多年。

该诗的叙述者仍是一个作为诗人的"我"。我们也只能立足于自身的存在来写作，来处理个人与世界的关系。但是，正如人们所说："存在，就是与他者共存。"这已是当代诗学不可分割的一部分。在这首诗中，我也把"街上的一年四季""蹲着的修车匠，飞蹿的快递员，站着发小广告的""我们家的小兔子""天上的那颗让我流泪的小星"等人与事物都包含了进来。当然，纳入这首诗中的，还有更多的经验层面和元素——"曼德尔施塔姆的蝴蝶""借来的尘土""我童年的燕子""生活与伟大作品之间古老的敌意"及其"和解"，此世与"灵魂的边界"等等。

正如集中营的栅栏最后形成了策兰诗中的"语言栅栏"，这条我们生活了五年多的"无名小街"，其实也是在我长年的写作和人生修炼中形成的，而我要用它来贯穿我们外在生活和内在生活的各个方面。巴赫金大概这样说过："自我是一个礼物，它从别人那里得来。"进入到语言写作中的"这条街"，我们自己的生活和命运才得以发生和显现。

当然不仅是"进"，还有"出"（王国维意义上的"进"与"出"）。多年来，我欣赏的是那些立足于自身存在而又对世界保持深切关注的诗人。我们也只有把"进"与"出"结合为一体，才有可能与我们自己和我们的时代建立一种真正有效的"对话性"。

都市中的现代人往往有一种"异乡人"之感，但都市又是我们的立足之地，实际上在文明的进程中，它已替换了"大地"

而成为我们生存的基础。这就是我们要面对的"现实"。单一的情绪书写已不足以全盘道出我们在都市生活的复杂感受。因此,《这条街》也就有了某种"复调"性质。它源自生活本身的多重色调,源自我们与世界的争辩,源自我们生命中响起的多个声音。相对于较为单纯的乡村或风景的书写,"都市文化语境中的诗性书写"会对一个诗人提出更具难度、更具"综合性"的艺术要求。不管怎么说,我们得从真理、存在的多样性甚至荒谬性中来把握自身的写作。

最后,我引用《这条街》的最后一节(该诗共有十四节):"而'那条街'也就是'这条街',正如/'这条街'也将变成'那条街'——/明年我们的孩子小学毕业,我们也将搬走,/但多少年后我会重访这里,我们的孩子也会——/我童年的燕子也许会跟着他一起到来。"

"那条街",指诗前面提到的曼德尔施塔姆在流放地或者说在他死后渴望回到的"那条街",而它也就是"这条街",或者说,在一种共同的命运中被"翻译"成了"这条街"。我们住在上海的街上,或是住在北京的街上,但在很多意义上,作为一个诗人,我们仍住在"曼德尔施塔姆大街"上。"这条街"贯穿了生与死、进与出、自我与他者、个人与时代、晚年与早年等等;它立足于当下,但它也在向记忆深处延伸,同时也指向了未来。诗歌的写作,现在在我看来,也正是这样一种艺术。

南人上来歌一曲
——关于写作的一些闲话

潘向黎

一

刚读完叶兆言的新书《无用的美好》。这本书的封面上写着:"我们常常对现实力不从心,幸好,还有那些无用的美好,宽慰每一个人。"

文学是无用的,这是叶兆言一直的看法,他说过:"对文学的用途，我一直是悲观主义者，但文学和爱情一样，无用，却是美好的。"

这里面有一个作家的清醒和坦诚，却也有一个作家的热情和自信——毕竟，他还是坚信文学和爱情一样，是让人生更有色彩和更有味道的事情。

二

在艺术创作上，新不一定是好的，旧的也不一定好。好的才是好的。

三

学问论深浅，情怀和趣味应该论浓淡。

唐人绝句情怀浓，所以饱满明快；汪曾祺小说趣味浓，所以隽永耐品；日本插花也浓，太浓了，往往只好归于"侘"与"寂"。

四

一直认为作家应该自然地写出作品，"仿佛树上长出叶子来一样"（济慈语），不仅长出叶子，还长出枝杈，长出年轮。

但是长出来之后呢？恐怕很少有人能真正丝毫不关心作品的命运。

五

我们迄今为止知道的最纯粹的作家博尔赫斯，他对自己的第一本书的处理方式，也许可以称得上独一无二。

1923年，二十四岁的博尔赫斯出版了他的第一本书——诗集《布宜诺斯艾利斯激情》，当时出版书是一件"冒险的事"，一共只印了三百本，而作者根本没有幻想过以它换取任何实际利益（金钱、职位以及其他通常可能的希望），他把它们静静地散发了出去。在他的自述《我的生活》中他这样回忆——

"我发现去《我们》（那个时代最古老、最有名的文学杂志之一）编辑部的许多人都把大衣挂在衣帽间里。于是我带着五十或一百本书去见阿尔弗雷多·比安奇。他是编辑部的一位编辑。比安奇开心地望了望我，说：'你是想要我替你卖书吗？……'我回答说：'不，我虽然写了这本书，但我不是精神失常的人。我想我可以求你把一些书悄悄塞到那些挂在那儿的大衣兜里。'他很宽厚地答应了。过了很久我再去那里的时候，我发现有一些大衣的主人已经读了我的诗，甚至有人还写了评论。"

托人把自己的书悄悄放进陌生人的大衣口袋。

当然,那些陌生人,大都是专业的或者有眼光的读者。

现在的作家,到哪里寻找这样的陌生人的大衣口袋?甚至,这样的衣帽间?

六

刘禹锡的《竹枝词》,其中一首"白帝城头春草生,白盐山下蜀江清。南人上来歌一曲,北人莫上动乡情。"苏东坡特别赞赏,叹道:"此奔逸绝尘,不可追也。"

非常喜欢刘禹锡,但觉得苏东坡对这首的评价有点太高,不知道是否有点文人常见的夸张。

有一次在山坡上,站在树荫下,听见有人唱山歌,突然想起这首《竹枝词》,然后觉得确实好。明明是文人写的,可是完全是民歌的调子和气质,不要说什么典故,就是书斋的气息都一扫而净,不像是模仿,倒像是刘禹锡变成了白盐山下、蜀江边上的一个山民,随口唱出来的,风行水上,全无造作,一清见地,却又有婉转的风调。这个实在难得。

人赞王维诗"多少自在"。王维的山林是超脱空明的山林,而刘禹锡的山林在世俗烟火境中,竟然如此自在,这个难得之至。难怪苏东坡要赞叹。

七

日本童话作家安房直子,是一位隐居山中、生性恬淡的女子,她有如山菊花一样活着,像刺绣一般完成她精致唯美的作品。那些精细的针脚,鲜活的颜色,灵动的画面,都是属于她一个人的。

她远离尘嚣,深居简出,甚至拒绝出门旅行。有人曾去过安房直子的山间小屋,她说,那是一个落叶松环抱的地方。一到早上,安房直子就会在院子里那张铺着白色桌布的桌子上写作……

孤独、死、温情、爱,以及怀念,都是安房直子作品中最常见的主题。她总是把这种淡淡的哀伤融入自己那梦幻般的文字当中,写出一个个单纯得近乎透明但却又让人感受生命的怆痛与诗意的故事。

"安房直子曾经说过,在我的心中,有一片我想把它称之为'童话森林'的小小的地方,整天想着它都成了我的癖好。那片森林,一片漆黑,总是有风'呼呼'地吹过。不过,像月光似的,常常会有微弱的光照进来,能模模糊糊地看得见里头的东西。不知是什么原因,住在里头的,几乎都是孤独、纯洁、笨手笨脚而又不善于处世的东西。我经常会领一个出来,作为现在要写的作品的主人公。"

她一定非常喜欢山里的动物：黄鼠狼，狸子，野猪，山兔……还有远离尘世的植物：水芹，鹿药，牛尾菜，青荚叶，艾蒿，蕨菜，紫萁，胡枝子花，八角金盘……

她是那样忠实于神秘世界的模糊与不确定，从来不按通行的思维或道德准则来限定人物或引导故事，所以那种神秘是广阔而鲜活的。她经常回避熟知的概念和字眼。她说，"在……饭店里擀擀面条，煮煮杂烩什么的"，而不是"打杂"这样简单粗鲁的说法；她说，"四周已经是黄昏的淡紫色了"，而不是"天黑了下来"这样平庸的句子或者"暮色四合"这样固定的表达；她只会说，"做好的艾蒿丸子，要是蘸上甜豆沙吃，连身体里都会有春天来了的感觉"，绝不会说成"真是美味"。

这种宁静、细致和清气，大概都得益于她的深居山中吧。

八

山西的李国涛先生，是写作上的多面手，起初让我留下深刻印象的是他的《汪曾祺小说文体描述》以及几篇写汪曾祺的随笔。汪曾祺的代表作，一般人都认为是《大淖记事》《受戒》或《故里三陈》，唯有李国涛，他选定汪曾祺的《职业》。高山流水获知音,汪曾祺非常高兴,出《矮纸集》时就点将要他写序。

此外,李国涛指出汪氏小说文体三个支点:"回忆、结构、语言",非常准确明晰。他注意到汪曾祺对高邮风物的季节感,认为背后是一种文化意识,他对其中妙处体察得准,品味得深,表达得也灵动有味,这样的研究和文字,真对得起汪曾祺。

李国涛还用"夜半钟声到客船"来概括老年情怀,说那是一种"澄澈、冷静而且肃穆"之境,并联想到"杜甫晚年的诗里常写到舟船""好像杜甫把舟船作为老年生活和生命里程的一个象征了"(《说老年情怀》);比如,由金性尧选注《宋诗三百首》前言中的一句"老归故纸,人间一乐",他宕开一笔地联想到了:俞平伯、郭绍虞、朱自清、闻一多、台静农、沈从文、冯沅君,有那么多的"五四"以来的大家,在叱咤风云、领尽风骚之后,在新文学里作了或长或短的旅行之后,都"老归故纸"——皈依了传统文化(《说"老归故纸"》);再比如,张爱玲《金锁记》的开头,著名的写月亮的那句——"像朵云轩信笺上落了一滴泪珠,陈旧而模糊。"从来不觉得有什么玄机,但李国涛偏偏问:"为什么是朵云轩?"当然,朵云轩在上海,当然,眼泪落在宣纸信笺上会有湿晕,但为什么不能是荣宝斋、清秘阁的信笺?张爱玲会不知道其他老铺子?或者,为什么不单说宣纸信笺而要点出"朵云轩"?李国涛揭秘了:"朵云,是托月的。"(《为什么是朵云轩？》)可不是吗？一语道破。

阅读也好，研究也罢，多这样的会心，自己就有乐趣，别人也容易有乐趣。

九

看一个中国传统色谱名称表。那些颜色，仅仅是写下来或者读上去，都是那么美妙那么大方那么生动那么含蓄那么优雅，那么让人心生喜悦。

月白，柳黄，象牙白，蟹壳青，品红，雪白，乌黑，漆黑，水绿，鸭卵青，鱼肚白，黧色，缁色，霜色，妃色，海棠红，蓝灰，牙色，驼色，黛蓝，黄栌，紫檀，鸦青，水红，素色，墨灰，苍色，黎色，绾色，玄青，黛绿，水色，墨色，酡颜，黝色，茶白，竹青，胭脂，黯色，缟素，藕色……

第一次知道"黎"是那样深而混沌的颜色，简直就是淡一些的赭石偏茶色，或者很深的卡其色。难怪呢，"黧黑"也可以写作"黎黑"。一直将自己的名字和"黎明"联系，若说颜色，也只会想到天边的鱼肚白，从来也不喜欢这么深和不透明的颜色，哎呀，真是让人如何是好。

玄青，是意料中的颜色。和绀蓝很接近。它们是一路的。所以，我在小说《穿心莲》中，把女主人公叫作"深蓝"，那个男主人公呢，就叫"漆玄青"。深蓝和漆玄青，颜色上是很相近的，人物呢，自然也是同类，是知音。

为什么姓漆呢？其实当初是想到"七弦琴"，用了接近的音。可是从来没有人发现，似乎没有人关心他们叫什么。

埋在小说中的"七弦琴"，无人知音。在这个深夜，终于还是我自己轻轻地一拂琴弦。

十

写作的状态，是从日常的脱离。日常生活很忙碌、周围环境很动荡的人要写作，就要靠一瞬间逃离的速度够快。不是肉身，而是你的胡思乱想的速度要快。

就像从一堆互相撕扯的人中挤出来，他们还想继续缠住你，你必须马上拔腿狂奔，转眼不见，进入一个非日常的世界。

十一

小说里的人物，让人觉得世界上真有这个人，关心其命运，就已经是好了。

让人觉得：换作是我，在那种境地里，恐怕也会那么一步一步往人物走的那条路去，就是好中之好。

读者与人物距离越大，而能让读者认为"我也会如此"，越成功，说明逻辑的枝干是对的，情感的血脉是畅的。

"若换作是我"，不是简单的设身处地——读者都没有这个善良的义务，而是被"驯化"的开始（"驯化"是《小王子》里的那个概念）。

从读者"换作是我"念起，小说家的魔力得以施展。

十二

读到好作品，心情真是悲欣交集。"欣"是陶醉是惊喜，"悲"是灰心是沮丧：人家写得这么好，我还有什么必要写？从此不写才对！

这种阅读感受，是最醇美的打击，最绝望的满足。

那么，为什么还在写呢？因为终究还是盼望和那些同时代的写作人，抛开皮囊和日常，在文字的世界、在灵魂的巅峰相逢。

熟悉的**陌生人**

李洱

在辨析中探明意义

  大约在 2003 年,我第一次读到库切的小说《耻》。库切虽然获得了诺贝尔文学奖,但他在中国却是个被冷落的作家。事实上,除了马尔克斯,最近几十年的库切的"诺贝尔同事们"大多如此。其中原因非常复杂,可以作一篇长文。

我想,最重要的原因可能是,中国读者喜欢的其实是那种简单的作品,并形成了顽强的心理定式,即单方面的道德诉求和道德批判。那种对复杂经验进行辨析的小说,我们的读者并不喜欢。这当然不值得大惊小怪。在日常生活之中,我们已经被那种复杂的现实经验搞得头昏脑涨,所以有理由不进入那些以经验辨析取胜的小说。问题是,现代小说对读者的一个基本要求,就是你应该在辨析中探明意义。

库切的文字如此明晰、清澈,但他要细加辨析的经验却是如此的复杂、暧昧、含混。以《耻》和《彼得堡的大师》为例,这两部作品的主题中国读者都不会感到太陌生,只要稍加引申,你便可以在中国找到相对应的现实经验,所以许多人阅读库切的小说可能会有似曾相识之感。对经验进行辨析的作家,往往是"有道德原则的怀疑论者"。如果失去了"道德原则",你的怀疑和反抗便与《彼得堡的大师》中的涅恰耶夫没有二致。

顺便说一句,涅恰耶夫的形象,我想中国人读起来会觉得有另一种意义上"熟悉的陌生感":经验的"熟悉"和文学的"陌生"(缺失)。小说对陀思妥耶夫斯基的形象塑造,并没有什么更多的新意,它只是库切进行经验辨析时的道具。书中所说的"彼得堡的大师"与其说是指陀氏,不如说是指陀氏的儿子巴维尔和涅恰耶夫。这两个人都是大师:巴维尔以自杀而成就烈士之名，涅恰耶夫以穷人的名义进行革命活动，当然都是大师。当然，真正的大师还是库切，因为他们都没能逃脱库切的审视。

库切的基本立场

在对汉语写作的现状进行指责的时候，有很多批评家喜欢将陀思妥耶夫斯基和托尔斯泰抬出来，以此指出汉语写作的诸多不足。但是隔着两个世纪的漫漫长夜，任何一位当代作家都不可能再写出那样的作品，这应该是一个起码的常识。即便写出来，那也只能是一种虚假的作品，显得矫揉造作。读库切的《彼得堡的大师》，我最感到震惊的是他对少女马特廖娜的塑造。这样一个人物形象，令人想起陀氏笔下的阿廖沙、托尔斯泰笔下的娜塔莎、帕斯捷尔纳克笔下的拉里莎，以及福克纳笔下的黑人女佣，他们是大地上生长出来的未经污染的植物，在黑暗的王国里熠熠闪光，无须再经审查。但是，且慢，就是这样一个少女，库切也未轻易地将她放过。可以说，书中很重要的一章就是"毒药"这一章：这个少女的"被污辱"和"被损害"，不是因为别人，而是因为那些为"穷人"和"崇高的事业"而奔走的人，她进而成为整个事件中的关键人物，本人即是"毒药"。

从这里或许可以看出文学的巨大变化。陀思妥耶夫斯基和托尔斯泰看到这一描述,是否会从梦中惊醒?我想,它表明了库切的基本立场:一切经验都要经审视和辨析,包括陀氏和托氏的经验,包括一个未成年的少女的经验——除非你认为他们不是人类的一部分。

库切书中提到一个"吹响骨笛"的故事:风吹遗骸的股骨,发出悲音,指认着凶手。读库切的书,就像倾听骨笛。有一种刻骨的悲凉,如书中写到的彼得堡灰色的雪。其实,"凶手"如那纷飞的雪粉一样无处不在,包括少女马特廖娜,也包括陀思妥耶夫斯基,甚至还包括未出场的托尔斯泰。还有一个人或许不能不提,他就是库切——他粉碎了人们残存的最后的美妙幻想,不是"凶手"又是什么?当然,这个"怀疑论者"也会受到怀疑。只要那怀疑是有"道德原则"的怀疑,它就是有价值的,库切也不枉来到中国一场。

成功陷阱与不可模仿

如果博尔赫斯的小说是当代文学史上的第一只陶罐,那么它原本是用来装粮食的,但后来者往往把这只陶罐当成了纯粹的手工艺品。还是帕斯说得最好,他说一个伟大的诗人必须让我们记住,我们是弓手,是箭,同时也是靶子——而博尔赫斯就是这样一个伟大的诗人。

马尔克斯和博尔赫斯,对二十世纪八十年代中期以后的中国文学,产生了巨大的影响。我曾经是博尔赫斯的忠实追随者,虽然我后来的写作与博尔赫斯没有更多的关系,但我还是乐于承认自己从博尔赫斯的小说里学到了一些基本的小说技巧。对初学写作者来说,博尔赫斯有可能为你铺就一条光明大道,他朴实而奇崛的写作风格,他那极强的属于小说的逻辑思维能力,都可以增加你对小说的认识,并使你的语言尽可能简洁有力,故事尽可能有条不紊。但是,对于没有博尔赫斯那样的智力的人来说,他的成功也可能为你设下一个万劫不复的陷阱,使你在误读他的同时放弃跟当代复杂的精神生活的联系,在行动和玄想之间不由自主地选择不着边际的玄想,从而使你成为一个不伦不类的人。

我想,博尔赫斯其实是不可模仿的,博尔赫斯只有一个。你读了他的书,然后离开,只是偶尔回头再看他一眼,就是对他最大的尊重。

两种基本的文学潮流

历史尚未终结,历史的活力依然存在,但是故事的消失却似乎已经成了必然。完整地讲述一个故事,并通过塑造一个人物来描述一个世界运转的方式,在今天已经显得不可能。十九世纪小说所倾心描述的个人的历史性和世界性,对今天的小说家来说,已经勉为其难。当代小说,与其说是在讲述故事的发生过程,不如说是在探究故事的消失过程。传统小说对人性的善与恶的表现,在当代小说中被置换成对人性的脆弱和无能的展示,而在这个过程中,叙述人与他试图描述的经验之间,往往构成一种复杂的内省式的批判关系。

当然,这并不是说马尔克斯式的讲述传奇式故事的小说已经失效,拉什迪的横空出世其实已经证明,这种讲述故事的方式在当代社会中仍然有它的价值。但只要稍加辨别,就可以发现马尔克斯和拉什迪这些滔滔不绝的讲述故事的大师,笔下的故事也发生了悄悄转换。在他们的故事当中,有着更多的更复杂的文化元素。

以拉什迪为例,在其精妙绝伦的短篇小说《金口玉言》中,虽然故事讲述的方式似乎并无太多新意,但故事讲述的却是多元文化相交融的那一刻带给主人公的复杂感受。在马尔克斯的小说中,美国种植园主与吉卜赛人以及西班牙的后裔之间也有着复杂的关联,急剧的社会动乱、多元文化之间的巨大落差、在全球化时代的宗教纠纷,使他们笔下的主人公天然地具备了某种行动的能力,个人的主体性并没有完全塌陷。他们所处的文化现实既是历时性的,又是共时性的;既是民族国家的神话崩溃的那一刻,又是受钟摆的牵引试图重建民族国家神话的那一刻。而这几乎本能地构成了马尔克斯和拉什迪传奇式的日常经验。

我个人认为可能存在着两种基本的文学潮流：一种是马尔克斯、拉什迪式的对日常经验进行传奇式表达的文学，一种是哈韦尔、索尔·贝娄式的对日常经验进行分析式表达的文学。

近几年，我的阅读兴趣主要集中在后一类作家身上。我所喜欢的俄国作家马卡宁显然也属于此类作家。奇怪的是，这位作家并没有在中国获得应有的回应。在这些作家身上，人类的一切经验都将再次得到评判，甚至连公认的自明的真理也将面临着重新的审视。他们虽然写的是没有故事的生活，但没有故事何尝不是另一种故事？或许，在马尔克斯看来，这种没有故事的生活正是一种传奇性的生活。谁知道呢？

我最关心的问题是，是否存在一种两种文学潮流相交汇的写作，即一种综合性的写作。我或许已经在索尔·贝娄和库切的小说中看到了这样一种写作趋向。而对中国的写作者来说，二十一世纪以降，各种层出不穷的新鲜的经验也正在寻求着一种有力的表达，我们是否可以说有一种新的写作很可能正在酝酿之中？毫无疑问，这样一种写作无疑是非常艰苦的，对写作者提出了更高的要求。面对着这样一种艰苦的写作，从世界文学那里所获得的诸多启示，或许会给我们带来必要的勇气和智慧。

文学是个野餐会

《应物兄》出版以后，编辑要把样书送我。我说，别跑了，见面了再给不迟。我是在首发式上，与媒体朋友同时看到样书的。在场的朋友问我，对读者有什么要求。我说："我写了十三年，读者如果能读十三天，我就满足了。十三天不行，三天行不行？三天不行，三个小时行不行？读了三个小时，如果你觉得没意思，那就扔了它。"

写作，仿佛是在黑暗的隧道中摸索。其中的艰辛，你虽然不比别人少，但也不比别人多。所以我总觉得，讲述自己的创作过程，完全没有必要。如果你觉得苦，觉得累，不写就是了，又没人逼你写。

你写了那么多，说明你不仅有苦有累，也有欢欣。那欢欣倒不是所谓的名利。一个写东西的人，又能有多少名利呢？而且，说到底，名利都是身外之物。我想，所谓的欢欣，只不过是你说出了自己想说的话，也替笔下人物说了一些话。借用鲁迅先生的话，算是从泥土中挖了一个小孔。

艾柯的一个比喻是我喜欢的：文学是个野餐会，作者带去符号，读者带去意义。作者从隧道中爬出的那一刻，他要捂住双眼，以免被阳光刺瞎。他从黑暗中伸出手，渴望那些智慧读者牵着他，把他带到野餐会。在那里，读者如果觉得某道菜好吃，那首先是因为读者味蕾发达,而且口味纯正。如果能够遇到这样的读者,是作者的幸运。作者总是在寻找自己的读者,就像鸟在寻找笼子。

不断有朋友问我,下一部小说要写什么。在漫长的写作期间,我确实记下了很多关于未来小说的设想,也不断回想着写作中篇小说和短篇小说时的那种愉快:你在较短时间内就可以呈现一种感觉,一种观念,一种梦想。但我属于那种想得多、写得少的人。我甚至想过,如果某个构思,别人能帮我完成,那该多好,那样我就不需要亲自动笔了。所以,我现在首要的工作是阅读。我得看看,我的哪些想法,别人已经替我完成了。说得已经够多了,应该马上住嘴。

张柠

有信念的艺术与胆小鬼艺术

好的艺术永远不会过时

我们从"托尔斯泰"出发，一直走进了后现代的迷宫。人走路走累了，只想倚靠在大树上歇一歇，没有人会靠在一根芦苇上。托尔斯泰就是大树。艺术正是一个脚踏泥土向上飞翔的姿态，或者就是飞翔本身。托尔斯泰属于少数在最高空翱翔的艺术家。后现代大师约翰·巴思在《枯竭的文学》中曾经表示，托尔斯泰、巴尔扎克、狄更斯都过时了。我们发现，托尔斯泰没有过时，约翰·巴思才过时了。文学没有枯竭，约翰·巴思早就枯竭了。

托尔斯泰晚年，在创作和思想上遇到障碍的时候，他就去读书，读民间故事和民间歌谣，读东方哲学，读老子、孔子、孟子、墨子"极高妙的智慧思想"。他还特别喜欢读普希金。八十多岁的托尔斯泰还在读普希金的作品。他告诫青年作家们：别把时髦人物（颓废派作家）作为楷模，要学习普希金和果戈理。他认为普希金的作品，符合他评判艺术的三个重要标准：内容新鲜，语言惊人，态度真诚！同时，托尔斯泰认为，态度真诚是最重要的标准，只有在此基础上，内容才会新鲜而重要，形式才会惊人而精准，而不至于"虚伪和做作"。最终的检验标准，就是艺术的感人程度，它能否让人在被各种类型的暴政分割的地方，重新和解，拥抱在一起。

托尔斯泰不怎么重视对"艺术才能"的讨论。但他会夸奖割草农民的才能，说："人民的语言多么美啊！"他会看着边走边唱的农妇说："最好的作曲家就是人民！"他会让农民普拉东成为贵族彼埃尔的老师。这是一种典型的民粹主义美学观。他把人类概括为人民和天才，或者群众和英雄，然后模糊两者的界限。他试图消除大地和天堂的藩篱，写作由此而神圣化，洞悉一切的"全知全能"的叙事视角，成了小说的基本叙事方式。

现实和艺术缺一不可

二十世纪的小说叙事，在诟病十九世纪文学观念的基础上，力图摆脱以托尔斯泰、巴尔扎克、狄更斯为代表的叙事方式，并将一种"资产阶级工匠"式的写作推到了极致。小说工匠们貌似很精准，很科学，很客观。他们对写作者喊叫："不要再出现'他心想'这种句子了！"与此同时，小说工匠们又不甘寂寞，他们很想知道别人心里在想什么，但又不敢大胆说出来，躲躲闪闪，吞吞吐吐，法国新小说就是这样，后期的乔伊斯也是这样。

小说工匠的另一个怪癖，就是为创新而创新，他们试图通过不断改变产品的外在形式，来获取存在感和价值依据。小说被创新的"疯狗"赶进了死胡同。

二十世纪下半叶，走进死胡同的叙事文学开始另辟蹊径，重新开出两条道路，一条是师从亚非拉后发达国家和地区的原生态文化、民间生活及其表达形式；还有一条就是重返伟大的十九世纪传统。辛格和索尔·贝娄都厌倦了那种玩技术的形式探索，他们的创作都在向十九世纪致敬。

在长篇宏文《什么是艺术》中，托尔斯泰认为，人类进步必须具备两种工具，一是传递思想信息的语言，一是传递情感和希望的艺术，它们的最终目的，都是要促成人类的团结。所以，托尔斯泰在提出文学艺术的三个重要准则之外，又从写作的角度补充说，作家还必须具备另外两种素质："第一，确知什么事应该有"（*应然世界*）；"第二，坚信什么事应该有"（*对应然世界的信念*）。打个比方，我说："太阳明天将要升起。"你说："你不是全能的，你怎么知道明天的事呢？"我坚持说："太阳明天必将升起！"你说："也有可能不升起啊。"我说的是"应然"甚至是"必然"，你说的是"或然"。如果文学艺术就是你说的那样，我们要文学艺术干什么？文学艺术对这种"应然世界"的想象，就是在关注现实的基础上对现实的超越，就是对"完满"或"美"的想象，也就是对"未来"或"人"的信念。这就是托尔斯泰总能从现实中超拔出来，并将现实转化为艺术的法宝。这就是托尔斯泰，作为一位伟大的现实主义者和一位伟大的理想主义者的超人之处。

所谓关注现实，不是让我们去"复制现实"或者"抄袭现实"，而是要求我们"选择""建构""想象"另一种现实，也就是呈现托尔斯泰所说的那种"应有之事"。同时还要对这种"选择"和"建构"有坚定的信念，像普希金那样的信念，像《巨人传》那样的信念，像《悲惨世界》《双城记》那样的信念，像《穷人》《死屋手记》《卡拉马佐夫兄弟》那样的信念。

现代派艺术是胆小鬼艺术

你明天有两种可能：一是活着，一是死掉。你的爱人明天有可能还爱你，也有可能爱上别人。对任何事情如果都用"或然推理"来判断，生活就充满不确定性，世界就真的会出意外。然而，意外还是出现了。那种延续了几个世纪的"坚定信念"的逐渐丧失，其实在托尔斯泰之前就已经开始了。大约从爱伦·坡的时代，从《地下室手记》的时代，从《恶之花》的时代就开始了。由此开启了托尔斯泰称为"颓废派"文学的时代。经过几十年的时间，培育了一批胆小如鼠的人。尤其到了二十世纪，经历了"经济大萧条""一战"和"二战"，这种类型的"人"更为普遍，渐渐地，他们开始拉帮结伙，嘲笑十九世纪的"人"。他们的共同特征就是：不相信，不确定，不肯定。他们一边想着好事，一边想着更多的坏事，然后就像老鼠一样，拼命地打洞，朝地底下钻，听见敲门声就发抖，看到陌生人就逃跑。

对长篇小说而言，黑格尔所说的"市民社会的史诗"中，没有了"史诗"，只剩下"市民"，也就是卢卡奇所说的"衰变时代的问题人物"。本雅明则用"机器复制时代"做论据，论证出"经验"的消失，进而推论"讲故事艺术"的消亡。从某种意义上说，理论批评的混乱，导致叙事艺术的衰落，叙事艺术的衰落，导致理论批评的消亡。理论批评和叙事艺术凑在一起互相伤害。于是成长小说变成了退化小说，行动小说变成了沉思小说，想心事和做梦替代了情节和动作，叙事成了治疗法和催眠术，最终，小说叙事变成精神分析学猜谜和形而上学推理。然而，该走的都已经走了，该在的还在，世界美如斯，到处都充斥着"事故"和"故事"。有什么样的心态，就有什么样的信念，有什么样的眼神，就有什么样的经验，大象嘴巴里露出的才是象牙。

现代经验就是城市经验

施宾格勒说："城市是现代文明风暴的中心。"马克思在《德意志意识形态》中有一段关于城市文化的话，说得非常透彻，他将城市与乡村的分离，视为野蛮向文明的过渡，同时也发现了资本与劳动分离导致的异化后果。文艺复兴以来的现代文化，就是城市文化，就是告别沉思走向行动的商业文化和欲望文化。与此相应，也衍生出一系列副产品：进城的农民，失败的市民，赤贫化的失业者，不愿回到泥土上的流浪汉等等。与稳定的乡村和永恒的自然相比，城市是人工制造品，它充满了不确定性。有人很快就适应了，比如施蛰存和张爱玲。有人一辈子也不适应,比如废名和沈从文。

就当代中国情形而言,多数"50后"和"60后",他们最熟悉的是乡村经验。"70后"和"80后",他们对乡村经验很陌生,即使出生在乡村的人,也不知乡村为何物。如果说改革开放之前,城市是乡村的"剩余物",那么今天,乡村就变成了城市的"剩余物"。城市文化成了主导文化,能说你不熟悉城市文化吗?关键在于你"确信什么事应该有"的信念之中,是否有城市文化和现代文化的位置。

进一步落实到文学层面。文艺复兴以来的现代文学,就是城市文学,或者从乡土文学向城市文学迁移途中的迁徙文学。乡土文学的基调是抒情的,面对缺少变化的日常生活的叹息和幻想,由此衍生出传奇和寓言。城市文学的经验基础,就是无限多样展开的日常生活本身(十八世纪的简·奥斯汀和理查逊),以及日常生活展开受阻的故事(十九世纪的巴尔扎克和狄更斯)。二十世纪三四十年代的上海作家,曾经提供过很好的借鉴。

在当代中国文学中,存在一种初级阶段城市文学,他们以为只要写点街道、高楼、超市、酒吧、邂逅、夜总会、逛街和购物,就是城市文学。这种仅仅满足于城市外在形态的写作,是一种浅薄的城市文学。真正的城市文学,跟乡土文学一样,也需要处理一些人类永恒的棘手的问题,比如生死,是非成败,成长或蜕化,苦难和罪孽,信仰和救赎。不同之处在于,乡土文学是在泥土上或茅屋里处理，城市文学是在人造石头（水泥）上和高楼里处理。他们的公分母是希望和信念，而不是仇恨和簌簌发抖。

没有现实，艺术什么也不是，没有艺术，现实也微不足道，艺术是现实精神和超越精神共同孕育的结果。现代经验就是城市经验，与城市相关的文学肯定"日常生活"并使之变成艺术。"颓废派"艺术是被"坏世界"吓破了胆的艺术，它的怀疑和虚无，是长篇小说衰落的根源，必须重返一种确信的世界和艺术。好作家应该"确知什么事应该有"，并且坚信它。长篇小说的外在形式有不确定性，也是"未完成"的，但其内在形式则是确定的，那就是作家对美和完满，对人和未来的坚定信念。跟胆小如鼠的艺术相比，好的艺术，有信念的艺术，永远不会过时。

匮乏与拯救是永恒的主题

长篇小说《三城记》是以北上广三座城市为背景，书写"80后"的成长史，聚焦主人公顾明笛的命运，呈现了一个当下城市青年的奋斗史、情感史、挫败史，刻画了一个书斋里的青年是如何成长为社会人的。

我的写作动因主要有两个：中国当代小说创作中的一流作

家比较擅长写乡村，城市题材的小说相对缺乏；一些年轻的作家虽然在写城市题材的小说，但他们的城市经验往往过于碎片化。我尝试完成都市青年成长的小说。此外，小说主人公是出生于 1980 年的城市青年，尽管他与"50 后""60 后"一样，也面临着一些共同的问题，比如生死问题，但他们在日常生活中面对的具体问题，差距是很大的。二十世纪五六十年代的人在现实中面临的首要问题是"匮乏"，物质和精神的双重匮乏。匮乏感一直是他们小说叙述的主调。"80 后"一代，总体上看，不存在这种"匮乏"，他们面对的是"过剩"带来的烦恼和无聊。主人公顾明笛大学毕业，在国有企业办公室上班，家里有两套房，但他质疑生活的意义，整天焦虑不安。他辞职离开上海去了北京、广州闯荡，先后进入媒体、高校、互联网企业工作……

当物质匮乏的问题解决之后，人的意义在哪里？这是一种新的匮乏。匮乏与拯救，是永恒的主题之一。这个主题不仅在我的小说里存在，我的评论里也常有触及。写评论的时候，我经常想，如果我来写小说，会怎么处理这种问题？我在教学中与年轻人接触也很多，因此，我塑造了这么一个"80 后"人物形象，让他直面这代人的真问题，去行动，去选择。

鲁敏

"虚构"与"非虚构":
你中有我,我中有你

关于"虚构"与"非虚构",在创作、研究、受众与传播场域,各有精彩,所引发的带有"类比"性质的讨论,亦是十分热闹。

其实仅非虚构写作本身,已是分野若干,有卡波特"祖师爷"《冷血》那样的开山巨制,也有以美国媒体所倡行的"新新闻主义"。从中国本土来讲,有早已有之、佳构在前的报告文学,有以《人民文学》为平台推出而后蔚然大势的非虚构写作,也有当下特别活跃的微信公号原创推文——我的手机里就订阅了许多,如"真实故事计划""人间""正午""镜相"等等。它们类似新新闻主义、自述、人物小传、亲历、深度调查、访谈实录、田野调查等,灵动、丰富,酷烈中兼具深沉,成了关在各自小格子间里的人们了解汹涌世相的常见通道,同时也成为出版界的热门策划方向,成为新一批的影视IP交易焦点。比如前不久的警察"深蓝"系列,不仅屡登图书榜单,更被影视公司以高价购买。

蓬勃需求与综合力量推动下,一批殊为可观的非虚构长篇短制诞生,在公共阅读领域内异花怒放,大有不让乃至压倒虚构写作之势。更有一种真诚到激进的说法:唯非虚构写作可以实现对奇崛现实的多维度观照,从而拯救当下小说创作的袖手旁观与隔阂之衰。比如,对虚构写作最有力的疑问句就是:"你们再编,编得过每天的头条吗?"

何止头条,尾条都编不过。其实这种对比是没有道理的,是对小说也是对文学的较为片面和狭窄的理解:小说的追求从来都不是与新闻头条或尾条的竞争。随便去想一部我们都热爱的经典虚构作品,即可知此真意,此处不展开。只是想做一个小小的主张:虚构与非虚构,绝非各表一枝、此消彼长的对立与竞争关系。那应当算是什么关系呢?窃以为是至亲至爱、边界漫漶的同路人,你中有我,我中有你。

一

非虚构写作一直有着"拟小说"叙事的强大传统。

从被认为是非虚构写作的开山经典《冷血》开始,卡波特的整体叙事行文,俨然是古典小说的完整样貌。场景描写、叙述语言、对话与回忆、节奏调度、心理活动等皆极为讲究细腻。

"成排的中国榆树掩映着一条长巷似的甬道,这座漂亮的白色住宅就位于甬道的尽头,坐落在一片开阔整齐的百慕达草坪上。这是一处霍尔科姆居民艳羡的名宅。室内地板上铺着一方红褐色地毯,松软而富有弹性,减弱了地板的反光,还可以消除地板的噪音;起居室内,设有一张特大的新式长沙发,罩着缀有银色碎点的椅套;客厅一角为早餐区,摆着一张蓝白相间的塑胶制可转动餐桌。这种家具风格正是克拉特夫妇喜爱的,他们认识的绝大部分熟人也都喜欢,那些人家里的布置大体与之类似。"(《冷血》片段)

这样的描写,是否让人想起狄更斯的伦敦古韵,左拉的自然派写实,或者简·奥斯汀女士带点女性沉湎的客厅风味?无论是哪一种,都传递和营造出一种强烈而正宗的"纯文学"体味。这与其说是卡波特的蓄意追求,不如说是他的作家本能使然,这样的本能不仅体现在文本的极度讲究与小说化上,更体现在全书始终潜流涌动着的人性观照上。非虚构的"客观之眼"

加上写作者的"主观之笔",以忠实诚恳的记录,于不动声色之中发出对个体命运的温热叹息。

正是这样"小说"化的内在质地,这几乎是过分精微的"拟小说"叙事,才使得卡波特这种"不伦不类"、似马又似牛的写法从那些每日面包般的新闻写作中横空出世、高拔而立,一举开拓出非虚构写作的文体之先,成就了一个日渐雄阔的写作样式。

也正是从这一天开始,如同最原始的基因诞生,此后的非虚构写作也好、新新闻主义写作也好,几乎都非常忠实、不懈地追求着卡波特这样的"小说化质地",他们从来不甘于做"事实素材"的搬运工,套用一句建筑学上的熟语——"修真如假",把"真事儿"写得像"小说"一样。

举一个稍近的例子。美国记者、新新闻主义代表人物盖伊·特立斯(Gay Talese, 1932—),他长期为《纽约时报》《纽约客》供稿,非虚构代表作有《王国与权力》《被仰望与被遗忘的》《邻人之妻》等。他为《时尚先生》所写的特稿《弗兰克·辛纳屈感冒了》被誉为"二十世纪最伟大的非虚构写作"。

他在非虚构写作领域的重要影响,与其说是贡献,不如说是对卡波特以来"文学性"与"拟小说"化的进一步开拓。面对海量非虚构人物素材,他观照的是更具"文学性"的小人物与零余人,并结合其所居城市、教育、职业、婚姻等类似社会学的考察,来探求人性与时代的乖张关联。为达成这一深沉、内向的写作宏旨,特立斯在他的非虚构写作中,更把叙事策略从"拟小说"扩展到了"拟戏剧"。

《邻人之妻》是一本史料性极强的非虚构写作,以大量的事件、人物、组织、运动为纲脉,展现出美国二十世纪六七十年代以来的性文化产业发展,以及这一产业兴衰过程中的性观念变迁。如果仅仅是这样的史料素材,那这本书肯定会淹没在社科文化类图书的浩瀚之海中而无声无息吧,那这就不是特立斯了,也不是非虚构写作了。

《邻人之妻》在大量史实事件中,选取了《花花公子》创始人海夫纳,性爱俱乐部创办人威廉森、克拉默夫妇等作为主要人物,以穿针引线的方法,使他们自始至终引领整本书的推进,把他们塑造成了"小说主人公",并十分耐心地从他们的童年时代、成长经历等细微处进行着史诗再现式的人物追踪。

"1939年,芭芭拉出生在还没有自来水的偏僻农场,带来的只有更多的劳动,更加无法逃离的惨淡,看不到尽头的日常生活。母亲的阴沉让芭芭拉退缩,两个姐姐又都早早出嫁……她没去欧塞奇郡的乡村学校上学——学校只有一间教室,六、七年级的学生坐在前排上课,低年级的坐在后排,能听多少是多少,而是留在农场里帮父亲干活……和她一起玩各种球类运动的年轻男孩,从他们身上,她以最自然、开放的方式了解了

异性。"(《邻人之妻》片段,芭芭拉本名芭芭拉·克拉默)

这段话中文翻译不是太理想,但依然可以从中感到一种把历史人物当作舞台或戏剧人物的模拟意图。

"小说化"也好,"戏剧化"也好,这两位大前辈在叙事策略上的影响,我们会在当下的许多非虚构写作中看到明显的或者说更为张扬的乃至失了分寸的发挥,这个后面再讲。

二

那么反过来,虚构写作(小说)又从非虚构中汲取了什么吗?这可能是一个伪命题,或者说,这根本就是一个"Long long story"(长长的故事)。古今中外,大部分虚构写作,都有着极其广泛的"非虚构"背景或元素。不妨随性举些例子。

比如整体融入作家自我身世的"隐笔式",像《红楼梦》《源氏物语》。以真实事件(新闻)为由头的"药引子式",如《安娜·卡列尼娜》(源自托尔斯泰目睹了一起自杀事件,妇人为情所困,投入马车轮下)、《包法利夫人》(取材于一个乡村医生夫人的服毒案)、《红与黑》(源自《法院新闻》所登载的一个死刑案件)等。还有"杂糅式",如鲁迅先生所言,东取一鼻,西取一眼等,比如余华的《第七天》和《兄弟》。正如大仲马那句老话所说:"什么是历史?就是钉子,用来挂我的小说。"

这里的历史,正是"非虚构":对小说创作者来说,"非虚构"从来就是用来挂"虚构"的钉子。

在古典主义与浪漫主义时期,作家们是倾向于把这样的钉子给藏起来的,比如曹雪芹,又是"石头记",又是"假语存",又是"真事隐",绕了很多弯弯,就是不想泄露其中的半自传色彩。这或者也是一个传统虚构者的职业心态与职业荣誉感,哪怕就是取自真情实事,他若是不遮遮掩掩、不曲里拐弯、不偷梁换柱,就觉得被剥夺和削弱了他所专擅的"虚构权力"。

故而传统文艺理论也坚定地认为,虚构艺术,虽是从"真实的生活"出发,但需要"高于生活",进而升华为"典型环境中的典型人物",这样才算是正宗的虚构之道。这样的文体训诫极其强大,以亲历过"二战"德累斯顿大轰炸的冯内古特为例,明明是据个人经历写成的《五号屠场》,在撕毁了五千页草稿之后(引自他本人的夸张表达),他终于成功构造出另一个星球来扩展整个虚构空间。可能正因为此,才产生了那么多对作家身世与其作品关系的索隐与发生学的研究课题——这种虚构写作对非虚构的挣脱倾向,包括随之产生的索隐派研究难度,从古典主义、浪漫主义,到魔幻主义、先锋主义、现代主义,是呈上升维度的,尤其到试验性强烈的寓言体小说、存在主义影响下的法国新小说写作等,若还想从这些小说里去爬梳出非虚构源头或非虚构的现实逻辑,就有些老朽不化的缘木求鱼了。

我个人很偏好这种断奶或背叛式的断裂,虚构叙事在多大程度上可以挣脱非虚构逻辑的羁绊,挣脱过分结实的现实镣铐,飞升至自由虚妄之境,窃以为这是古典与现代文学的区分标志之一,是文学写作观流变进程中的一个重要分野,也是文学之所以老而弥坚,时至今日仍然不可被新闻、电影、科幻、游戏等消遣方式等量置换的一个小小奥秘……

但请让我吁一口气,不得不话锋一转,尽管小说叙事的各种主义更迭不断,但现实主义叙事因其强大、直接和与现实世界的深入互动,事实上从未离场并仍然在当下文学创作中处于第一跑道,以绝对主流的影响力笼罩天地四野,撑起四梁八柱。或者说,不管虚构叙事的变革与创造到了怎么样"无我无相无念无往"的异境,走遍千条道,繁华梦数场,归来仍然抱朴求素,双脚踏定现实主义的康庄大道,并且与非虚构有着水乳交融、难以割舍的日常之交,这种日常,有如三餐,有如四季,淡如流水脉脉,又浓似性命交关。

故而,从古典时期把"非虚构"源头竭力隐藏起来的"虚构之道",到先锋文学或新小说派基本找不见"非虚构"逻辑的天马行空范儿,再到今日,我感到虚构叙事伦理正在发生某些变化:一直被藏在暗处的钉子,出现了有意显露的"布阵式"处理,在虚构中撒豆子般地布撒各种绝对真实贴片。这里举几个小例子。

比如余华的《第七天》和《兄弟》，小说里可以看到对大量非虚构、网络热点事件的"拿来与借用"，有如冰糖葫芦的现实大串烧，并且这种借用，是不加掩饰，不做处理乃至有意张扬的，就是在无穷无尽的假话里头，夹棒夹棍地强行插入真话真说。尽管读者或研究者对此的感受与评价褒贬不一，但个人认为，这是值得研究的一种虚构主张。这一路径之下还包括近期的《应物兄》，诸多取材于现实的段子、掌故、典籍、史料的"大百科全书"手法，也可以说是"非虚构"式镶嵌，它们像不规则的钻石，照亮并刺痛了虚构文本外部的现实世界……

还有一种处理模式，我命名为"镶嵌式"。比如以历史人物克伦威尔为第三人称叙述视角的《狼厅》，英国作家希拉里·曼特尔曾凭此作打败诺奖得主库切，摘得第41届布克奖，而其获奖的一个最重要原因，就是此书对都铎王朝时期的场景设置"优秀得不可思议"，以及九十六位历史人物在小说中的文学再生。

再如《萨申卡》，作者西蒙·蒙蒂菲奥里以《耶路撒冷三千年》等历史研究类作品闻名。他这本小说选取了1916年（*大革命前夕*）、1939年（*大清洗前后*）、1994年（*解体之后*）三个时间节点展开，以女主人公萨申卡的命运来勾画二十世纪俄国史中的爱情与革命、背叛与恐怖。小说对"非虚构"元素的嵌入极为典型，比如当时的菜单、服饰、乐队、家具、街道布局等，具体而精确。而历史人物如拉斯普京、列宁、斯大林,作家巴别尔、布尔加科夫、法捷耶夫、爱伦堡等,都与小说中的虚构人物在同一个时空长卷上展开,且绝非装饰性的出现,而是以掌控者或见证者的身份参与到小说的整体运行中,犹如现代舞台剧上近年所流行的那种"浸入式"演出,邀请历史人物一起进入小说内部,与虚构人物互相映照、彼此借景,从而使纯属虚构的故事与主人公获得了透纸而出的3D仿真效果。

还有一种写法,对非虚构史料的理解与研究更为吃重,而虚构手法又更为花样繁复、登峰造极,我称之为"如盐入水式"。

比如一直对文学历史双管齐下并且持"历史相对主义观"的朱利安·巴恩斯,其重要代表作《福楼拜的鹦鹉》(几乎就是对福楼拜生平与作品的研究)、《$10\frac{1}{2}$章世界史》(以诺亚方舟传说为主线)、《亚瑟与乔治》(以柯南·道尔为主人公原型)等作品,都是把人物传记、宗教传说、史料钩沉、艺术批评、小说虚构等打通串联,形成难以简单定义的杂糅模式。在《福楼拜的鹦鹉》中,朱利安·巴恩斯把各种非虚构材质捏碎搅拌,又重新组合裂变,并融入新的虚构手法里去,光是这种裂变后的创造性叙事,在文本里也有四五种不同手法:虚构的医生以第一人称对福楼拜史迹进行真实的田野考察,把包法利夫人的情事投射到医生与妻子的矛盾中,追寻福楼拜与英国家庭女教师的现实通信但未果,对鹦鹉在福楼拜生活中的真实轨迹与鹦鹉在他小说中的虚构轨迹进行对比……篇幅原因，这里不作展开分析。

跟巴恩斯一样用功于史料并且把非虚构材质使用得更加"混沌"的还有英国老祖母级作家A.S.拜厄特，她的《占有》亦是布克奖获奖小说，整体戏剧情节固属虚构，但对大学学术生产过程的再现与反讽，对维多利亚式诗歌以及缠绵情书以假乱真的创作，对古旧典籍史料仿真式的追索爬梳，使得《占有》既像史实记录长卷，又像悬疑侦案类型，既严谨到有如学者笔记，又多情得堪比儿女初会，真假莫辨，雌雄同体，发散出令人无法释卷的综合文学气质。

类似的小说叙事模式还可举出不少，不再罗列。这种把非虚构元素从后台往前台挪、从配角位往中心区挪、从掩饰到强化的倾向，窃以为可能有几个原因。

其一，是虚构者所刻意选择的一种"反虚构"之道，是采用一种大声发言的方式，以时代气味浓厚、隐喻意味明确的非虚构元素来传递虚构者的写作立场。正如美国南方作家奥康纳所说，对耳聋的人，我需要提高声量；对视力不清的人，我需要放大图案。在虚构之路上奔跑了几十年的资深虚构者们，如余华、李洱，为什么选择这样以"非虚构"元素强行嵌入的方式去"虚构"，或乃一种负负得正、以弱示强，是表达强烈态度或时代意见的一种叙事策略。

其二，是作家与历史学者、研究者、社会学家等多学科复合之后的一种职业叙事创造，一个强大分支。此处尤指一批以史学、史料、学理见长的学院派作家。由于学科背景或个人强项所在，他们在小说这一文本的长河中，总会拖着深邃的历史涟漪，使得非虚构与虚构在小说中形成有力的互动性繁殖与创造性再生。前面提到的几位英国作家等即可归入此类。他们的贡献显然不在对史料的研究或呈现上，而是在此基础上从真到假的创造性叙事，从假到真的整合能力，从而达成对虚构叙事的开拓。

其三，是对文学场域的综合效率考量。对写作者而言，非虚构案例的"拿来主义"非常贴合"我手写我见"的第一本能冲动，并且不自觉地照顾到人们对"真实事件"的更高关注度。要知道，"求真"心理，几乎是大部分读者的本能所在，同样是一捧血，发生在对门邻居身上，或发生在托尔斯泰笔下，对读者的"即视感"情感调动，殊为不同，非虚构元素强烈的小说会产生"所见即所得"的阅读快感。于是乎，一边是"我手写我见"，另一边是"所见即所得"，这成了效率思维模式下的现代文学消费的综合考量之选。是消费就躲不过几何原理，两点之间，非虚构风格的现实主义恐怕就是那条"最实际"又"最高效"的直线。这或也是其他虚构叙事手法在当下略显边缘的原因之一：谁还愿意绕远路呢，去搞现代主义、象征或魔幻、实验或元叙事……

其实就算没有这些因素,我们也清楚地知道,所有的小说写作者,从他写下的第一个字开始,面对自我,面对读者,就进入了"如假包换"的催眠模式,从一草一木到一砖一瓦,他在建构一个绝对的虚妄之国,他必须千方百计地吹气,要让他的人物活起来,他希望他讲了一个"真正的"故事,感动得让读者以为"这一切都是真的"。这是作家与读者之间永远的一个小把戏,一个亲昵又心照不宣的"阅读契约"——就像人类在童年时期的睡前故事那样,我们把神话、传说、寓言、童话、故事都当作是真的,这正是虚构带给我们的自由和天真,这是对单一世俗生活的反抗和挑战,我们的的确确在虚构,用虚构的方式达到非虚构的自由之境。

三

想谈几句本文开头所提到的微信公号推文的"非虚构写作",作为当下最为热门的民间阅读,以其快狠准动辄成为当日霸屏、全民话题,荡生出一波波的涟漪效应,亦有数据造假或纯属虚构等黑背景,导致销号、民诉、刑案乃至公共政策变化等。若干案例,众皆耳闻目睹,此处不赘。

此一路数的非虚构写作何以具有如此强大的"社会影响"?

因其深广，各案也有各案的背景与形势，本文不作讨论。这里仅从非虚构文本书写的角度来略作考察，还是有些值得思考的东西——"公号热推"类的非虚构写作，其与虚构写作的深度交融真可谓水乳大地了。

前面说过，从"祖师爷"卡波特那里起始的"拟小说"叙事传统，约莫可以作为非虚构写作DNA般的强大支点，更何况，非虚构写作总会在一次又一次的实战中发现，"虚构"性的技术不仅实用，也属必要。此话怎讲？且看教材。

有关非虚构写作指导、创意写作指导的教材，大部分是从海外引进的，有创意写作专业的大学教材，也有著名非虚构作家的写作指南，也有集大成的创意叙事指导汇编等，仅我所见，市面上即有近十种之多。出于好学与好奇，我曾细读了其中两本，里面罗列了不少黄金要诀、重要法则与技术手段。

约翰·麦克菲在美国被公认为"创造性非虚构写作"的开拓者，在普林斯顿大学教授非虚构写作四十余年，学生中有多位成为普利策奖得主，还有很多大量活跃在《纽约客》《时代》等媒体，包括因写作"中国三部曲"而为国人熟知的彼得·海斯勒。约翰·麦克菲的《写作这门手艺》就是非虚构写作的专业教材，里面可以读到很有操作性的具体指导。比如，关于结构，包括时间轴、空间感的处理：顺序是不足取的，平均用力更是无效和乏味的，要有"处理"和"选择"。"你们为非虚构作品谋划的结构，要具有一种吸引能力,近似于虚构作品的故事情节",最好能有"某一个小房间让我们逗留不前,里面也许能够放下二十多幅肖像。""你无法改变事件发生的时间顺序,但通过时态以及其他能对读者起到明示作用的形式,你可以拥有倒叙的自由,只要你觉得它在呈现故事方面说得过去。"

比如关于"引用","获取话语之后,必须对它们进行处理。必须有所删减,必须加以捋顺。""在复杂情况下,如果引述把握恰当,有助于让旁观者保持判断……我对引述做了修改,也做了强调,你会说不应该许可这种行为吗?我不这么认为。"

而真正把这一"虚构性非虚构"特质吃透、勘破的,我以为是思维疯狂又绝顶聪明的艾柯,他的小说《创刊号》可以作为非虚构写作的一流教材,在这本虚拟的《创刊号》杂志里,里面的采编人员,出于对受访者的勒索或投靠之需,对于如何在有限的采访素材里进行无限的创意性发挥,绝对达到了心领神会、出神入化的地步。

也许有人会认为这些"手把手"的教材里有种"八股"般的技术主义气息,并为此惊讶或愤然到拍案而起。其实真的大可不必,在对虚构写作教材与公号热推文的对照阅读中,我们应当明白一个早就不是秘密的情况:并不存在纯粹的"非虚构写作",只有各取其要、程度不同的技术性"虚构"。

此亦非新论,因为从人类开始记录和研究历史以来,关于历史书写的真实性,就有着"胜利者书写"之说,由此带来的主观性,由此创意出的"选择性书写""遮蔽性书写""情感性书写"等皆属常规技术手法,历史就是"任人打扮的小姑娘"。对此,美国的新历史主义理论家海登·怀特断言,任何叙事都是一种修辞,甚至"历史本文"也是一种"修辞想象"。"历史"就是在"被叙述"中成为一个"被构建的想象共同体"。

目前的微信公号类"非虚构写作",虽则没有胜利者"重构"那样的使命与权重,但在类似硬核抓取、事例筛选、逻辑爬梳、明暗对比、倾向引导等诸环节中,毫无疑问,仍会强调和发挥出"创意写作"的重要功能并对"公共叙事"形成强有力的引导与暗示性的"修辞想象"。哪里遮瑕去斑,何处描红加黑,叙事术即是化装易容术,即是一键修图:我们没法否认这与"事实"是同一个人,但很有可能已面目有异,不敢相认矣。

我们可以随手打开一个"非虚构"叙事公号,在文本阅读、情绪铺垫、价值判断形成、网络情绪共振的链条之后,我们可以试图绕到文本背后,对推文后的"素材"进行"还原"的考察分析,我们敢不敢追索,或者能不能追索到事实真相到底如何?这是当下非虚构写作与阅读现场的一个有趣到悲哀的悖论。

究竟何为非虚构写作中的"创造性"?麦克菲在书中也曾如此自问自答:"创造性表现在你为写作而选择的内容,获得所选内容的方式,为呈现事物所采取的铺排手法,为描述人物并成功塑造角色所使用的技能技巧，文章的节奏感、完整性和结构性，以及将原始材料用于叙事的幅度范围，等等。"看看，几乎每一句话都可以同样用在虚构写作上，不是吗，我们的小说常常不就是这样酝酿和写成的吗？

或者可以退一步问，非虚构写作中的"创意"技术与叙事伦理的边界在哪里？文学性的渲染与重构性叙事如何分野？可能对公号文的写作者们来说，这很难清晰区分，或者也没那么重要，重要的是"好"：好看，好卖，好传播。在"真故"等公号订户们的阅读期待中，跌宕起伏、剪裁得体、稍带传奇感的叙事，已然就是非虚构写作"应有的"模样——读者诸君包括创作者真的那么在乎真实吗？可能他们更在乎的是"真实"这一面具般的角度，这本身就是一个铁肩道义、公共正义，兼具发声与参与功能的取景器。

故而，从这个角度来讲，我们应当平静和清醒地接受这两种文体的深度交叉与模糊边界：从来就没有"非虚构"写作。你所津津捧读的那个"10万+"，是做过大量素材功课、饱含技术性化学处理成分的专业叙事。

四

回头说到本文开始的命题，虚构与非虚构到底如何或有无必要类比？也许在局部，比如社会视野、活跃程度、价值观、受众传播上，我们可以进行孰优孰劣的讨论，但从整体的文体追求上来讲，其实二者的追求都是一个"综合实力"，这个"综合实力"就是为了对读者进行最大程度"征服与收买"，而这一点，也常常是"文学性"最为重要的期许与抵达。

也许正是为着这一份骨肉调停、魅力恒久的"文学性"综合实力，非虚构写作与虚构写作，都在各自的路径上苦苦跋涉，努力求索，假作真时，真亦作了假：真的（非虚构）写得要像假的，像小说；假的（小说）却又竭力拟真，最好能弄假成真，使人们完全进入那个虚幻世界。这当中，他们有技术的彼此借鉴，有审美的暗中渗透，更有创造性的文本幻化，从而达成一种共生共荣、相互影响、交互发展的耦合关系。

前不久我写的一个中篇：《或有故事曾经发生》（见《十月》2019年第3期）。正是上述这些胡思乱想，才有了对这个小说的叙事处理。

毫无疑问，我更为倚重和着力的当然是小说本身的内容：一个平淡但勇敢的自杀事件，一个凡夫俗子路人甲之死。最初是从同学群里听到的：某中年父亲，说他女儿突然烧炭自杀了。因为有间接的熟人，群里不免各种关切与困惑，对她为何自杀的强迫性焦虑，并且我发现大家实际上都带有一种类似调查记者般的心态，挟带着社会问题探讨的习惯性逻辑——我们都已经被非虚构公号的思维模式和叙事审美深深绑架了。于是，在故事完全无形的情况之下，我首先确定了这篇小说的形式。形式是多么重要啊，形式实则就是内容，尤其在这个小说里。我以虚构的方式，致敬、戏仿或解构了一个非虚构叙事的发生与发展，而这整个戏仿，恰恰就是不需要那本来就欠丰并且我一直有意保持着的那份付之阙如的内容，小说的内容最终只是：在这例死亡的周遭，我们可以肉眼见到的人间隔膜，以及人们为打破这种隔膜所做的艰难无效的努力。

还有一个附加的收获。在这个戏仿或致敬非虚构写作的虚构叙事中，我几乎是感动和幸福地发现，非虚构写作的叙事策略，完全就是我们人生策略的投射啊：生活本是大一统的平淡，然而总有千姿百态的不甘平淡。我们总在选择我们愿意、需要和相信的那一部分。

只有灵魂可与世界接轨

徐小斌

中国作家基本上都是以"集体命名"的方式浮出海面的。譬如刚刚改革开放时期的伤痕文学、知青文学,后来的新写实主义、新生代写作、女性写作、网络写作等等,都是一拨一拨的,赶没赶上那拨儿对中国作家来说太重要了。曾经有很多批评家对我说,非常喜欢我的小说,可是没法定位,没有传承,独树一帜,很难用理论来覆盖。这一点我其实还蛮高兴的,起码证明我的小说是条活鱼。

直到戴锦华女士说:"尽管徐小斌的作品在令人目眩的泼洒的浓重色块、多向的丰富的知识(*荣格、弗洛伊德、海洋生物学、博弈论或上古神话等等*)与奇异的异地间回旋,但笔者倾向于将其读作关于现代女性、女性生存与文化困境的寓言。毫无疑问,徐小斌的作品不仅仅关于女性。从某种意义上说,它关乎整个现代社会、现代生存。"孙郁老师说:"作者见证过二十世纪八十年代的文化变革,总能以旁观的角度去审视昨日的历史。在那些文本里,完全没有逃逸,乃是一种精神的面对,甚或一种搏击。这让我想起卡夫卡和鲁迅。其中不是模仿的问题,而是一种气质的联系,徐小斌在本质上,和这样的传统是有关的。"这时我才觉得,终于在暗夜中找到灯塔了。

歧路孤影

我是1981年开始发表小说的。但是从开始发第一篇小说起,就完全不符合当时的社会语境。在伤痕文学、知青文学、寻根文学盛行之时,我写了一个十三岁情窦初开的小女孩暗恋一个青年医生的故事,写的完全是人物心理,是人性深层的隐秘。当年得了《十月》杂志首届文学奖,当时的奖是完全按照读者的投票选来的,是诚实公正的奖,也就是这种"诚实公正"鼓励了许多像我这样没有任何文坛背景的年轻人。这一路数的小说至今依然属于特立独行,有点影响的譬如《河两岸是生命之树》《对一个精神病患者的调查》《双鱼星座》《迷幻花园》等等,直到1998年首版的《羽蛇》,把我这一路数的小说推向了极致。

《对一个精神病患者的调查》被普遍认为是我的"成名作",它写了一个违反传统思维模式、超越常规的女孩如何与社会现实格格不入,以至被社会视为疯人,被社会与人群摒弃的故事。这部小说发表之后,我收到了七百多封读者来信,并且由当时"第五代导演"中拍《一个和八个》的导演张军钊搬上了银幕,获第十六届莫斯科国际电影节特别奖。当时是二十世纪八十年代中期,几乎还没有什么关注人类精神层面的文学作品。

获得鲁迅文学奖的中篇小说《双鱼星座》发表后,被评论界一致认为是一部女性主义的作品,其实那时我对于西方的女性主义还没有任何了解,但我的小说却暗合了女性主义的某些观点。我的女主人公受到世俗社会的联手戕害,她虽然选择的是逃离的方式,却是以逃离的形式在进行着反抗,尽管这是一种消极的反抗,却带有一种不屈的精神。正如伍尔夫所说,你可以践踏她摧残她甚至从精神上戕害她从肉体上消灭她,但她的精神不死,她的精神始终俯视着你怜悯着你蔑视着你摧毁着你。她表现了一种在被摧毁的境遇中强大的女性的精神力量。《双鱼星座》实际是在我陷入四面楚歌的困境中写的。

写《羽蛇》的时候我的生活境遇更加糟糕，我是在一个小小的陋室里，用当时粗陋的"四通2403打印机"一个字一个字地敲出来的，内心的痛苦几乎让我崩溃，我常常觉得自己陷入了无边的黑暗与寒冷之中。

就是我的这部长篇小说《羽蛇》，第一个走向了世界；第二部走出去的是长篇《敦煌遗梦》；第三部走出去的长篇是2016年三八妇女节那天出版的，叫《水晶婚》。

另外还有几个中篇和两个短篇。我的"走出去"都是对方出版社主动签约的。

台湾大学硕士陈亭匀的长篇毕业论文《歧路孤影》（已在《当代作家评论》2013年第6期发表，标题为《现实与虚构的双重出走：〈羽蛇〉与〈敦煌遗梦〉》）很能代表我这三十年的孤独之路，借用之，特此说明。

"走出去"的详细过程

我写《羽蛇》，有个人原因，也有社会原因。个人原因自然来自童年。我认为写作基本分为两种，童年经验式的和后天努力式的。前者基本属于那种天性上过于敏感的小孩，而我不幸就是这样一个小孩。

我的童年经验主要来自我与母亲的关系。都说血缘关系，特别是母女关系是最亲密的,但实际上,我认为血缘关系是很神秘的,也是很复杂的。说穿了,就是一个敏感的小孩非常爱她的母亲,受到了母亲的漠视和非难,而在心灵深处产生了很深的伤害,对外部世界、成人世界产生了一种深深的恐惧。

对外部世界的恐惧肯定会导致向内走,所以我从一开始发表小说就是一种内省式的写作。

当然也有时代原因。我觉得自己生在一个巨大的转折的时代,这个时代发生了很多事情。

作为一个作家,我认为有责任把看到的事实写下来,苏联小说家柯切托夫曾经说过,一个人一生至少要拿出一次真正的身份证,所以我首先要求自己要真实地、毫不媚俗地记录我们这一代人的历史,要为这个民族提供一份个人的备忘录。

我们是幸运的,在当今的世界上,我想没有哪一国的同龄人可以有我们这样丰富的经历。难以置信的历史曾经走马灯似的从我们年轻的眼前飞驰而过,我想那一切深深地镌刻在许多同代人的记忆之中。

《羽蛇》应当算是我的一个代表作。2003 年,我当时工作的中国电视剧制作中心在加拿大拍摄电视剧《小留学生》,有一对加国华裔青年夫妇是我的粉丝,他们读了《羽蛇》之后万分激动,主动为我去找翻译。他们找的翻译是加拿大知名翻译霍华(John Howard-Gibbon,他曾经在中国多年,担任过《中国日报》副主编，翻译过老舍的作品），当时他已经七十三岁，对外说再不接任何翻译，但是在读了《羽蛇》之后，立即决定要在有生之年把它译完。他是轰动整个欧洲的《罗马帝国衰亡史》一书的作者爱德华·吉本（Edward Gibbon）家族的后裔，他做的翻译准备让我非常感动，譬如，他在反复阅读之后做了二百九十八页的笔记，因为《羽蛇》的翻译难度非常高，在修辞方面我使用了象征、隐喻、时空倒错、复调叙事等等，还要非常了解中国的历史文化，但是这一切都没有难倒他。稍后，美国的专业代理王久安（Joanne Wang，也是余华的代理）也爱上了《羽蛇》，为此她飞到中国与我见面，专门要了一本我的签名书和霍华的前三章翻译，回去之后立即发给了当时的四大顶级出版公司：兰登、柯林斯、西蒙与舒斯特、企鹅（那时兰登和企鹅还没合并），西蒙与舒斯特在一周内就回复了，预付八万美金，并作为"中国作家的第一本书"列入了著名出版品牌 Atria Books 国际出版计划。这是 2006 年底的事。2007 年，我参加了美国文学翻译中心三十周年庆典，转道纽约和出版社签约。2009 年，《羽蛇》英文版全球发行，同时签了挪威、意大利、西班牙、葡萄牙、巴西等国的版权。《羽蛇》首版至今已整整十八年，在没有怎么刻意宣传的前提下，国内已经出了十二版。而且至今每年都有高校的硕博士写关于《羽蛇》的论文。另外我在西蒙与舒斯特出版社为我建立的门户网站上接到很多读者来信，令我感动的是，他们和我的心灵之间没有任何交流的障碍，这使我更加坚信：只有灵魂可与世界接轨，任何的非诚意、任何的粉饰与谎言都是脆弱的。

"走出去"的第二部长篇是《敦煌遗梦》，也是由西蒙与舒斯特出版，因为爱画画的缘故，我做了很多年的敦煌梦。1991年我第一次去敦煌，敦煌壁画的辉煌，敦煌地域的特殊，都令我震撼。《敦煌遗梦》写了标志为"东方神秘主义"符号的敦煌所发生的故事，也是采用虚幻与现实结合的手法。译者是美国翻译家约翰·博纳克（John Bounk）。第三部长篇是由英国巴来斯蒂亚出版社在2016年三八妇女节那天出版的，叫《水晶婚》，也就是我去参加伦敦书展宣传的那部小说。大家都知道金婚银婚，很少有人了解水晶婚，简单说结婚十五年谓之水晶婚。这部小说讲了一个女人从结婚到离婚十五年的经历，从一个中国普通的知识女性的命运，折射出整个社会巨大的动荡与变革。译者是英国翻译家韩斌（Nicky Harman）。此书获了英国笔会文学奖。

我认为的好小说

我以为，好的小说，必然是复杂、多义、混沌的，抹去虚幻与现实相接的所有痕迹，使它们浑然一体，从另一方面来看，它们又可以向无数个方位展开，展示多样性与可能性，就像珊瑚或者什么海生物的触角似的，可以向任一方向延伸。而通过什么说明了什么，肯定不会是好的小说。

青少年时代我喜欢陀思妥耶夫斯基、梅里美、茨威格、普鲁斯特、三岛由纪夫、米兰·昆德拉的小说，现在我更喜欢卡尔维诺、博尔赫斯、安吉拉·卡特的小说。

有人问我，《羽蛇》到底是一部什么样的小说，我觉得很难回答。

它可以说是一部女性家族小说。

也可以说它是一个女孩一生都追求爱却不断被爱所欺骗所遗弃的小说。

也可以说它是一个写五代女人心灵秘史的小说。

也可以说它是一部写母女关系的小说。

"《羽蛇》表面上似乎与社会历史无关，但是细心阅读后会发现，在梦想与现实的对立中，它最终是遥遥指向文明、历史与社会的。这样的小说中表现的叙述方式和内心体验并不是一种完全个人的东西，它与历史和现实都构成了一种张力关系。"（批评家陈福民语）

为什么取《羽蛇》这个名字呢？因为羽蛇是人类世界共有的神话原型。《天问》里讲"阳离焉死——大鸟何鸣"，阳离即太阳神鸟，而神鸟常栖神木之上，在《楚十二神帛书》中有三头人像，象征太阳神、太阳神鸟、太阳神树三位一体，"羽蛇"

在西方的形态就是神鸟与神蛇缠绕在生命树的十字架上,它是远古的神灵,但却是阴性的,是远古母系文明的象征物。

毋庸讳言,在当下,在我们这个有了网络对话与电子游戏的时代,形而上的、精神的、灵魂的土壤却越来越贫瘠了。

而羽蛇象征着一种精神。在传说中,"她"为人类取火,投身火中,粉身碎骨,化为星辰。在古墨西哥、秘鲁、蒙古,玻利尼西亚以及玛雅文化中都有类似的传说,构成了整个亚洲太平洋古文化的重要图式。现在你们肯定明白我书中那些女人的名字了:羽蛇、金乌、若木、乌玄溟……那些来自远古的太阳与海洋,与女性本身一样源远流长,生生不息,具有转世再生的顽强。这当然可以构成一种文化象征,有着顽强的悲剧的美感。这并不是什么神话叙事,而是借助神话来揭示现实中残酷的关系,这本身就是在解构神话。

我写作的基本表现手法

从开始写作时,我就一直在做一种实验,就是把最虚幻的形而上空间与最现实的生活结合起来。这种处理确实很有难度。

过去我一直把文学大师们分为两大类:一类是托尔斯泰、

巴尔扎克等社会型作家，另一类是陀思妥耶夫斯基、普鲁斯特、卡夫卡等内省型作家。相比之下我当然更喜欢后者，因为后者与生命本质艺术本体更接近。

但是我注意到一个令人恐惧的现象，那就是，后者的最终命运几乎都与病态、疯狂或自杀有关，他们在劫难逃。我觉得，自己的秘密世界犹如一面魔镜，它好像是真实的，但每一个细节都不真实。人在面对自己、自以为达到至善至美的时候，其实是在制造一种骗局。可怕的是，通往魔镜的道路有去无回。这大概就是后一类作家非疯即死的答案吧。

但是我发现还有第三条道路。譬如卡尔维诺、博尔赫斯与一些拉美作家，他们穿越了时间与空间、虚构与现实、上帝与魔鬼、此岸与彼岸的界限，达到了一种出世与入世的自由转换，这样，他们就可以把渴望自由与逃避自由这两种人类需求的主动权把握在自己手中，这种境界非常令人羡慕。

打破界限之后，就可以把貌似对立的两极融合在一起，就像埃舍尔的画，一对僧侣上楼，另一对僧侣下楼，但是你忽然发现上下楼的僧侣实际上是同一对人。又像巴赫《音乐的奉献》，巴赫利用"无限升高的卡农"，即重复演奏同一主题，然后神不知鬼不觉地进行变调，使得结尾最后能平滑地过渡到开头。

这种小说是我写作的一种基本表现手法。

关于文字的色彩

在写作中我的一个深刻感觉就是，各种艺术门类是共通的，对于我来讲，绘画语言与电影语言对我的小说有很大影响。

由于我从小画画，同时是个电影迷，不可避免地，写小说的手法会受到影视和绘画的一些启示，譬如镜头的切换、变焦、特写、定格等等。我不喜欢写得太油的小说，而从头到尾的连续作业容易丧失新鲜感，产生匠气。另外，我常想作家就像演员，有本色演员与性格演员之分，我觉得后者更具有挑战性。我每写到一个人，就试着去扮演他的角色，不管演技如何，但总能寻找到他内在的合理性与发展脉络，这样的结果就是，即使是写魔鬼也是个触手可及的魔鬼。

写小说，应当讲究语言。德尔沃、雷妮罗纳等神秘主义画家对我有一定影响，主要是在文字的感觉上。可以说我对文字有种迷恋，在一篇随笔里我谈到这个问题。我觉得文字本身是有色彩的，譬如我们画油画的时候，钴蓝和钴黄碰到一起，变成了一种说不出的绿，非常神秘，好像只要细细看，就能看出数不清的颜色，那其实是一种过渡色。《双鱼星座》等就是过渡色，与早期《河两岸是生命之树》的单纯颜色很不同。歌德在《色彩论》里也说过一件奇怪的事：歌德久久看着一位红衣女郎，但是她起身走后，她身后的白墙上呈现的是海水绿色，由此发现"补色原理"。我在《羽蛇》等作品里曾经尝试了补色，不是刻意，刻意就没意思了，复杂到了极致便成为简单，单纯的墨可分五色，每一个字都可以达到意外的效果。写旧时代用一种语言，写到现代又用了另一种语言，但又在一个统一的大色调中，两种语言实际上互为补色。

孙郁老师曾经评价我的作品，令他想起卡夫卡和鲁迅对世俗世界的精神面对与搏击，不是模仿，而是一种气质的联系，认为我在本质上与这样的传统是有关的。还有西方的一些评论家也这样认为，如果用色彩来譬喻，那么我的小说就属于一种暗黑色系，这是我的童年经验决定的。

中国女性文学与我的小说

1996 年我第一次出国，是应美国杨百翰大学邀请讲中国女性文学写作。我讲的题目是《中国女性文学的呼喊与细语》。之后，应葛浩文的邀请，到科罗拉多大学讲了同一题目，当时他在科罗拉多大学任教。接下来在宾夕法尼亚州立大学和马里兰大学分别办了讲座。当时中国女性写作受到世界的强烈关注，首先是因为来自中国的一大批评论家当时对于中国女性文学的关注，也因为 1995 年世界妇女代表大会在中国召开，集中了世界的眼光。

但是很遗憾，在这二十年里，我们的中国女性文学没有什么起色。

毫无疑问，不敢拷问自己的灵魂、审视自己内心的作家不是真正的作家，但是，如果一个人只是写自己，那么即使他是一座富矿也必定会穷尽。

我的新作《水晶婚》被西方的评论家一致认为是一部女性主义的作品。《水晶婚》刚上市就获得了英国笔会的翻译文学奖，现在（2019年）又入围了一个奖，这部小说完全放弃了那些华丽的修辞，写得很朴素。但是读过它的人都认为很感人。原因可能只有一个：真实。

说到中国女性这几十年的际遇，用两个时代可以概括：一是铁姑娘时代，一是小女人时代。怎么讲？也就是说，在上一个时代，口号是"妇女能顶半边天"，实际上是要在干体力活上做到男女平等，那是个崇尚"铁姑娘"的年代，我们这些当时尚在花季的女孩都是"谈美色变"，就连穿一件带颜色的衣裳，也要左思右想，藏头露尾，只敢露一点花领子，或者卷一点点头发帘，如果白，就要担心人家会说自己是资产阶级小姐，一定要把自己晒得黑黑的，如果苗条，那就更要警惕了，一定要用力干活，才能把小腿肚的肌肉锻炼得更加粗壮。试想，经过这样的洗礼，还有哪个女孩能够保持女性的自然之美？我曾经去过的北大荒，麦收季节，无论男女，都要扛着二百斤重的麦包上跳板——试想一个尚未发育成熟的十五六岁的女孩子扛着二百斤的重物,还要走独木桥式的三米长、四十五度斜坡的跳板,然后把麦包卸进粮囤里,今天想起来是不是很可怕?有很多女孩因此得了终身的疾病,也有很多女孩尽全力也无法完成,譬如我,被安排去背一百斤的"尿素",这是很受照顾了,但即使这样,我也几乎被压得吐血;夏锄季节,领导在动员大会上说,每人每天包一根垄,干不完,哭也得给我哭出来!要知道,黑龙江土地的"一根垄",是整整十四里啊!那时我还只有十六岁,且患着严重的痢疾,中午老牛车送饭只能往人最集中的地方送,这就意味着我这个落后者永远吃不上中午饭,在那样可怕的劳动强度下生着病并且一口饭都吃不上,喝水都要把前面的水缸放倒,像小狗一样地钻进去,才能喝上一口已经见了底的满嘴泥沙的水。岂止如此,我们在特大涝灾中从齐膝深的水里捞麦子,在十一月的寒冬从冰河里捞麻,即使来月经也绝不能请假,三十八个女孩睡在两张大通铺上,在零下五十二摄氏度的寒冬没有煤烧,为了活下去,我们去雪地里扒豆秸秆烧,喝尿盆里的剩水——我至今吃惊自己是怎么活下来的,唯一的解释就是青春的力量吧!

"铁姑娘"的时代终于过去了,但事情并没有因此变好,如今,有些"小女人"非常懂得如何取悦男人,取悦上司。绝不能动真情,谁动真情谁就是输家。譬如我认识的"70后"的一个女生,容貌中等偏下,但她可以把几个男人同时玩弄于股掌之中,完全靠手段,什么时候需要谁,算得很精确,就像学过运筹学似的。她觉得自己就是胜利者,很以此自豪。这类人不少,觉得自己很有生活智慧,认为在情感中运用手段获取男性青睐,让自己在与男人的关系上掌握主控地位,从而获得更多的金钱财富。

这是一种严重的女性自我贬低和尊严的丧失。甚至比"铁姑娘"时代更糟。

《水晶婚》的女主人公杨天衣,无疑是个"低情商"的姑娘,她在这个金钱至上的社会,依然保留了自己完整的天性,这个在少年时代就深受中外爱情作品影响的女子,在社会高度动荡的环境中,她对爱情婚姻的美好憧憬只能是一厢情愿的梦想,她嫁给了一个与她的价值观截然相悖的人,他们数度龃龉,矛盾日深,最后终于爆发,他们的婚姻维持了十五年。这本书写的就是一个叫杨天衣的女子这十五年的命运。

2016年4月我参加伦敦书展时,与一位澳大利亚的华裔文学爱好者有一次深度的对话。我的粉丝很少,从来没想到有人如此深度地关注我的小说。他说的两点我印象深刻:一是他认为,大多数作家都是外部叙事,而我是一种内部叙事;另一个是我的小说不仅如评论家所说的神秘诡谲等,更重要的是在于思想性。澳大利亚两位女学者所著《后社会主义的中国女性作家》的一章讲到我，认为我的写作是一种现代寓言式的写作，这个评价与戴锦华教授的评价很接近。并且，她们认为我与法国的女权主义者克里斯蒂娃有相似之处，在我的小说中，可以找寻到大量有关女性、欲望、爱情、边缘、颠覆、忧郁、焦虑、恐惧、潜意识等问题。我很感激她们的细读和鼓励。

我现在正在做一件冒险的事，也就是做一个纯粹的绘本，完全由自己画，可能要画近百幅，当然，同时也是自己写，要写一个奇幻的故事，中国还没有《魔戒》《权力的游戏》那类奇幻中有含金量的小说，我想尝试一下。

我在2016年的伦敦书展演讲中，引用了获诺奖的英国作家威廉·戈尔丁的一段话："无论你给一个女人什么，你都会得到她更多的回报。你给她一个精子，她给你一个孩子；你给她一个房子，她给你一个家；你给她一堆食材，她给你一顿美餐；你给她一个微笑，她会给你整颗心。"女作家亦如此，你给她更多的关注，她就会在写作中回报加倍的诚意！

我同时坚信，即使是在读图时代，文学也是有希望的。正如法国知名女性主义批评家埃莱娜·西苏所说，"希望"正是对文学的另一个命名，这一命名将把我们载向我们自身无法达到的境界，它的纯粹，它那象征性然而又相当具体的力量，它的宿命感，使它成为世上最美丽的语词，可能它并非语词，它只是一声叹息，或许还是一声遗憾的道白。

女性文学的最好出路就是找到一个把自己的心灵与外部世界对接的方法,这样可以使写作不断获得一种激情与张力,而不至于慢慢退缩和委顿。这样才能避开个人化写作的困境,进入一个更加广阔的世界。

二十三个问题

宁肯

极简,节奏很重要

极简,节奏感很重要。节奏缓,谈不上简。而节奏有时是个次序问题,1—2—3—4—5 不是节奏,1—2—4—3—5 就是节奏,章节如此,段落亦如此。长篇是章节,短篇是段落。

短篇小说

还不知写什么,但已看到曙光,这就是短篇小说。惜墨如金,极简主义,人物故事几乎是残缺的,有这样一种短篇小说吗?类似八大山人表现技法的那种极简的小说?风格可大于内容,至少应有一类短篇小说应如此,那就太高级了。

八大实的地方显得特别结实,重,扎眼,简直像内部长出来的,如那几条漆黑的枯枝,笔力如漆。事实上极简主义反而愈需要局部密度,密度体现在关键细节之中。细节的密度处理得好,空白、留白,才有力量,可无限阐释。那些无可代替的点,以及这些点构成的空间结构,整体地体现出强劲主体。趣味、密度、空间结构,三位一体,就是八大。在实际操作上,具体着力其实才是关键。

归元,回到古老的时间,打扫潜意识,让其干净。用最少表现最多,吾不能及也,只能望洋兴叹。用多表现多,尚可。

淡 化

故事淡化后,一切皆成叙事。当然,强化故事,也可写出很好的小说。对故事型的小说必须强化故事,对非故事型的小说则要注意故事的分寸，故事太重，别的就不好叙述，如一种色彩太重，就无法与其他色彩平衡，不兼容、分裂。非故事小说是多种色彩的共处，构成一种整体的面画，也有中心，但中心是温和的，呼应的，融会贯通的。

词　语

每次开始写作，先不要想故事，也不要想人物，先要迷恋于词、句子的构成，从对词语的修改进入，既是兴趣所在，也没有压力，是比较好的状态。另外你所写的东西最好每天都熟悉它，就算不写也要看一看，改上一两个句子，不离不弃，否则它离开你比你离开它快得多，再次找回如同路人。

现　实

最真实的人物和故事，皆源自想象力——这个说法非常好。作家与现实的关系不是一种直接的关系，而是可置换为想象力与现实的关系。想象一个人物，一个故事，折射出现实，在这个意义上才可强调想象源自现实。一个平时就关注现实思考现实的作家，写作时不必强调关注现实，现实就在其骨子里，想象的飞翔中。

另一种时间

长篇小说是一种专注的事物,几乎是另一种时间,进入这个时间,人会非常简单,甚至在现实中就是一个影子,小说中才是真实的。当你回到现实,比如一天的写作到了黄昏结束,出去遛遛弯,如果有一只狗跟着,你会觉得更超现实,那种你和它走在寂静的布满阳光的小路上的感觉,简直像在另一个星球上。

背　后

当然会有写不下去的时候,一种针对生活而非娱乐的写作一定会有太多的难题,常常是前面没有路,从没人在这儿走过,你将成为路,可怎么走完全不知道。很多时候走不下去,面临绝境,准备放弃,但这时回头看看,你又走了很长的路。路不是在你前方而是在你的背后,常常是背后的路鼓舞着你向前走。经验、记忆和野性,最后一样最重要。

读者是拼图者

长篇是创世,你怎么看世界就怎么写小说。开头第一句话就是基石，然后从基石发展成主体，延伸并对称出配属建筑，甚至连通走廊、长廊、花园。读者从某种意义上说也是拼图者，渐渐拼出作者的世界。有时拼不出作者的，只拼出了自己的，这也很正常，读者有了强大主体，事实上也就成了作者。

密度与简洁

密度与简洁，是到思考这个问题的时候了。高于这个问题之上的似乎是风格，在风格面前不存在密度与简洁之问。但如果简洁是一种风格，情况又不同。也就是说，只有无风格时，密度与简洁才是特别需要考虑的问题，而这种情况是非常多的。多数情况简洁比密度好很多，因为什么时候简洁都是不会错的。

相似性

经验如来自生活，永远会产生共鸣，来自阅读就会感觉俗套。经验的相似性是共鸣的基础，这种相似性若来自阅读则不是可忍受的，比如说一个高人下山收了四个孩子中的两个为徒——这显然是来自书上的经验，其相似性一看便让人倒胃口。但来自生活中的相似性经验则不同，反而会让人产生认可、共鸣，掩卷而思。当你觉得真实，特别是强烈的真实，就是共鸣产生之时。文学就是要追逐这种东西，建构这种东西，什么时候离开这种东西，也就离开了文学之岸。

形　式

对形式敏感的人，对内容更敏感，通过形式他看到更多东西。同样对语言敏感的人也总能看到深藏语言背后的东西。一种新的语言或语言方式，一定有什么东西驱动。内驱决定了形式，反过来从形式也可以看到内驱。一个陈词滥调的形式，内驱也一定烂掉了。有时缘起即形式，事实上不用考虑本质，要做的就是寻找缘起。或者也不是寻找，而是双向的，是相互看到，显现，在这个意义上不存在他者，也不存在自我，而是同时，即自在。

后母戊鼎

文字如果写到可触摸的程度，就会感到穿越了时间，所写之物越是古老，你的穿越感就越强。如果你将不可思议的"后母戊鼎"写得感觉好像就在掌心或有风声，你就到了商朝。质感就是词与物的"不隔"，就是给物一种"场"。人对任何物都有感觉，因此即使穿越后母戊鼎也是可能的，比如当你写到"后母戊鼎的风声"。鼎会有风声？当然了。

通顺与次序

通顺，永远是个问题，是最日常的，最基本的，又是最终的问题。总是在通顺上花大量工夫，这让自己时常感到自己很笨：怎么写了这么多年连通顺还没解决？对于举重若轻的人似乎通顺从来不是问题，一气呵成，十分流畅。对于举轻若重的人情况正相反，通顺总是问题。这就如高速公路与挖隧道的区别，前者可一气呵成，后者是"吭哧吭哧"的盾构，在黑暗中前行。也因此盾构的通顺与地面的通顺当然不同。次序是通顺的基本问题，永远的，随时的问题。跳跃打破次序，或是建立另一种次序。通常严谨、清晰、朴素、客观，都是次序带来的。但适时跳跃一下再回到次序，是任何事物的规律，不光音乐的规律。从另一方面看，事实上次序也包含了跳跃，由快速跳跃带来的次序感，也是很神奇的。

空间叙事

空间是生活，时间是故事。时间是统摄性的，在我看来，时间是为空间服务的，而不是相反：空间为时间服务。空间是分析性的，是古典小说与现代小说的分野。作为古典的时间艺术即按照时间顺序展开的故事，这时，空间也是随着时间展开而展开。然而现代小说更强调空间,往往通过空间的转换、调度、拆解,打破时间线性结构,进而构成生活的立体结构。立体结构比线性结构更能真实地表现生活,而线性则常常扭曲或简化了生活,进而也奴役了小说。

语言缝隙

许多东西都在语言的缝隙里。这些缝隙很容易忽略,因为语言特别是口语通常是流动的,惯口的,且被主要意思(表面意思)统摄——所谓快速写作就是这样。讲故事,这样写没问题,若讲精神,讲心理,讲微妙、准确,语言流是绝对不行的,因为这些恰在语言流的缝隙中,必须停下,深入,重建语言秩序。

缺　省

缺省,断,或缺口,不周延,也是行文一种。也就是说对于太熟悉的事物,惯常的事物,不要写得那么完整、周到,要留一些断和缺口。这样,熟悉的事物就会产生陌生感。这也是《尤利西斯》的观念,没有比这部小说更日常的小说了,但它拆除了叙述的脚手架,即起承转合、逻辑与关联,充满了断,又非常日常,让太熟悉的东西变得异常模糊,陌生。

小说与散文

心理产生记忆，当两者不可分的时候就是既原汁又准确的经验。这是最散文的，却又往往是散文家无力追寻的。这是最小说的，但在我们的小说中也同样较少看到这种关于"人"的最细微原汁的东西。某种意义上，叙事是历史家的事，心理才是小说家甚至散文家的事。小说有一种还原能力，这是散文无论如何也无法相比的。但如果散文有意识地与小说较量一下，会使散文有所不同。还原不仅是细节的或细致的，更是心理的，散文的细与小说的细最大不同在于小说的细是心理意义的，心理源自人物。散文的细是作者的细，是发散的细，外部的细。意识到这点，散文亦可与小说一较，追逐心理的细，仍会有所不同。

诗意即准确

诗意即准确，放大的准确，飞翔的准确，创造性的准确。一旦离开准确，诗意什么都不是，是一堆毛病，干净的垃圾。垃圾有时很干净，但仍是垃圾，或分了类的垃圾。诗是去蔽、剥离、提取、构成，但有人将诗人去蔽剥离的部分当成诗意，也是一种极致，一种有意的反动。凡有意的都可另当别论，只是对另当别论也依然要谨慎。

背对文坛

高蹈的精神气质与精微的捕捉，精神与科学的结合，一个局部都让人望洋兴叹，如开罐头盒的描写。写作者必须拥有这一切，才能和世界对话；必须背对文坛，朝向地平线。他们别无选择，否则永远不可能与世界对话。与最孤独的自己对话就是与世界对话，如卡夫卡。

真正的叙事

叙事不难，难的是将叙事中如岩石里矿藏般的印象、感觉、心理澄清分解出来。这种澄清本身又构成了叙事，这才是真正的叙事。

雕刻经验

将虚无雕刻成形，就成为经验。有些感觉太险，雕出来很怪异。对怪异再重新雕，会成为一种新的东西，脱离了原始感觉上升为一种创造。但过于艰险，会导致壅塞，这时又需要一种删繁就简的刀法，大刀阔斧地砍掉什么，比如一只手。但不能一开始就砍掉，一定是有了之后再砍，如罗丹。经验深藏感觉之中，没有不可言传的，只有刀法不力的。

图书馆的孤独

如何写出早年图书馆阅读的孤独感？我清晰地记得阅览室里全是人的寂静与孤独，如果内心不宁静，一天下来效率会很低。但回过头来，那时读了什么其实并不重要，真值得玩味的是那种存在感。比如：坐在窗边的椅子上看书，前后几十排椅子都没有一个人，左手边两排书架间站着一位姑娘，最远处的窗是一帘光幕，只看得到姑娘的黑影在光中舞动，书架隔成了隧道，大多是不宁静的沉默。

语言的焦距

语言如同焦距，有时感觉总对不准，但如何调那些重影、模糊，没有便捷的办法，没有自动调焦。只能手动，一个思路一个思路地调，一个词一个句子地调。有时思路不对但句子对，这非常麻烦。思路对，但句子碰不上也麻烦，唯有思路、句子、词都对了，才是语言意义的成像。

何大草

反辽阔

2013年初,木心先生的《文学回忆录》出版时,动静很大。我买了两部,送给画家永兴兄的学生,感谢她们替我的小说画插图。我自己也读了。全书千余页,八十三讲,从古希腊罗马讲到魔幻现实主义。虽然他自己讨厌"学贯中西、博古通今"的说法,但他的确是做到了。我的反应:一是惊讶,他竟读过这么多的书;一是佩服,他对作家作品的点评,颇多精妙。作为讲授文学的导师,他绝对是一流的。

不过，作为作家，我则有疑惑了。首先，一个作家是否需要读那么多书，晓得那么多事情？读木心先生的一些作品，似乎也在支持我的疑惑。他说自己的诗比博尔赫斯写得好，就难以让人信服。他写了两句俳句送给学生："傻得可爱，毕竟是傻。""智慧可怕，毕竟是智慧。"说实话，少了点俳味。他的小说集《温莎墓园日记》中《两个小人在打架》，让人想起沈从文先生批评过的"这是两个聪明脑壳在打架"。而《一车十八人》，则让我略惊讶，这个故事，我小时候就听过，相当于多年前流行的一个小段子，木心先生据此改写为小说，自然是可以的，但读不出新意。

我无意苛责，只想借此表达一个想法：读得太多了，可能于理性有益，而于原创力有害。另一个相似的例子，是王小波。王小波知识渊博，他的随笔，写得智慧、犀利、雄辩，很让人深省。而他的小说，科学理性化身为符号，密布在文字中，阅读时最大的感慨是，太聪明了。太聪明，也是小说的天敌。

我曾开过一门选修课，用整整一学期聊《呼兰河传》。学生都是"90后"，通过细读，大多喜欢上了这本书。而他们桌上摊开的《呼兰河传》，版本五花八门，我粗略数了下，有一二十种。这说明，它虽不畅销，却能长销，读者一直是有的。萧红只活了三十一年，漂泊流离，没读过多少书。可能正因此，她保持了作家最可贵的直觉，笔下有丰沛的原始之力，植物的枯荣、人的生死、童年的忧伤，都是活生生的。全书共七章，每一章都像一幅风土画，单纯，却以茂密的细节，呈现着丰富。七画并置，最后以单纯、丰富而抵达了无限的繁复。而每条生命在其中，都是唯一的，各不雷同，更不是符号。2015年8月，我曾去呼兰城寻访萧红的故居。如我所料，书中的场景不复存在，满城都拥挤着高楼。但，强烈阳光里，故居门外老树下，一拨下棋的老人，面孔黧黑、赤膊铮亮，一眼能认出，他们就是萧红书中爬出来的老灵魂。

呼兰河不是一条大河。我在河边盘桓时，感觉它的宽度、可辨识度，正适合写一部《呼兰河传》。如果萧红居住在海边，中国文学可能就少了一部经典，也可能少了一个天才。望洋不必兴叹，因为所有河流汇入辽阔大海时，都以泯灭自身为代价。

萧红的丈夫端木蕻良，也是才华横溢的。因为家境富裕，他自幼得以博览群书，也是"学贯中西、博古通今"。二十一岁完成的长篇小说《科尔沁旗草原》，被誉为一部史诗。前些年我买来此书细读，却读不下去。他野心太大，想法太多，而他的技艺尚不足以把握，就像皮薄而馅太多的饺子，下锅一煮就碎了。此外，他受西方文学影响也太大，浪漫主义的不克制、杂芜、跳跃……都随处可见。今天，它依然值得治文学史的人研究，但阅读欣赏的价值，要比《呼兰河传》低多了。倒是端木蕻良后来补写的《科尔沁前史》，采用散文的叙事手法，单纯、流畅而不失深沉，篇幅虽短多了，容量却不比《科尔沁旗草原》小。

张爱玲与萧红并为双峰，她读书也不多。《红楼梦》是熟读的，而欧美文学经典几乎不碰，读到毛姆为止，再往上就免了。托尔斯泰、陀思妥耶夫斯基，她在给友人的信中说，要读，但终于还是没读。这是她的遗憾，也可能是她的幸运：她保护了自己的细腻、敏感的味蕾。

她也有一个才华横溢的丈夫，胡兰成。胡读书多，有文采，好琢磨，顾盼自雄，谈玄说禅，从"三皇五帝"到眼前，无所不包，且人生起承转合，还阅女人无数……按说，这样的人，正该成为一个了不起的小说家。然而不。他的人生太满了，没有留白，这种人恰恰不适合写小说。胡兰成留下的几部书，都还各有价值，但都属于"非虚构"。

二十世纪八十年代，是让很多人怀念的。改革文学、伤痕文学、知青文学、寻根文学、先锋文学……五色迷目，诞生了数量相当可观的小说。但隔了三十年往回看，还能读的，似乎没有几个。汪曾祺先生是其中之一。

汪先生1980年发表《受戒》时，已经六十岁了。从那时起，他的小说创作贯穿了整个二十世纪八十年代，其作品放到今天，以挑剔的眼光看，多数仍算精品，个别可列为神品，耐得摩挲、赏玩，意味颇长。这是一个奇迹。但细想，也是顺理成章的。

据汪先生的儿女回忆,他的藏书"实在是可怜"。《鲁迅全集》只有第一卷。恩师沈从文的书也只有一本1957年出版的小说选集。家里也没有废名、阿索林的书。倒是契诃夫全集有一套,这是一个例外(这个例外或许不是偶然的)。那么他是否借书读呢?儿女说,他六十岁后,也就是他重新开始小说创作生涯后,"在家里不怎么看文学作品,无论是中国的还是外国的"。

是否说,看得少,就会成就一个好作家呢?当然不。但,看得太多,的确可能毁掉一个好作家。《天龙八部》中有个王语嫣,天下武功秘籍没她不熟悉的,但凡人一出拳,就能看出他门派、来历。可她就是不会打。

汪先生是才子,才气大于学问。他也并不长于虚构。但福克纳说:"做一个好作家需要三个条件,经验、观察、想象。有了其中两项,有时只要有了其中一项,就可以弥补另外一两项的不足。"汪先生的长项,就是观察和经验。他打量一只鸟笼、一个茶客,和打量王羲之的墨宝一样专注,不时会心一笑。他的人生经验,包括地主家少爷、西南联大学生(**没拿到毕业证**)、右派、摘帽右派、放逐张家口外、革命样板戏编剧……每做一事,他都能随遇而安,寻到某种情趣,属于摔下了山崖,也要摘几颗野果子先尝尝那种。他不把自己放得很高,也不放得很低,是放得很平。他的小说,有平静美,包含着情趣和意味。这意味,就是文人味。

文人不等同于文化人。文人味不是读书读出来的，是天资和悟性的结合。文人通常活在当下，但又逍遥些，游离些。他不试图去超越自己的局限，不追求辽阔，不尝试史诗，一心写好短篇，把局限发挥到极致，时间证明，他的一些作品已成为经典。

村上春树在新书《我的职业是小说家》中，提到了日本国内对他的两种批评：先是说他写的东西，无非是外国文学的翻版，最多只能在日本通行；后是说他的书在国外卖得好，是因为他的文章容易翻译，外国人也容易看得懂。对此，村上春树有理有据地给予了回敬。

然而细想，这两种批评，也并非完全没道理。村上春树是位生活和写作方式都较独特的作家，他在辽阔的世界上游牧人般地往来，栖居，写作，书籍畅销全球。要说不足，就是没什么不足：他写的人和事，所有人接受起来，都不会有难度。

我想起有一年开车进入湖北，在一家路边馆子吃川味火锅鱼，老板娘问要辣还是微辣，我说微辣。火锅沸腾，我吃了一筷子，味道还可以，然而并没有辣味。疑惑片刻，我就明白了：这儿是华中，任何味道到了这儿，都被中和了。折中的中，也是中庸的中，辣变成微辣，微辣变成不辣……四面八方的人都可以接受，但就是少了它生辣、鲜活的原根性。

村上春树的小说，就颇像湖北菜，味道可以，档次也不低，然而它们是中性的,它们诉诸味觉的,是计算好的平均值。平均值也有相当的价值。但要阅读纯正的日本文学,读到《菊与刀》,还是得读川端、谷崎、三岛,今天或两百年之后,可能都如此。

文学有如食物,其魅力蕴含于差异性、尖锐性。即便差异性表现为误读、偏见、严重不正确,也比同一性更深刻或更有意味。

帕慕克的《别样的色彩》中,他提到的一件事让我印象很深:法国作家纪德去土耳其旅行后,尖刻地批评、讽刺、挖苦土耳其的一切,甚至说土耳其人的服装是所能想象到的最丑陋的服装。然而,纪德却受到了许多土耳其作家的膜拜。有趣的是,陀思妥耶夫斯基去法国旅行后,不厌其烦地谈到他对法国的痛恨,抨击法国人虚伪、自私、堕落、被金钱腐蚀。但是,他却又赢得了纪德的膜拜,并为他写了一部书,就叫《陀思妥耶夫斯基》,宣称:"他跟易卜生、尼采一般伟大,也许比他们更为重要。"

人有时是不可理喻的,你迎合他,他蔑视你。你蔑视他,他膜拜你。文学常在高点上,见出一点冷幽默。

书画是文学的近邻。我曾在书摊上,买到一本二手的陈传席画评集《画坛点将录》。听人说,这本书的观点比较偏激。我倒觉得,评论如果没有偏激,就像川菜抹去了辛辣,温暾了。

陈先生对"调和中西"的林风眠评价甚低，这个我不很同意。但他对潘天寿评价颇高，看标题就很有意思：《强其骨，拉大中西距离》。他说，潘天寿维护传统，反对调和、混交，也反对"外来营养与刺激""互相作微妙的结合"。潘天寿在观念上可能是守旧的、落伍的，可也是最有个性的。艺术家最忌的，就是自我泯灭个性。他的画作，使他配得上中国画大师的称誉。陈传席说，"潘天寿是群山外的独秀峰"。这"独秀"二字，用得好，它应该是艺术家立足于世的姿态。

卡尔维诺在中国影响很大。他的每本书可能都已翻译过来了。而作者简介差不多都会有这样的文字：他患病时，主刀医生表示自己未曾见过任何大脑构造像他的大脑那般复杂精致。这大概是真的。卡尔维诺是一个用头脑写作的作家，知识超级渊博，小说也超级理性：《分成两半的子爵》，书名和内容的哲理性，都正好用来概括他的风格。他还说自己从未学会使用任何一种方言。他是终生都用书面语思考、说话和写作的。

卡尔维诺之后，要数埃科了。埃科去世时，许多人哀叹一个最渊博、最有趣的大师走了。埃科的确是渊博的，但读他厚厚的代表作《玫瑰的名字》，怎么也难以联想到"有趣"。实在是沉闷到无趣，这不是小说，是哲学符号堆砌的城堡。

我所理解的小说，是水淋淋的蔬菜、瓜果，根茎带着泥巴，有着湿土的气味，而不是各种装在大小玻璃瓶中的维生素药片。

想起傅雷先生翻译罗曼·罗兰的《约翰·克利斯朵夫》。这部书被称为音乐小说，有波澜壮阔之誉，曾经在中国影响甚巨。"50后""60后"的许多文学青年，正是通过阅读它而走上了写作之路。而傅雷先生本人，却在1953年11月9日致挚友宋奇（即宋淇）的信中写道：

"至于罗曼·罗兰那一套新浪漫气息，我早已头疼。此次重译，大半是为了吃饭，不是为了爱好。流弊当然很大，一般青年动辄以大而无当的辞藻宣说人生观等等，便是受这种影响。我自己的文字风格，也曾大大的中毒。"

这几乎像一则心酸的笑话。

博尔赫斯说过（大意）：我曾努力把自己变成一个阿根廷作家，后来我发现，我其实一直都是。

我过去觉得博翁说得对极了。今天，我不再这么看。要成为一个阿根廷作家、中国作家、日本作家……都不是易事。并非生下来是某国人，血管里流着某国的基因就可以了。

我和许多中国人一样，活了半辈子，对中国的文化和现实，也未必有透彻的理解。甚至，我们对自己作为个体的认识，都需要一辈子。还可能，至死也没悟透。

所以，通过对川端康成和村上春树作品的阅读，我认定，前者是"日本作家"，后者是"国际作家"。

德国汉学家顾彬，以痛批中国作家而在中国享有大名。实话说，他说到的许多现象，都是准确的。但他指出中国作家之所以写不出好作品，主要是不懂外文，自闭，看不懂外国书。这就可以商榷了。这一点，他似乎没有举出实例来。我倒是可以举一个反例，那就是他本人。他应该是精通三四门以上的外语吧。我偶然读到过他写的诗《黄鹤楼——答李白》等四首（德惠译），怎么评价呢？可有可无吧。

川端康成写道："我以为艺术家不是一代人就可以造出来的。先祖的血脉经过几代人继承下来，才能绽开一朵花。"我想补充说：是一朵唯一的、独秀的花。

徐则臣

故友重逢
——《北京西郊故事集》补遗

《北京西郊故事集》写了九个故事，最后一个故事《兄弟》，写于 2017 年。写完了我继续等，想着那口灵感的井能再蓄出足够量的水，再写上一两个故事来。反正也不赶着出版，从这个系列里的第一个故事开始讲，到现在已经过去了八年，不急这一时半会儿了。但是没等来，一直到 2019 年底，井一直枯着。不是没故事可讲，而是没有让我心动的故事可讲。也罢，九是个大数，就此结束也挺好，于是书稿交给出版社。"西郊"的事告一段落。

但是我住在西郊,至今仍在西北五环外,每天上下班都要穿过故事集中写到的那一片广大的北京西郊之地,所以只要半路下车,满眼依然是"西郊之事"。故事集写到的那些人物,确切地说,那些"杂取种种,合成一个"的人物原型,多年前早已经离开了北京。相聚偶然,分别却是命定。不仅仅因为"京城米贵,居之不易",更因为内心萍飘蓬转,终是无所依傍。年轻时可以四海为家,年既长,出入奔走的已经是一家人的生活了;年轻时飘零任性是无畏,一家老小背在肩上还任性,那就是无赖。我眼见着他们一个个离去。也因此,我再去那一片西郊之地,免不了要物是人非地怀上一番旧。

其实十来年过去,城市化进程中不断跑马圈地,一日千里的现代社会,西郊早就人非物也非了。故事集中写到的那些小鼻子小眼的屋顶、院落和寻常巷陌,推土机不知光临过多少次,郊区已然"进城"多年了。若非隔三岔五去晃荡一圈,很多地方我肯定认不出来。"玄都观里桃千树,尽是刘郎去后栽"。

前两天下班回来,半路出了地铁,扫辆共享单车,在西郊的大街小巷穿行。没目标,转悠到哪算哪。疫情持续了几个月,憋坏了。路上人多了一些,脸上都捂着个大口罩,谁也不认识谁,相互间有一点好奇,也只是"道路以目"。当年那些歪歪扭扭的胡同、破旧的院落、院子里违建的简易房屋、社区外的旧书店、周围的小餐馆、巷子尽头人头攒动的烤串和麻辣烫摊子,以及身着肥大的老头衫、沙滩裤,趿拉拖鞋,蓬头垢面、两眼迷离的年轻人,都不见了。楼房,马路,小区,路边店铺的招牌都是制式的。城市化不允许有例外。我像个游客在曾经的熟识之地漫游,拐过两条巷子,看见一个穿花衬衫的男人站在路边,他低着脑袋对手机发火:

"两个灶头并在一起有这么难吗?"

我还没回过味儿来,那人又说:

"猪头,猪头!两个!"

这声音好像有点熟悉,而且每一句话他都要打个嗝。我的车子已经骑过去了,放慢速度铆着身子往回看,那人还在说:

"那必须得扒啊。跟他们说,都来,吃个够!"

间以两个嗝。我停下。班,班,我竟然想不起那个河南人的名字了。但是声音已经冲出了口。"喂——"我说。

那人把电话撤到一边,盯着我看了三秒钟,举起闲着的左手,食指一点一点地指我,"哎呀哎呀,你是,大博士!"他对着电话说,"挂了挂了啊,回头再说。我遇到我兄弟了!"

这个又胖了一圈的家伙姓班,但他叫什么呢?我的记忆力好像突然拐不了弯,我只好说:"老班,真是你啊?"

老班晃着大肚子奔过来,一把抱住我,我觉得他的那两只粗胖的长胳膊连自行车都圈在怀里了。想起来了,他叫班小号。

大我两岁，那时候我习惯叫他小班或小号。刚认识他那会儿，我还在北大念书，他在我们学校食堂当厨师，调的凉拌猪心是我吃过的最美味的凉菜。我常去他掌勺的那个食堂打饭，他跟打饭的师傅交代：下手重一点，别舍不得，那是我兄弟。那两年我吃得总是比别人多。我快毕业时，他从食堂辞了职，到北大西门外一家馆子里当大厨。辞职的原因，他的说法是，有了女朋友，要考虑结婚的事，得多挣点。我得到的消息却是，因为他在窗口打菜时总打嗝，被学生举报了。也是，师傅一边给你打饭菜，一边忙里偷闲地打着饱嗝，听着是有点不太得劲儿。他就主动辞职了。打嗝的毛病也怪，据说某天一早醒来，刷完牙喝第一口白开水噎了一下，从此一发不可收拾。要不是刚刚他的河南普通话里还穿插着饱嗝，我可能就骑过去了。

我坐在自行车上被他抱了足有两分钟。两分钟里没打嗝，但他身上的扒猪脸味儿也没有了。小班，现在该叫老班了，他的拿手菜不是凉拌猪心，他说拌个猪心叫什么厨艺，这活儿半夜梦游干了都不会失手，扒猪脸那才算厨艺，那才是当家本事。当初北大西门外的餐馆高薪把他挖走，冲的就是这一手。

后来我毕业了，在西郊租了个房子，碰巧跟小班邻居，继续一起玩。他叫我"大博士"，我纠正他，只是硕士，他不管，人前人后还这么叫。那就叫吧，在他看来，"大博士"应该跟"秀才"差不多。后来他的女朋友也吹了，那姑娘是他隔壁县的，非要让小班也回去。她的理论是，对一个女人来说，只有待在一辈子要待的地方生孩子，养孩子，才叫过日子。小班问，要是带着孩子阶段性地生活在北京，该叫啥？女朋友说，叫寄居，逃荒，流浪。说得还挺文气。小班不想走。扒猪脸成了饭馆里的招牌菜，每天客人源源不断地进那家馆子，奔的都是这道菜。作为一个厨师，小班觉得自己值。那姑娘一咬牙一跺脚，梨花带雨地跟他散了伙。分手后一年不到，北大西门外有一片要拆迁，饭馆得夷为平地，小班换到了另外一家餐馆。再后来，因为老板心太野，借高利贷想干票大的，大生意没弄成，小馆子也搭进去了，小班又换了一家。

事情就这么吊诡：人顺的时候，怎么走一路都是绿灯；一旦触了霉头，转到哪条街上都会被红灯堵上。北大西门外的馆子拆迁之后，班小号同志上班的时间可能都没有找工作的时间长。做了两年邻居，我搬到了步行二十分钟外的另一个小区，偶尔回去和朋友们聚，见到的小班不是在找工作，就是正打算离开某个餐馆。跟换工作相比，换女朋友的频率没那么高，但看上去可能修成正果的，在他搬离西郊之前，我一个都没发现。

那时候我还年轻，不明白为什么姑娘们一旦到了谈婚论嫁阶段，就要求小班跟着回故乡。她们无一例外都要在老家先买套房子。我跟其中一个姑娘聊过，她回我：你是公家人，当然没有后顾之忧。这些年过去了，我早已经明白"公家人"和"后顾之忧"意味着什么。其实当时我跟他们一样，也没有北京户口，在单位是编外人员，一样的打工者。但他们认为，我有一个北大的毕业证，好像那张纸就是"尚方宝剑"。我说，每年北大毕业上万人，吃不上饭的一抓一把。姑娘说，你是男的，你不懂。

好吧，我们没再争下去。现在我完全理解她们，过日子不容易，对一个漂泊在外，还希望能有个幸福的家庭的女人，尤其不容易。工作、住房、医疗、孩子的教育，哪一条都可以让缺少尚方宝剑的她们悬在半空。身体悬在半空或可忍受，要命的是精神也悬着，上不着天下不着地；每一场风来，她们都得摇晃，梦想、尊严、现世的安稳与幸福，经不起摇晃，几次就散了架。

再然后，我又搬家。十几年里我换了六个住处。小班也搬家，搬到哪儿去我都不知道。那些待在西郊的朋友越来越少，经常是在和朋友的通讯联络中得知谁谁谁离开了，或者挪个窝再战，或者回老家了。我就是在电话里获悉小班挪了窝，他去了石景山的一家餐馆，人也搬了过去。忙起来都像陀螺，朋友间也音讯萧疏，某一日想起某个朋友，拨了号，都是一个女声在应答：您拨叫的号码是空号。听一次，心里就空一块，仿佛年轻的西郊岁月不曾经历过一般。

当所有的号码都变成空号，即使我依然身处西郊，每日出入其间，它也是我名副其实的缅怀与纪念之地。

所以，你就能理解我重逢昔日的小班、现在的老班，是如何的百感交集了。小班真的老了，头发白了一半。"哪能不老，"他说，"五十的人了。"

他正搬家，房子里叮叮当当，就跑到路边接老婆的电话。老婆在老家，问他招待亲戚朋友要准备哪些酒菜。

"大博士，"老班抱着我的肩膀说，"哥要回去了。"

"回老家？"

"没错。哥在北京的日子到头了。"

我跟他说，就我所知，他是当年西郊的兄弟姐妹中最后一个离开北京的。

"哈哈，"他拍着大肚皮，"竟然是老子耗到了最后。"

"是不是有点伤感？"

"伤个屁感，你哥又不是写小说的。就是看着这一堆家具，还真有点舍不得，兄弟你要不嫌弃，能用的都拿走，我也省得收拾了。"

我摆摆手。我那蜗居，书都堆到阳台和卫生间里了，老婆天天威胁着要把书从窗户直接扔到楼下的垃圾桶里，再添两件家具，等于主动给老婆提供借口。红木的也不要。

老班进房子里拎了瓶酒出来，非要找个地方跟我喝两杯。要不是家伙事儿都打包装箱，他就亲自动手给我扒个猪脸了。他跟搬家的师傅说，今天就到这里，剩下的活儿明天再说。既然要撤了，不赶这一会儿。

幸好疫情松动，饭馆差不多都开了。过去的馆子一家都不在了，我们坐进一家新馆子里。吃没有喝重要，喝没有说重要。说了一阵子后，说没有不说重要，到后来便不再吭声。那些峥嵘的西郊岁月和星散的朋友。我们像为逝去的共同时光默哀，举起了杯。最后，西郊淹没在北京五月的深夜里，老班抹一把眼泪站起来，抱着我："兄弟，就此别过。"

我骑在共享单车上，单脚点地，看他摇摇晃晃回到他在北京西郊最后一晚的住处。明天他就回老家。

在消失的这些年里，老班转了小半个北京。从石景山到大兴，到崇文（那会儿崇文区还在），在门头沟待了半年，又回到了海淀，还是这一块西郊之地。他说还是在这里心里踏实。这些年他谈崩了四场恋爱，两场是他蹬了人家，另两场是人家蹬了他。嫂子是陕西人，吃苦耐劳，对他不能说百依百顺，起码大事上没有发表过反对意见。这些年跟着他在北京周游，开过饭馆，卖过快餐，做过红红火火的"老班卤菜"，孩子也一身肉味地念到了小学五年级，要小升初了，娘儿俩才回了河南老家。没有北京户口，小升初太麻烦。妻儿回去后，老班在县城买了套房子，安顿妥了，又一个人回到西郊。先在一家馆子里当大厨，因为帮一个打下手的小伙计说话，跟老板顶起来，一生气炒了老板，在附近超市门口租了个比卫生间还小的玻璃门面间,重新做起了老班卤菜。

生意一如既往地好,色香味俱佳。又赶上了市容整顿,类似加塞的隔断和小门面一律拆除,他只好把一套家伙又搬回出租房里。开始那半个月,每天在小区门口躲躲闪闪地打游击,见了城管推起车子就跑。都知道他的手艺好,出摊的时间也比较固定,生意总之能维持下去。老班豪侠,做买卖不喜欢抠抠搜搜,一帮街坊邻居和老主顾都成了朋友,隔三岔五要聚,直接去老班那里开伙,就当下馆子了。老班实诚,不赔就行。有一回跑慢了,被城管扣下了车子,朋友们劝他,别整天跟逃荒似的,就安心在家干吧,客源他们管。于是一三五宴宾客,二四六伺候来打牌下棋聊天的一帮兄弟,也闲不着,钱也不少挣。

新冠肺炎疫情到来前,他的小两居变成了食堂,每天打麻将、推牌九、斗地主、炸金花的总有那么一两桌。老班管好他们的嘴就行。他也搞不清从啥时候开始,伙食费变成了抽头。赌嘛,有输就有赢,不管多少,饭钱固定是赢钱的两成,输钱的白吃。两成也是个不小的数,老班过意不去,一个老兄弟跟他说,给你就是该拿的。老班就明白了,不光伙食费,还包括场地和风险。

这是老班始料未及的。如此下去不是个事儿,老班家祖祖辈辈只出本分人,但他也想不出脱身的妙招。他说,他就装聋作哑骗自己,能不在家就不在家,在家也主要待在厨房。有谁急着上厕所托他抓个牌,他就说,两手面呢,或者,锅里炸着油呢。疫情给了他借口。隔离不只是关乎他们那一屋子的人,还是关乎全北京、全中国、全世界的大事,谁也不敢轻慢怠惰。他们还希望老班过年也待在这里,春节小长假,正可以昏天黑地整他个痛快。老班哪敢,赶在春节前关了门上了锁,回了河南。

我们俩遇上时,他刚回来几天,在家几个月,想明白了,到此结束,收拾停当就打道回府。"人这一辈子说长也长,说短也短,"老班坐对面,举着酒杯跟我比画,"打个喷嚏可能就过去了,还是守着一家人心里落定。"

"嫂子发的话吧?"

"这点事还用麻烦领导?靠你哥我的觉悟绰绰有余。"

"不遗憾?"我的意思是,不担心人家说你在北京混不下去了?

"遗憾个屁。你哥这叫圆满。来了,待住了。老子待了二十多年了,还不够英雄?其实英不英雄也都是个屁。烦了,待腻了,想家了,那就他妈的痛痛快快地滚回去。就这么简单。哪那么多自欺欺人的大道理。来,兄弟,大博士,这杯干了!"

我不胜酒力,向来惧酒,但那杯我满满当当地干了。失联了多年才有机会喝上这一满杯。下一个满杯,谁知道要等到什么时候。

暗夜突然绽放的光亮

海飞

最早的光亮来自阅读，是在我童年的时候出现的。那道光如同灵光般转瞬即逝，又犹有余温，长久地带来慰藉与温暖。我外婆家破旧逼仄的房子业已拆迁，从前她的住址是上海市杨浦区龙江路75弄12号，我的童年在低矮的上下两层的民居里进行，时光因此而显得灰暗、沉闷、冗长，唯有书页上字里行间透出的光，如同和煦的暖阳，照亮了狭小的阁楼，同时也照进了一个孩子最初的文学梦想。

一堆书籍是我外婆家的财富之一。我一直没有搞清楚，这个所有成员并不十分钟爱阅读的家庭，怎么会有超乎我想象的书。比如《金陵春梦》《侍卫官杂记》和《我的前半生》等等。那些故事性极强的书给了我最初的光亮，我更愿意将它形容为人生之光。不论我们是什么样的人，普通与否，我们都只能经历某种特定的世俗生活。而小说不同，它为我们打开了另一种视阈，提供了另一种经验。于是我们代替那些死去的活着的角色，在不同的舞台遍历不同的人生，像一个在五光十色里流浪的孩子，从此拥有了无数种不为人知的灿烂记忆。

阅读张贤亮的中篇小说《绿化树》，黄土高坡辽远的夜色便垂在我的窗前，我仿佛走进二十世纪六十年代荒凉而偏远的农场，成了那个内心苦闷的知青章永璘。他就像我自己一般，令我既痛恨又怜悯，其间掺杂着几丝惺惺相惜。

在不知道上海的雨水会把一个孩子浇灌成什么样子之前，对于绿化树的理解或许只能停留于此。而民国的通俗小说却带来了更为广阔的想象空间。民国，闪烁在丝质旗袍与黑白照片之间的神秘年代，留下了种种传奇。无疑，对于当时的普通市民来说，这些小说如同一束清亮的光，照亮了他们被熙熙攘攘的事务遮蔽的内心世界。

最早接触到侦探小说的概念，是通过程小青的《霍桑探案集》，主人公霍桑也成为我心目中神探的代名词。他睿智而机警，无所不能,神机妙算,吸一种叫白金龙的香烟,独自一人演奏小提琴。从那以后,我走在上海的大街小巷,脑中浮现的早已不再是实景,而是化身为大侦探霍桑,循着蛛丝马迹追踪幕后黑手的行踪……于是行走变得不再枯燥,眼中的世界蒙上了一层戏剧化的淡淡光辉。直到很久后,我读到了另外一些堪称杰作的侦探小说,但即使有精妙的诡计、跌宕的剧情,它们似乎已经无法取代霍桑的地位。从此那个饱含缱绻意味的"她"的形象在我心中化作了"伊",别有一分"五四"风味的含蓄蕴藉。

　　然后就是我一直认为的故事达人张恨水,《啼笑因缘》使人目睹世间的冷暖百态,读罢掩卷,跨越不同阶层的人生交错出了令人目眩的火花。我们既可以是天桥卖艺人凤喜,感受命若飘蓬的凄冷,同时可以是多情的富家少爷樊家树、侠义心肠的江湖女子关秀姑。以不同的面目,走至结尾,惊觉人世原来是同样的啼哭与欢笑的结合体,岂不令人掩卷沉思。《京华烟云》则讲述了波澜壮阔的历史变迁,这一切,都是通过姚木兰一家的遭遇来展开的。历史是个人生活的总和。我们成了历史长河中某朵晶莹的浪花,又或者特洛伊战争中的木马,小说家正是由此暗度陈仓,折射出时代气息的风云变幻。比如张爱玲的小说浸染了烟火缭绕之气,在那些文字中,我们度过的是悲凉而清冷的一生。

　　在外婆家狭小的阁楼里,《堂吉诃德》《十日谈》则为我提供了关于异国的想象。我想象我成了那个潦倒而可笑的理想主义骑士，与他那愚忠的仆人一起踏上注定失败的路程，这一切是多么滑稽而又崇高。我又来到在乡野别墅内逃避瘟疫的男女当中，成了手扶脸颊静听故事的人中的一员。

后来我将这些书搬到了浙江诸暨我生活的村庄丹桂房，不容分说地据为己有。我守着这些书像守着一笔巨大的财富，或许我更愿意将小说称之为我们前世的记忆，那么所谓光亮，则如同婴儿在子宫中望到的最初的光明。这光明会带领我们诞生在一个崭新的世界，这便成了故事。

跟我最初的创作密切相关的，是日本文学。日本形成了独特的岛国文化，或许是这种既封闭又融会贯通的特点，使得日本小说具有独特的"人性之光"。不可否认，如果说我对于人性能够有较为丰富的体悟，很大程度上要归功于日本小说。日本小说家对于人性的探寻可谓苦心孤诣，不惜将自己的身心浸入人性的深渊中摸索感受，洞幽烛微，从而形成飞蛾扑火般决绝而细腻的美学风格。我一向认为，只宣扬正面属性的人性是单薄而可疑的，只有触摸人性的幽暗面，体会过不堪与沉沦，而最终寻找到的光亮，才是真正具有力量的光明，是属于人类的荣光。

1987年版《青春之门》使用了那个年代略显少儿不宜的封面，在过去保守的年代里难免令人浮想联翩。事实上它是一系列关于少年成长历程的小说，架构宏大，其中有亲人相继离世的生死无常，有青春心事的苦涩与难言，不可避免的，也有思春期的苦闷与幻想。它仿佛引领着我同时跨越过了一道文学的"青春之门"。

此刻回望，在我寂寞而漫长的少年时光，川端康成成为我长久的陪伴。那是在上海阁楼上的一段阅读时光，他的文字如同刚刚化开的雪水，能够清冽地流进你的心田。川端康成的《古都》《雪国》所说的是人的寂寞。《古都》中的千重子是如此落落寡合，作为一个弃儿，寄身于宁静而悠远的京都，她是不为人理解，而又不寻求任何人理解的。她如同幻影，追逐着另一个少年的幻影，最终，相聚与离别都如同飞鸿踏雪泥，寂静无声。这里没有跌宕起伏，起承转合消弭在日常之中，而在日常中，却有光从人心的裂缝中照射出来。

千重子面对紫花地丁时曾说道，这些花瓣朝阳的、美丽的一面，是否永远也看不到那朝向大地、晦暗的对方呢？我想，就说明人性之光的问题而言，这是一个绝佳的比喻。若是没有文学，没有小说家的观察与记录，那么我们永远只能拘束在自己窄小的天地中，如同蟪蛄不知春秋，而文学却让我们拥有了通达天地之变的视野，这道光从古时照到今日，还将照到更遥远的未来。

我在阁楼上读西村京太郎的小说《敦厚的诈骗犯》时，是十二三岁光景,作为社会派推理的代表作,在悬疑的外衣下,西村真正想写的是人心的复杂,它会使人做出与真实目的截然相反的举动。表面上,五十岚是个贪得无厌的诈骗分子,而读到结尾,我们才会恍然大悟,原来一个表面上的犯罪分子可以有如此曲折幽微的心理诉求,而这就是考验小说家的洞察力与表现力之处。当然,我也必须说说多年以后我因此而作为故事监制的陈东枪枪的小说《神探华良》,以及我写下的"海飞谍战世界"系列小说中的《捕风者》《向延安》《麻雀》《惊蛰》《醒来》……在深挖人性上作出了些微的努力。那些美丽、丑陋、纠结、阴暗、明亮的所有人性,都有其自己的光辉,让我们这个世界变得光怪陆离,充满了无限的可能性。在人性的复杂——明亮、温暖、沉沦、邪恶之花中,最终探寻到的光亮,是唏嘘,是你窥视这个世界的一副眼镜。

曾经有部国外侦探小说令我印象深刻,如今早已忘记了作者和书名,但我仍然能记得小说是以第一人称写的,并且是以一条狗的视角写的。之所以记了几十年,是因为我很震撼,怎么可以把涉案的小说写得比严肃文学还美。真正优秀的小说理应要具备的,便是这种别具一格的创造之光,或者说脑洞之光。在刻画人性、赋予角色血肉和灵魂之外,我始终认为讲好故事无比重要。

在我眼里,无论是哪种类型的小说,讲好故事仍然是关键,长期以来有部分小说家在创作中忽略了故事的本身,其实我们需要像一个说书人一样,把小说写得辽阔。我们很多小说家忽略了讲故事的技术、手法,甚至没有学会构架故事,把故事讲得很小,小到找寻不到读者。把故事讲得故弄玄虚,高深莫测。这样的艺术成功,我觉得是没有意义的。

国外的类型文学发展得非常成熟,如东野圭吾的推理小说,乔治·马丁的西方奇幻小说,丹·布朗的悬疑小说等,在国内图书市场都占有一席之地。相较于纯文学,它们拥有更强大的故事架构,更容易流行,相较于传统通俗小说,它们又富有文学价值,比如乔治·马丁的《冰与火之歌》,谁能否认它是一部史诗级巨著,不啻奇幻文学界的《罗马帝国衰亡史》。英国作家约翰·勒卡雷的《柏林谍影》,描写了间谍英雄。这位间谍出身的小说家为我们提供了一个极尽真实的谍战世界,它披着类型文学的外衣,内核的细腻与深刻却令它进入了世界小说殿堂之中,足以成为严肃文学的一分子。

国外的谍战小说,或是谍战影视剧,许多都是以强大的情节来吸引读者的。我认为,这种创造之光,正是我们国内的谍战小说作者需要学习与汲取之处。这种故事性绝非流于表层的眼球经济,不是自然主义的写实,它涉及更复杂的层面,对于小说家在最为寻常的现实中寻找新的叙事有更高的要求。好比我们幼年时都会为《西游记》中精彩纷呈的精怪故事而痴迷,而成年之后才明白其中曲折委婉的讽刺现实之意。

多年以前，我从小说《干掉杜民》写到《看你往哪儿跑》，写出了那么一点点的人间荒诞，有那么一段漫长的日子里，我沉浸其中乐此不疲。在写作的生涯中，我觉得每一天的日子，过得是如此瓷实，觉得人生因此而无限辽阔。后来我开始写作《捕风者》，那是我心血来潮突然虚构的一个谍战故事，在我的印象中，就是有一个女人坐在上海喧闹街头的黄包车里，黄包车从一堆行走的人堆中，慢慢拉向我的面前。这个叫苏响的女人面容平和。她在黄浦江边抬头的时候，看到的一定是大片的光亮。而我同时能清晰地想起，更早时候的一个小说《往事纷至沓来》，这个小说写的是雨水淋漓的江南以及一场与革命相关的私奔。这大概就是一种故事的光芒，人生和创造相互冲撞，互相穿越，乐此不疲地生活在美好的真实与虚构生存的空间里。就如同我们正在进行着的人生，大概是一些来自异度空间的看不见的作家设定的。而我们却也在设定着自己笔下那些虚构人物的人生。

小说，就是暗处突然绽放的一道光，有时候是幽暗之外绽出的安静的微光，有时候是强劲有力的亮光。但无论是哪一种光，你看到的都像极了悬崖上开放的一朵亮丽的花朵，云层之中射下的一小束光线。这样的呈献，大概也是作家的使命，小说的使命。

杨键

通向滋养者的道路,
是一条虔诚之路

经典植物

我有时候想,我们现在的文学中甚至连一棵植物也没有确立,很多植物在我们的文学中都死去了,比如荷花和菊花,现在都很少见到了。小时候,我父亲捕鱼,我为他送饭,我总会站在岸上观看,因而见过很多荷花塘,而且在我读书的校门口也有一座荷花塘。荷花塘后来都不见了，取而代之的是一步步扩大的企业，校办工厂，新兴项目等等。我最痛心的是曾经见过的荷花塘后来变成了一个石灰坑，这对我的童年经验无疑是一个打击。我虽在荷花塘边和石灰坑边一样可以认清自我，但石灰坑毕竟过于触目惊心了。

大凡爱玩耍的孩子都见过荷叶上的青蛙，纵身跃到水塘里，叶上的水滴，便如露水一样随之倾倒，这也是我小时候的经历之一，而我对荷花塘最早的文字认识来自周敦颐的《爱莲说》，那时我根本不知道荷之美。以后，受了西方文学的影响，更是将它忘了，对于"出淤泥而不染"的老生常谈仅止于厌烦。我那时虽不爱玫瑰之美，但也不知荷之美究竟在哪里。

我对荷之爱大约也就在这几年，所以说，觉悟来得是很晚的，哪怕是对本民族最为司空见惯的一片荷叶。我最爱的荷塘景象是这样的：荷枝潦倒不堪，布满水面。我觉得这些荷枝是因为枯萎才达到自在的最佳境界，但在深深的水底，在淤泥里，它们都有一个不死的未来，它们达到了怎样的生与死的矛盾统一啊，而更为奇特的搭配是，在这孤独难耐的荷花塘边是一个湮没无闻的农民，他牵着一头老牛，在犁着一声不吭的田地。这深秋的荷花塘也是八大山人所爱。后主父亲李璟对此也有描述："菡萏香销翠叶残，西风愁起绿波间。"菡萏指的就是荷花，这个名称很雅。很少有植物像荷一样各部分都被古人赋予了名称，如荷茎称"茄"，叶为"蕸"，长在淤泥里的称"藕"，可见古人对它的爱了。

我说这些，只是想说明，我们对本民族植物的热爱，犹如对本民族文学的热爱一样，是经历了很多认识上的曲折才达到的，我们幼时在天地间玩耍的经历，包括以后阅读上的一些经验，它们现在都可以来帮助我们重新走上这条认识之路。我现在也不能说我就懂得荷之美了，它有着在四季里反复体验的价值，就像我们古代文学里的经典，如《诗经》《古诗十九首》等等，荷真的是植物里的经典，必须反复品味才行。

我也试图栽过荷，当然，我所栽的是酷似荷的睡莲，但均告失败。我因此而知荷必须有一大片水域方好看，盆里栽的反倒似一种囚禁。我也栽过菊，菊花闻起来很苦，好像一碗中药，其叶朴素而悲苦，好像囊中羞涩之人，而它的花瓣线条竟那样悠然而柔和，这些就是陶渊明爱菊的理由吧。

说实在话，我还是喜欢野生的小菊花，它们似乎更加符合菊花乃孤独之花的本意。盆中之菊花，没有那种在秋天的萧疏里所呈现的自然之态。这道理陶渊明在一首诗里也说过："芳菊开林耀，青松冠岩列。"可能这就是古人念念不忘的自然之轨迹。当然远不止荷花和菊花，唐代，那是一个有着多少植物被认识、被理解、被经典化的细心而美丽的时代啊。

滋养者

日本宫殿建筑家小川三夫说,正当弟子们的头脑一片空白时,师傅所亲授的技艺的奥秘也就降临了。

我始终不明白为什么老建筑前的大块空地和空地上的两棵老松树也会长年地感染我,有一种经久不息的滋润的力量?古人是擅长通过空地达到安闲、安静的,他拿两棵老松树,作为他找到了活水的证据,因为老松树里有一种经久不息的青春活力。

通过古代建筑,我倒是发现,古人所掌握的美的本身都有一种滋养和被滋养的关系。我们亲眼看见的是被滋养的东西,而滋养的东西作为一种珍贵、神秘、洁净的力量,始终存在,所以任何一个时代的人所看见的老建筑都是活的,这正是它可以穿透时空,长久存活下去的奥秘。老建筑表面上看来都有一层虔敬、谦逊之色,这大概就是对这种神秘的养育力量的回报吧。不管身处什么样的时光,我们都必须明了这种养育的力量,随后披上一层虔敬的色泽,以示回报,从而完成所谓大化的循环。大化的循环,说得简单点,是否就是母子关系的获得呢?一年当中,我大约有几天时间在这种关系里,然而老建筑的每一瞬间都在境界之中,这原因总有点神奇,是不是正是这种神奇的母子关系的获得才使得老建筑时刻都处于美之中呢?

相与如
遇波海
涛鸥

在古代，如果想在某个山中建一座寺院，一定派些人到现场去，搭一个茅棚作观察点，住上一年左右的时间才决定是否在那里建造。他们究竟在那里观察、寻找什么：我想他们是要找到那位滋养者，找到那位母亲，如果那里没有滋养者，没有母亲，这个计划也只好取消。我发现古代戏剧也有同样的现象，声音周围好像有一圈露水，这露水来自哪里？神奇的滋养者在中国文化里处处可见，感人良深。要找到这位滋养者，我们也就有了虔诚、感恩的语言，或者是有了处世的方法。而不能长远地处于被滋养和感恩的循环里，正是我们如此短暂的原因。多年来，我们不知道谁是滋养者，滋养者即使来到我们中间，我们也不认识。当然，它不会来到我们面前，"瞧，我就是滋养者"。它希望我们自己去辨认。

而寻找滋养者确实是一条漫长的道路。过去，我以为自己找到了，现在看来，滋养者也是很容易丢失的，需要一再地反复寻找，唯有通过反复地寻找，同滋养者之间关系才可能变得牢靠。另外，通向滋养者的道路是一条虔诚之路，虔诚，这是找到滋养者的唯一方法，如果他是通过语言来寻找的，他的语言势必是虔诚的，唯有虔诚语言方可存活。

难以再现的整体

现代建筑没有整体观,没有一种因整体的实践而产生的在天地之间共同震荡的愉悦,也就是和谐的愉悦。

首先是屋顶,现代建筑同苍天失去了有机的、谦逊的联系,而将自己直接暴露在光天化日之下,这是个体建筑同自然关系的瓦解;其次是建筑同建筑之间毫无关系,这意味着整体思维的丧失,只注重自我之存在,漠视其他生命、其他物质之存在,这是慈爱的萎缩。

应该说,古代中国的城市乃是天地人三者共生共存的关系,每一个人同万物之间相互依存,不是"独立"的,不是突出"个性"的,你无法,也不能脱离,你一旦脱离也就陷入了混乱,因为整体是天然的,谁也不能违背。古代城市是将自己当作一首美丽的诗、一幅幽深的画来经营的,现代城市在建筑之诗美上没有建树,更不用说善及其内在的仁爱之心。古代城市在这三点上都有特别显赫的建树,尤其是在真实上,它的真实就是"天人合一","天人合一"不是古人努力争取来的,而是他们顺应了这一事实。人,在这样的建筑里是可以变得美、真实,并富有一颗仁爱之心的。

而要赢得整体性,古代城市首先要筑围墙。现以古桐城为例,其在春秋时为桐国,以南北中轴线贯穿全城,南城门和北城门都建在中轴线上，另有西城门、东城门、向阳门，整个城市在一个偌大的城墙包围之中。桐城的山在建城时即考虑好了，包在了城内。城内的道路很奇怪，没有一条是直通的，都是一段一段弯曲的巷子，东西南北各方向的街也不直通。全城建筑分为寺庵、庙寺、祠堂、园林，分散在全城主要位置，而以观音阁为全城中心。其余各地段才是居民的房舍。

由此看来，古代建筑同现代建筑之间的显著差别有三点：

一是牺牲精神，古代建筑不突出自我，而是在一种整体里。这就是说，由于牺牲了自我，反而可以活现于天地的大循环之中，而现代建筑缺少上述所说的同天地之间的关联。

二是色彩上，现代建筑过于浓烈，刺激人之感官欲望，而古代建筑如南方大体以青灰色为主，青灰色因其淡泊而使人无欲，因无欲而置人于沉缓宁静之境界。

三是现代建筑以商业为其主要目的，而古代建筑则含有伦理教化的目的。

古代建筑是不太爱暴露的，而是深藏，在浓荫下深藏，因而有着平静人心、深沉人心、美化人心的作用。

它既有对实在，也有对虚幻的高度重视；它不爱直线，而偏爱曲线；它不直接到达，而是层层递进，或是婉转而进，甚而以退为进，进而形成幽深的境界，幽深乃是中国古代建筑的主要特征之一，它不单纯是为人服务，而是追求和睦共存的境界。

我的一次外国之行

我至今唯一的一次外国之行是2007年去德国卡塞尔,本以为外国同中国大不相同,下了飞机才知并非如此,他们也有泥土也有树木,他们也有商店也吃东西。这反倒使我安静了下来。那天下着雨,我们在法兰克福的站台等着卡塞尔方面的车来接我们,站台的水泥地上长着一根一尺多长的野草,中国也常见这样的野草,它们大多在荒郊野外,并不能存身于站台。

在去卡塞尔的路上,有大片的农田、树木,整整齐齐,就像几何体一样,这使我觉得在外国似乎没有成熟的农业,中国的乡村并不如此,她永远落后,也就永有生机,她美就美在没有治理,随随便便,因而很难走到尽头,她看上去受苦受难却有大欢喜在其中。中国乡村往往有七八十棵老柳树随意歪倒在小河边,中国的自由同外国的很不相同,外国乡村树木都很笔直,它们似乎还没有懂得曲尽其妙的道理,这是我对去卡塞尔路上见到的乡村的观感。遗憾的是,中国目前的乡村也有走向几何体的倾向。

卡塞尔是个巴掌大的地方,跟我生活的马鞍山差不多大小,这里似乎有着较为发达的城市文明,在我所生活的城市,处处可见工厂、烟囱，他们的工厂在哪里呢？他们的工人在哪儿挥汗如雨呢？卡塞尔最打动我的是地面，我没有带相机，如果带了可以把卡塞尔的校园，住宅区，教堂门前以及大街小巷的路面全都拍下来，同苏州园林的路面做一个比较，真的可以写一篇好文章，为什么呢？因为卡塞尔路面的图案花纹都不一样，不能说花样百出，也可说绞尽脑汁，不像我们中国目前的路面，全是一个模子出来的，而苏州园林里我们老祖宗所筑的路则条条不相同。这次在卡塞尔看到他们对道路的态度使我不由得生起一些感慨。

艺术展无一件作品使我有震撼之感，我的先贤所讲的"据于德，游于艺"在此毫无反映，这些仅仅是一些"游于艺"的舍本逐末的所谓艺术品罢了。文嘉说他父亲文徵明晚年"树两桐于庭，日徘徊啸咏其中，人望之若神仙焉"，这在西方绘画里实在看不见，艺术展上的艺术品除了与利益相关，哪一件望之若神仙呢？唯有那些来自清代的木椅给我留下了难以泯灭的印象，它们散落在各个展厅，虽已身处异国也自成乾坤，好像一种纤细谦和的声音，实在而又飘忽不定，这种使物达到天成境界的，唯有中国，不知比墙上的绘画作品高妙多少。

在汉语中，就是在人间

汗漫

一、游离于文坛外，痛切于烟火中

近期，我有两本散文集出版：《一卷星辰》（广西师大出版社，2017年3月版）、《南方云集》（百花洲文艺出版社，2017年7月版）。

前者是一部思辨性的读书随笔集，但被朋友称为"跨文体写作"、混血的写作:既有对若干书籍和作家的神追心摹,又融汇个人经验和现实遭际,试图在罗兰·巴特与本雅明式的片段化写作中,保持诗意的简劲、迅速、非线性、独一无二。

后者是一部叙述性的散文集:我试图把上海、南方乃至故乡中原混为一谈。"南方",以上海为核心,向周围绵延至江苏、浙江、江西等地域,构成我中年以后日常生活的大致版图——这其实是一个"小南方",因其小,有可能成为属于我的"深刻的南方",像一把吴越短剑——长江,是随风飘动的锦绣的剑穗?"云集",云朵集合,也是言辞在集合——云云,古人云,南方多云多雨多旧事前欢,与我故乡中原的干燥和沉默,形成冲突和谅解。感谢南方与中原之间种种的"冲突和谅解",生成了个人面目和文本。

显然,这是两部跨界之书,在文体、地理、精神等层面跨界——界,就是鸿沟、障碍、冲突、疑难。写作就是跨界,不断穿越、转化、整合,"磅礴万物以为一"——像庄周、蝴蝶、鱼、鲲鹏们,沉心于混淆彼此的界限和身体……

法国驻中国大使馆官员、诗人圣琼·佩斯,美国某保险公司经理、诗人史蒂文斯,农夫、诗人弗罗斯特,都试图在文坛上隐姓埋名,通过业余写作来实现内心的隐秘跨越,形态可能不那么纯粹、雅致,但真实、粗粝。在世俗生活中反抗庸俗,以脱俗的文字引导还俗的身体,有助于使语言保持诚意和张力。

捷克小说家克里玛说："语言和生活经验不能相脱节，你很难在一种自由轻松的环境中，去描写严酷的社会。"他青年时代当过救护员、邮差、勘测员，业余写作，并在文字中形成了一个嶙峋、冷峻的东欧观察者形象。我同样没有写作的优越感。写作仅仅是世俗生活之一种。下棋、打牌也是精神劳动，也是与内心同在的方式之一。在单位，我就是一个职员，写公文，开会，说闲话，出差。用本名养活笔名，反过来，笔名也暗暗盯着本名，持守人的基本道义立场，不至于在现实中变得丑陋不堪。

同事中知道我笔名的人不多。个别人知道了，问我笔名"汗漫"何意？我说就是狼狈、尴尬、羞愧的意思，大汗淋漓、汗流满面嘛。一同哈哈大笑。其实，"汗漫"这一笔名，来自清朝李渔《凉州》一诗的启发："似此才称汗漫游，今人忽到古凉州。笛中几句关山曲，四季吹来总是秋。"汗漫即开阔、浩大、自由。写作，就是汗漫游。我以"汗漫"为笔名，也以"汗漫"为人生观。

也许，笔名隐含命运。这些年来，我不自觉地在尝试一种驳杂、泥沙俱下的写作，"似此才称汗漫游"——迷恋这种纸上的远游和跨越，渺茫感、孤独感自然时时袭来，只能用更缓慢的写作来缓解，像以"毒"攻"毒"。当然，我也时常提示自己：不要使文字陷入"不着边际"的境地，避免在某场大雾中失踪。

游离于文坛外,痛切于烟火中——"心远地自偏"。我自觉选择一个"偏僻的位置",坚持带口音的地方性写作——让书桌成为偏远于时代和中心的外省、边疆,灯芯一般的笔尖上仿佛投射出光线,才有力量跨界,抵达那广大幽暗中的人性。

我爱苏东坡和布罗茨基两位诗人背景的散文家。身体流亡,有助于精神的跨界?一个古人,一个异域的人,以诗歌写作的基本伦理,词语的准确和精神的自治,为当下中国散文文体探索提供了参照和标高。

尤其是苏东坡,一个"业余"的、外省的、孤岛上的写作者——其文字就是"渡海帖",墨迹始终湿润,遥遥不断向后世传递无尽的爱意和暖意。我是收信人之一,像他的弟弟苏辙,像他的朋友陈季常。

二、在不安中,用一支笔作为还乡的栈桥

二十世纪八十年代毕业于某大学数学系后,我工作于中原小城邓州。在范仲淹写《岳阳楼记》的地方,一个社会主义初级阶段的抒情诗人,长头发、寡言、闷闷不乐,在机关大院里显得不合时宜。后进入某高校工作。我的诗歌写作在二十世纪九十年代有了动静,参加在诗坛有标志性意义的"青春诗会",

获《诗刊》"新世纪（2000—2009）十佳青年诗人奖"。中年后，经面试、笔试和考察，被目前我所在的这家科研院聘用。从"诗歌的人"渐渐变成"散文的人"，小职员的世俗气息日益浓郁——头发剪短了，烟戒了，手指头上傲慢的烟熏火燎痕迹渐渐消退，表情本分而平庸。

渐渐适应南方人热爱的米饭和糖，渐渐听懂鸟叫一样的沪语和苏州评弹，渐渐在南方地理、人文两个层面的游历之中完成了对古老中国的认知。回河南，河南已经把我当成上海人；在上海，上海把我当成一个外乡人，或者叫作"新上海人"——这是上海发明的一个称呼，对闯进这座城市的异乡人，既接纳又微微保持优越感。我喜欢这座城市的宽阔、多元与驳杂——像鱼缸里的鱼游入大海，渺小感、自由感、独立感并生。但故乡与童年随身而行，像血液，决定了我当下文字的体态与力量。

与上海本土作家相比，我的写作必然，也必须是一种异质性的写作。长篇散文《伊斯坦布尔：一座城市的记忆》和长篇小说《纯真博物馆》，只能由在伊斯坦布尔出生、成长、恋爱的帕慕克，才能写出博斯普鲁斯海峡上的烟雾那样的"呼愁"。对于上海、南方，我只能持移居者的视角来介入、体察，有可能产生属于我个人的文本，关键是要有一个不被掩饰、祛除遮蔽的"我"，始终在场，直陈。

果戈理说："我只有在罗马才能写俄国。"一个人在异乡拥有故乡,在失恋之后拥有恋人,在死后得到永恒的生——青草遍地,一岁一枯荣。当下中国,正处于剧变之中,现实中的家乡已经不是故乡,与记忆中的风物、情感完全脱节。"笑问客从何处来"——你、我、他皆成客人,客居于大地上的人。一个客人的乡土,就是他的骨头和血肉。

吾心安处是故乡。但写作恰恰需要不安感,在不安中安放一个纸上的故乡——这,可能是我为自己背离中原所寻找的托词。

用一支笔作为还乡的栈桥,一个写作者才不至于中途失踪,无所归依。

三、散文是写作者的个人史,是散怀抱

近年来,我散文写作的规模大于诗歌。或许,散文就是一种自传性文体、中年文体。随着时间的推移与生活的延展,很多经验无法在诗歌中传达。布罗茨基谈到诗歌和散文这两种文体时说:一旦遇到"三个人以上"相处的问题,诗歌就不方便处理,只好借助于散文(*大意如此*)。但我始终以诗歌写作的态度对待散文:让每一句、每一行都有独立存在的价值,反对充满惰性和怯意的陈陈相因、人云亦云。

刘勰《文心雕龙》曰:"夫人之立言,因字而生句,积句而成章,积章而成篇。篇之彪炳,章无疵也;章之明靡,句无

玷也；句之清英，字不妄也；振本而末从，知一而万毕矣。"那"本"，就是对于世道人心的准确辨析与揭示，就是诗；那"末"，就是散枝展叶、开花结果的好文章——"振本而末从"。福楼拜的小说写作像写诗一样苛刻：他要求自己不能在同一页出现相同的形容词。包括小说在内的广义的散文，虽然不需要诗歌写作中瞬间的惊艳和陡峭，但需要有能力呈现出一个段落、一个章节内的繁复与力量。如此，散文这一文体方能与诗歌相互抗衡，彼此尊重。

布罗茨基的诗人身份，使他向散文跨界的姿态洒脱不羁，充满魅力、感染力。《文明的孩子》《小于一》《悲伤与理智》《水印》，他的这四部散文集，自二十世纪九十年代以来陆续被翻译、出版，成为我的散文写作教科书。谢谢布罗茨基，谢谢他的译者黄灿然、刘文飞、张生。正是布罗茨基以及曼德尔施塔姆、叶芝、博尔赫斯等诗人身份的散文家，持续以汉语的面孔跨越国境线，为中国二十世纪九十年代以来散文文体的革命提供了资源和动力——这是异域诗人对汉语的贡献，也是中国诗人纷纷在散文中"揭竿而起"的背景和后盾。

"新散文""大散文""后散文"等概念相继出现，表明了概念提出者对散文现状的不满和更新散文面目的企图。当然，命名并不重要，重要的是文本自身。作家、批评家李敬泽曾经在一篇文章中写道："张锐锋、周晓枫、庞培、黑陶、汗漫等人为文学散文的观念变革进行了卓绝、孤独的探索。'革命'正在发生,只不过不在他们预想的地方。然后,散文将自由,将真正地繁荣。"我希望自己始终是一个这样的"语言的革命者",在种种预想之外,在多云多雨、繁荣自由的一张书桌上。

散文就是写作者的个人史、小地方志。怎么样写作不是问题,怎么样生活是一个问题——优异的散文必然真实传达出写作者的人格与命运,无法虚构或假设。与小说、诗歌相比,散文可供作者隐藏自我的树林太小——这是俄罗斯诗人吉皮乌斯一段话的大意。一个想"藏起来"的人应该写小说去,把自我分解成虚拟的人物,让他们去承受读者的审视和评判——小说家的安全感略微强一些吧?当然,想"藏"得更深的人去写广告词了——许多诗人谋生的职业身份是广告人——源自诗歌的想象力、激情、爱,也是社会进步和经济发展的动力之一。

当然,文学写作毕竟不是个人日记、公司文案。从"我"开始的写作,都应该拥有抵达"我们"的能力和普遍意义。杰出的个人经验表达,应该能成为观察一个时代、一类人的气象云图。正如波兰诗人米沃什所言,诗是见证;而爱尔兰诗人希内则说,诗是纠正。我喜欢这两个关于诗歌的观点。其实,一切有诚意的写作都在见证生活,纠正内心。任何写作者都应该是广义的现实主义者。只有直面现实,一个人才能以写作为自身消毒、免疫、预警,在"我们"之中生息、体察和表达,继而确立《瓦尔登湖》的作者梭罗所追求的第一人称单数"我"。

蔡文姬的父亲、东汉文学家和书法家蔡邕在《笔论》中说："书者，散也。欲书先散怀抱，任情恣性，然后书之。"唐代陆龟蒙在其自传《江湖散人传》中说："散人者，散诞之人也；心散、意散、形散、神散。"两个人都强调了精神的散放与独立。"散文家"可以更名为"散人"？散人，散怀抱。

正是蔡邕，在书法中首创"飞白"手法——飞动的白，天风吹海散怀抱——大海，散人也。

四、在汉语中，一个笨拙的人有福了

人到中年，写作的活力就必然衰退？但越写越好的诗人、作家那么多，比如爱尔兰诗人叶芝——"在枯萎中进入真理"。比如我的隔代中原乡亲庾信，"暮年诗赋动江关"。我希望自己的诗、散文，能够同时拥有少年破晓的天真无邪，晚年薄暮的萧瑟哀凉。

在汉语中，就是在人间。

二十世纪九十年代的中国诗坛上，我曾被戴两顶帽子："乡土诗人""意象诗人"。当时，我以乡土为背景的诗歌作品比较多，意象创造也很用心。这两顶帽子是评论者为言说的方便而制作的，但我不想戴——诗人的大脑应该具有抗寒能力，不需要任何帽子来取暖或标志。

或许与散文写作实验有关,这些年来,一种综合性或者说整合性的写作,使我的诗歌面貌发生着变化,意象与细节、书面语与口语、形而下的经验与形而上的沉思,在深度融合。语言内部的紧张、日常生活的紧张,也因散文写作而缓解——在中年缓解紧张,是时候了。

但万变不离其宗——诗歌乃至中国文学的抒情本质,没有变。《诗经》所决定的抒情传统,贯通于汉语写作者的血液和呼吸,不管我们承认、察觉与否。零度抒情、客观性写作也好,民间写作、知识分子写作也好,皆须"我"在场——有"我"在,岂能与"情感"无关?连法庭上的控辩陈词都有"愤怒""仇恨""冷漠"在场,一首诗岂能放弃抒情的责任与能力?当然,抒情不等于滥情、虚伪、同质化的无效表达和喧哗。

如果说散文是布罗茨基所言"三个人以上"相处的文体,那么"两个人以下"相处或独处的诗歌,就显得冷峻、孤绝。周围不乏精神崩溃的诗人。我们需要散文,需要向散文一样的大地学习宽阔和放松。一页被风吹动微微卷起边缘的稿纸如同大地,我的笔尖在行走、跨界中,逐步混同南方和北方,获得精神的小满和清明。在汉语中,一个笨拙的人有福了。

或许,散文本身就是一种自适、自洽性的文体,是自度曲。当代文学史似乎就是小说史,批评家们大都倾心于若干小说家的才华和动静。因散文、非虚构而获得诺贝尔文学奖的人寥寥无几——似乎只有丘吉尔、阿列克谢耶维奇。我没有"文学史情结",接受平庸和凡俗,对语言不提出心灵以外的任何要求。我写作,就是我生活,像大地一样寒暑交替,水穷云起。当我更老,也许会写得更好,因为我与这个世界的关系更深,更复杂难言。

大师如大海。我仅仅能献出小池塘?但若能区别于他人,有"半亩方塘一鉴开"(朱熹),"鱼戏莲叶间"(佚名),有"绿树阴浓夏日长"(高骈),也好,也难。必须诚实、从心、独到地生活和表达,保持"云里烟村雨里滩"(李唐)的平易之难,避免"多买胭脂画牡丹"式的粉饰、夸饰。需要种种的失败感来帮助一个写作者接近诗神,需要失败感与诗,像寒冷的大气一样来为人性保鲜。

某小镇派出所内,一个失败感强烈的农夫向警察解释:他在路边捡起一截绳子,到家才发现,这截绳子的另一端竟然有一头牛!他解释得像写诗:镇定,缓慢,出其不意。一个偷窃者、一个改变了事物秩序的人,在一瞬间跨界转化成为诗人、改变了语言秩序的人——当我在书桌捡起一支笔,到清晨才发现,这支笔的另一端竟然有一段沉实有力的文字!我感觉自己像是站在诗神面前,惴惴不安地解释。

我所能做的仅仅是像那个小镇农夫一样:捡。

五、等待准确的词出现在某个位置上

2015年,我去了一次北戴河,一次东海,面对无限、未知的波涛,迷上手机摄影,于是周末到处晃荡、街拍。诗人中的优秀摄影家很多,如王寅、于坚等等。一个诗人的摄影作品,就应该像结实、准确的句子。日本摄影家森山大道说:拿起照相机,我就像雷达张开了器官。拿起手机,我也有雷达开始工作的感觉,瞬间捕获的画面,时时惊喜——像神来之笔。

在拍照的过程中,我加深了对桑塔格、本雅明、波德里亚关于摄影的种种观点的理解:摄影就是自画像,被拍摄的对象、画面,无不暴露出拍摄者的心境和处境——像散文,藏不住自我。

街拍,使我的观察方式有了变化。以往大而化之、熟视无睹的事物,在用手机镜头逼近的过程中会有新发现。摄影教会我观察细节,调整视角,也教会我耐心等待。曾经在福州路一个弄堂里站了二十分钟,直到一个抱着鲜花的姑娘掠过弄堂口,我按下镜头——无限欢喜。等待一个合适的人出现在空白的位置上,像年轻时代等待恋人出现在街头拐角的位置上,无限欢喜;像写作,等待一个准确的词出现在某个位置上;像数学作业——必须找到唯一、准确的答案,但这依赖于想象和推断,在因果之间根据定律来建立起联系——一道让人束手无策的平面几何习题，因增加一条辅助线而峰回路转、轻松破解。

人生就是跨界——从中年跨入晚年、下午跨入黄昏。

墨西哥诗人帕斯谈到博尔赫斯的诗歌时说："他为两种相反的至高境界服务，简朴和陌生。"——简朴和陌生，似乎也可以作为我未来生活与写作的座右铭。

路内

小说的张力与无所作为

一

2017年我跟随一个剧组去贵州"堪景",在途中纠结于一个字,就是"堪"。显然应该是"勘景",他们却辩称:在影视界,必须是"堪",如果写成勘景,字是对了,但你是个外行。这伙人嘻嘻哈哈,坐在车里取笑彼此。当然还不至于取笑我咬文嚼字，只是表达了这层意思：有些东西，用对了反而是错的。

我说，写小说也有这种情况，没这么具象。也就是说，它可能不是一种功能性的错误，而是审美上的失察。不过对于小说而言，审美可能也就是功能。

"串岗"这个词也遭到修正。在关于工厂的小说里，我总是写成"窜岗"，甚至"蹿岗"。编辑给我改过，我又改回去。理由是在工厂标语和手册中，"串岗"这个词无法引起工人的注意。"串"是中性的，合乎规则，隐隐搞笑。而"窜"，很显然，意味着冒犯，动物性、规则的破坏。

"窜"在审美上是悍然的。在功能上，它警告了工人们，惩罚将随之而来。

二

童年时住大杂院，苏州那种阴森森的老宅，若是阳光很好的下午，天井里则给人一种风静花香的感受。老宅最深处是一个园子，从无人去打扫整饬。当时我身高不足一米，因此在印象中，草长得极高。

与鲁迅的百草园一样，那里也流传着故事，吊死鬼与郁郁而终的女人之类。最奇异的是一只白色的黄鼠狼，不定期出现，引人遐思。有一天下午，一个穿白色连衣裙的女子从园子后门走进来，往正门去。她是陌生人，可能是想抄近路吧。下午的老宅没什么人，既有阳光，也有"阴森森"。一个男孩将她误认为是白色黄鼠狼的人形化身。

这个故事在中学时被我写成作文，来自吉林的语文老师给出批语：那可能是一只东北来的白鼬。后来生物老师也幽默地批了一句：白化黄鼬。

三

活过四十岁，能理解什么叫"就像昨天"，那是真正经过变形的时间，在这里，一代人销声匿迹。那似乎不是自愿的，而是基于某种外力，你按着消失者的足迹去探寻，最后又发现他们似乎确实出于自愿。

有编辑对我说：你已经换了一批读者。我的意思，所有的小说作者都在换读者，过十年还能再换一批。这个看法太乐观，有可能没读者了。在实际的观感上，作者的旧作也是不存在的，新作将与旧作以同一成色存在。

四

我读福克纳的时候，还处在一个解题阶段，可能当时的风气也是如此。福克纳对于英美文学的贡献与我又有什么关系呢？我想看清的是他对土地、宗教、人的解释。后来有一本福克纳的中文译本，忘记是哪位译者老先生在序里写了一句：福克纳从来也没能把他的哲学讲明白。我也就不想再搞明白了。

时至今日，美国已经不是那个美国，土地和黑人成为传奇式的故事。福克纳还剩什么，一种被所有人知道的秘密的格式吗？几年前，我的女儿念小学一年级，她在书架上摸到了一本《喧哗与骚动》，看到密密麻麻没有标点符号的那几页。按照语文考卷的要求，她提起笔，在所有该加注标点的地方进行了填空，还告诉我说，不是很难。这种行为可能也是我们对"先锋"的继承方式。

我仍然会复读福克纳，主要看他写小说的手感。在福克纳和马尔克斯的领地中，经过时间和反复阅读，意义已经无所作为，技术已经发扬光大，能剩下的也就是手感了。

五

在纳博科夫与陀思妥耶夫斯基单方面的抵牾之中，我还是忍不住站在纳博科夫这边。原因是《洛丽塔》的开篇，主人公亨伯特说杀人犯总能写出一手妙文。纳博科夫清楚，你们，读者们，是奔着禁忌故事而来，你们（包括小说本身）承受不起一个这样的故事,那就让它们回到新闻、案例和哲学吧,接受一个更残忍而合乎禁忌的杀人犯的叙事。作一个不恰当的类比:纳博科夫是足球场上玩弄着球的队员,技艺高超,脚法精湛;而陀思妥耶夫斯基总是尽力扮演那只球,滚来滚去的。尽管球在入网的一瞬间确实万众瞩目,但你知道,有的时候,当足球队员爆铲对方的时候,他并不一定是奔着胜利去的。

六

有一阵子我被问到很多次:电影艺术从小说中汲取了什么?回答:电影没有从小说这个类别中汲取到什么,最高级的电影是诗,反过来说倒是小说一直在学习电影。这个说法并不是贬损小说,在我看来,小说仍然是学习能力最强的创作体裁。

可能出于这个缘故,小说很难实现"教会"这个规范动作。你接受教育的是一门自身具有学习能力的技艺,从基本的人物、场景、心理开始练习,搞一搞你的汉语,可这条路绝不漫长,再往前跨半步就迎头撞上一个变动中的庞然大物,文本,或是一种带有行动意味的修辞术。

这半步可能会耗尽时间,由于僵持或犹豫,看上去像是广阔地带,水远山长的。或者得等到时间真的耗尽之后才会意识到,只有半步宽的地带,刚够作者放下他的两只脚。

七

双关语是一种非常非常通俗的日常修辞手段,习得双关语是基于社会经验,而不是文学能力。我最近才知道,无法领会双关语是一种障碍症,先天的。

我去听乱糟糟的摇滚乐现场,朋友向我解释"华彩"与"Solo"的区别,两者大体相似,华彩可以是协奏,没有小节限制,Solo 则是独奏,有小节限制,没有速度限制。

相对于电影和音乐来说,小说天然缺乏后期制作和现场演奏的环节,因此昆德拉的音乐对位法只能呈现在纸面上,用乐谱来对位大纲,就此来说,非虚构作品也能实现它的音乐对位法,而诗歌不行。谈论"小说的演奏技巧"其实很麻烦,容易沦为作文技巧,前者并不那么明晰,在一个相对够长的段落里,它甚至可能是以特定的"瑕疵"为代价换得的——风格。

八

文字的旋律和速度感,既极端又无所作为,有时能从作者身上看到一丝自恋意味。在《雾行者》的最后一章,我称之为漫长的 Solo,当小说中的人物写就,也就将自恋感托付给了他人。

所有的小说都在自觉不自觉地制造这一屏障（不仅是隔开自恋），它仍然被某种渗透了庸俗道德感的写作技术质疑，交出几个漫威式扁平角色。这些技术怎么说呢，借一句学来的话：打翻一杯咖啡，比喝下一杯咖啡更提神。

在《雾行者》出版后的几天里，我去录音棚念了一段小说。编辑对我说，原来这一段人物讲话的语气应该是这样的。我说当然是这样，它处在文字状态的时候，调性是模糊的，我念出来就明白了。这个解释实际上很肤浅，在念小说的问题上，牵涉相当复杂的修辞术。忘记是谁说过，由作者来念小说，是一种文学批评。是否可以这样理解：当小说被念出来，作者用自己习得的广义语言复述它的时候，它不再是小说艺术，也不是朗诵艺术，而是一种批评艺术。

九

这些年里，有两类故事的讲述方法引起我的注意。第一种是作家口述他们的亲身经历，例如读者见面会上，在谈论理念和朗诵小说之余，作家会准备一些特别的故事，可能从未写进小说，只有在见到其本人时才会分享出来，不过视频时代已经来了；还有更私密一些的，在聚众喝茶时，一段往事，一个构思，或根本也是听来的故事。

重点不在故事本身，而是讲述的方法。坦白，简要，越过比较繁复的人物刻画，直接抓取到故事最具有动力的地方，并不一定是戏剧冲突，有时会突然切换到景物和心理，复述出对白。这些故事类似于内心的草稿或内心的成品，讲述的时候他们通常都不会漏掉关键句子。

第二种是编辑向我复述某一篇小说，亦即将成品退回到基本故事层面，采取的是近似的方法，文本的影响力更大些，有时会摘出最好的句子复述，然而也不是所谓金句。这种讲述方法常常会产生落差：对照之后，有时你会觉得复述者更好，有时是原文更好。

十

《雾行者》总体来说是一部讨论"经验"的小说。迄今，我还是不适应奢谈文学，但可以谈谈写作。在过去二十年里，写作经验与人世经验互相转化，其中必有抵触，而抵触也是一种转化。经验是群体的，也是个体的，它们相互限定。写作经验和人世经验，皆有其自觉不自觉的层面。有一位读者给我写邮件，说这本书谈到了"文学悟道"。我说"悟道"这个词不好，在当下世界，是生意人用的词。有否可能回到一个坦白的状态，用坦白的语境而不是态度来写一写，何为经验，人如何使用经验，经验是否可以成为修辞手段。从这个角度来说，我也不知道自己写得好不好，因为经验和悟道之间确实只隔着一种语调的差别。

十一

最后谈一谈人物刻画。

几年前我在做一次小说评委时，看到一位青年作者描写人物的行动，完整地写出了一个人下车以后从驾驶座来到后座右侧的路线图，其过程并没有让小说产生更多的意义。这种写法让我起疑，倒像是电影拍摄的台本，完整的演员走位方案。我忍不住看了一下作者介绍，确实做过编剧。我无意讽刺这位青年作者和编剧行业，如果说这是瑕疵，至多也就是写作经验和手感问题。

我问过一位青年演员，在表演时如何刻画人物。他的说法与《电影中的表演》一书所谈的大体一致，即演员的表演是一种介于有意识和无意识之间的存在。同时他也提醒我，电影屏幕很大，一个大特写过去，脸部的细微表情都会放大到演员难以承受的体量，即使在喜剧中，也有"拙劣表演"的批判。至于国产电视剧，他根本看不上，反正观众都是一边干别的，一边看剧，表情不重要，叨叨的对白才是剧情推进的关键。观众是靠听的。

福斯特已经界定了圆形人物和扁平人物,不过也有一种看法认为,他高估了小说中的圆形人物,又低估了扁平人物。多数情况下,我们对人物刻画的阐释是站在社会学或心理学的角度,时而延伸到哲学。至于小说的本义,有意思的文本还是以《洛丽塔》为例吧,在这本书里,纳博科夫与亨伯特的混合体究竟有没有刻画过洛丽塔?这种刻画是修辞层面的,或是依据人物关系之间的远近在不断矫正或篡改。无论如何,那个在小说中试图刻画洛丽塔的奎尔蒂,在结尾,被亨伯特乱枪打死了。

普玄

看不见梦想的时候，请紧盯夜壶灯

一

站在风口上，猪都能飞上天。

如果你已经站在风口上，很早就成了时代的宠儿，祝贺你；如果你错过风口但梦想不灭，请紧盯夜壶灯。

不知道从什么时候，有人开始给作家划代。"70后""80

后""90后",每一个时代都推出几个代表,他们站在风口上,都能飞上天。但是每一个时代都有大批作家,处在风口下面。他们因为各种原因,没有站在风口。

他们曾经怀揣梦想,现在却散落在生活的各个角落,成了风口下河床上无法飞升的黑色石头。

他们还在直面当年的梦想吗?

错过了风口而仍然怀揣当年梦想的人在生活中不可能太如意。在现实琐碎的生活中,怀揣当年梦想有时候是一件有风险的事。周围的人会侧目,会面露不屑,会冷嘲热讽。梦想仿佛是一个负面词语,是一个孩子们才该有的东西,是一个在夜深人静的时候才敢打量的物件。

那些在风口上的人已经成名了。错过了风口的人,为什么还不实际一点呢?

但是他们偏偏不。

二

我就是风口下面的一个。

几年前某文学杂志举办了一次文学笔会,邀请了全国一些在该杂志发表过作品的作家,其中就有三两位正站在风口上的"80后"作家。

笔会过程中,主办方邀请我们乘船旅行采风。在船上,来自河北的一位作家找到我,和我谈起距当时已有十年的我在《收获》杂志发表的一篇小说,他对其中一个细节赞叹无比。我正在高兴有人多年后还记得我作品中的细节时,他突然说了一句让我吃惊的话。

"你差一点出来了,太可惜了,这些年你在干什么?"他说。

"出来了",在我们这个圈子里,是站在风口上,出名的意思。

他的话深深刺激了我。

那天我远远地站在游船的甲板上,任太阳毫无遮拦地照射着我,任江风一股一股扑面而来。同行的那三两位正处在风口上的"80后"作家单独扎堆在一起,傲视众人,世界仿佛在他们手中。

我如果早"出来了",也会像他们那样吗?

是什么原因让我没有"出来"呢?

那天夜里,我一个人坐在宾馆房间的窗户前,久久没有入睡。我如同看风景一样看着我千疮百孔波峰波谷的人生。我看见了一只夜壶灯。它像一个走失的孩子,悬在一个无人的路口。

我看见它还亮着,亮在无人处。它是我的梦想。

我的作家梦和夜壶灯有关。很小的时候,村子里不通电,后来通电了,也不正常,有时候有电有时候停电。那时候村子里用得最多的是煤油灯。夜壶灯是什么呢？农村里夜间说书使用的大煤油灯，扁圆形，外面露一根粗灯捻。它太像一只夜壶了，农村人都称它为"夜壶灯"。

我的作家梦起源于说书，起源于《水浒传》，起源于英雄和江湖的故事。

那时候没有书读。我弟弟曾经攒过几十本连环画，并以此向村里人和家里的客人炫耀，连环画里的故事就是我们的世界。那些说书人来说书的日子，就是我们的节日。一个场子，无论是家户门前还是生产队稻场，夜壶灯挂在树上或者一根柱子上，故事开始了，我的梦想也开始了。

我们追着说书人，从这个营子追到那个营子，对说书人所讲的书中的故事和人物着迷。我在说书人那里听了《水浒传》，在我弟弟那里看了《水浒传》连环画，后来在我父亲那里看了老版绿皮封面的《水浒传》。我明白了一件事，同一个故事，从不同的地方出来就会不一样。故事是可以编的。我和弟弟，我们在追逐说书人、追逐夜壶灯的时候，我们也相互编故事，给林冲一个杀高衙内的机会，让鲁智深当个官，给李逵娶个老婆等等。

故事是可以编的，我们也可以编故事，这应该是我作家梦的起源。

夜壶灯就这么开始点亮，它深入我的心灵和梦境。

我上大学时开始写小说。我记得第一篇小说是写我们寝室里的众生相,但是写了很久写不下去了。我上大学时加入校文学社,开始参加各类文学活动。我开始发表作品,先是千字文,小散文,后来是小说。一开始发表在地市级刊物上,后来上了省级刊物,再后来上了《当代》《收获》这些大刊。这样持续走向风口,似乎是正常的发展轨迹。

但是这个时候出了一件事,它打乱了我生活和写作的正常节奏。刚刚进入新世纪,我两岁多的儿子被诊断出患了一种当年罕见的怪病——孤独症。

三

梦想会被一些看似偶然的事件生硬地打断,这是很多人梦想出发的时候没有想到的。

我的儿子患了这种不会开口说话、行为发育迟滞的精神疾患,这种病是全世界目前尚未解决的难题。我们全家到处求医,在一开始找不到病名和病因的情况下需要确诊。确诊后,需要治疗,需要探索和尝试西医和中医的各种治疗方法;需要培训,需要一对一的语言训练,需要对孩子做玩乐游戏方面的感统训练;需要专人对孩子进行上厕所、吃饭、穿衣等方面的生活训练。所有这些汇总起来,需要钱,需要时间精力,需要对孩子无限度投入的爱。

重要的是挣钱,还有时间精力。时间精力严重不够用。

那些年,生活像什么呢?我觉得每天都有一只老虎在后面追着,每天都有一把火在后面烧着。在那种情况下,我想坐在书桌前安静地读书写作,可能吗?

我没有时间再参加文学活动、笔会、改稿会;没有时间去申报各级会员和相关课题;没有时间学习。渐渐地,我离文学这个圈子越来越远,相关的信息我知道的越来越少。

那只夜壶灯,似乎离我越来越远了。

若干年后,河南南阳和湖北鄂州请我去搞文学讲座,讲座之后有人提问,这两个地方分别有两位中年妇女的提问让我印象深刻。

一个问:我年轻时热爱文学,但结婚后公公婆婆身体不好,先后瘫痪在床,我一直伺候他们到离世,我也差不多老了,但我仍然热爱文学,我现在开始写作还来得及吗?

另一个问:我婚前热爱文学,但是婚后孩子和老人多,等我拼尽全力把孩子送入北京某全国著名高校,我已经到今天这个岁数了,我继续文学写作,还来得及吗?

她们的问题让我发呆,让我差点落泪,让我想起我辛苦奔波的那些日子。

在那样的日子里,我的夜壶灯在哪里呢?

离自己的梦想越来越远是一件很痛苦的事。很多个夜晚，我半夜醒来，坐着发呆。我在寻找我的夜壶灯。它在迷茫的夜里，在一团一团黏稠的雾中，我需要费很大的力气去寻找它。我像找我丢失过两次的孤独症儿子一样，在街头的角落里找到他的时候，筋疲力尽，泪流满面。

我相信那两个向我提问的曾经热爱文学的中年妇女有过和我类似的感受。

四

我在生活中碰到了很多错过风口而不忘梦想的人。这些人和我一样，大部分辛苦劳碌。他们在生活中忙碌、奔波时常弯腰妥协，甚至苟活，但是身上必然会保持一种东西，这种东西外在的形式是多样的。

我有一位作家朋友，他写的小说发表在很多刊物上。他有一个脑瘫儿子，并且和老婆离异，一个人靠给别人开出租车支撑孩子的费用。他的作品都是在轮休的时候写的。每次参加笔会或文学会议，他既兴奋又为难，因为他需要提前很长时间去协调请假，去做准备工作。我在襄阳有一位姓周的诗人朋友，他白手起家有了一个电器厂，他当老板以后还经常为节约一点费用亲自干砖瓦粗活，但是他接待文友、承办诗会却出手大方，他那里成了当地文友们聚会的乐园。他的手很粗糙，但是却用这双手写出了清新细腻的小诗。

这样的人在生活中有很多。

包括我。

我也一直不让我的夜壶灯熄灭。记得在最忙碌的出差的路上，在宜昌市云集路的一家书摊，我看到两本略带先锋性的杂志，我把它们买下来，走到哪里背到哪里。

在家里吃过晚饭后，我总是绕到很远的有文学书籍的书店那里散步，在那里翻翻看看，间或买一本，像拎一只夜壶灯一样拎着走。

我在风风火火四处奔波治疗儿子的十几年，正是新世纪开初的十几年，这十几年我大部分时间花在挣钱和儿子的治疗上，但是我又始终丢不下作家梦。我买了大量的期刊和书在奔波中随身携带，随时提醒自己，眼前有一只夜壶灯；另外我还深入到社会生活最痛苦最直接最琐碎的第一线，这使我同时以两种眼光审视着我们这个时代的生活和文学，也看到了新世纪后的文学在混乱复杂的社会生活中跌跌跄跄的步伐。

我站在两边看，用两种眼光看，看到了单纯站在一个角度，甚至站在风口所看不到的风景。文学当然出了问题。因为它集中表现出来的故事和我们正在经历的生活严重不一致。

大多数作家辛辛苦苦写出来的东西老百姓认为是假的。

当代文学如何丢掉了"真实",是一件相当令人费解的事。因为那么多作家,那么多评论家,那么多文学期刊都在大时代面前做着努力。

作家们找到了一个共同的推托对象:网络。

作家们都在埋怨,说我们的时代和读者越来越肤浅。

作家们感到委屈,我们天天都在寻找真实,体验真实,真实难道不在我们手中?

包括那些处在风口的作家。

五

我和那些沉寂在生活中而又不失梦想的大多数作家一样,在劳碌中紧盯着我们的夜壶灯,同时也紧盯着我们的社会生活。我们慢慢发现,那些所谓的文学风口,那些所谓的代际代表作家,并不能代表我们复杂的时代,因为他们没有书写出我们复杂的时代之象。

如果我们用心盯着我们的夜壶灯,盯着我们的生活和文学,我们会发现,真正的文学并没有在那些所谓的风口,并没有在那些浪花高处,而在生活的深处,在河床上的黑色石头中间。只有在这些地方,才有时代之象。

在复杂的现实生活中,把握时代之象并不是一件容易的事。

在复杂的社会生活中，过早地站在风口反倒是一件风险极大的事，因为时代之象呈现在风口的，往往只是大象的一只耳朵或者一条腿，时代之象，离开水面的浪花深深地沉在河床之中，离开风口而沉落在琐细的生活之中。

给时代画像的困难在于人的渺小，在于作家总固定在一个角度。大家都在疯抢着，但是抱住的却只是大象的耳朵、大腿、肚子或尾巴。

时代之象既是现代性的，又是传统的，而不是二者的相互争吵；时代既是网络媒体，又是纸质媒体，而不是非此即彼；时代既是国企，又是民企；时代既是传统生意，又是网上交易。

要想清晰地用语言表达出时代之象是不可能的，也是没有必要的。道生一，一生二，二生三，三生万物。时代是道，我们都在道中。

在一篇一篇书写身边故事的时候，我发觉那只夜壶灯又回来了，不，它其实一直就在我心里，只是我过去总是到很远的地方去寻找它。它其实一直亮在我们千疮百孔而又疲惫不堪的生活中，亮在和我一样每天辛苦奔波的普通百姓之中。

黄孝阳

人到底是什么？
——一个写作者心灵的迷思与标准模型

写了二十余年的小说，初心倒还大致记得，最早只是改变，渴望走出小县城，见识那个传说中的风暴大海，而写作所打开的，无疑是一个比日常现实要广袤的存在，直接对接着"人类群星灿烂时"。接着，很多个接着……慢慢觉得写作是一个认识自我、摆脱自我的过程。

首先是认识自我。在这个孤独旅程中，渴望与此时代及其历史、未来建构起重重关系。比如广度上要知道事物的多少，尤其是那些层出不穷涌现的新事物,各种异域奇观、极端性场景;深度上要知道它们各自的腔调及逻辑,知其然,知其所以然;高度上能用一个叙事,通过对人这个主体性的凸现,统摄万象,确认它们互相联系的结构与模型,发现那些真问题(包括老问题与新问题)及其对立面,与那些璀璨星辰一样无与伦比的美;维度上尽可能打通人文学科与自然科学之间的森严界限,毕竟"根据已有的物理理论,我们所处的宇宙在最根本的层面上遵循量子法则",而文学不仅能完成自身叙事(主要是抒情与修辞),也可对"各种不断精细化的学科及知识体系"进行叙事,让栖身在"知识洞穴"里的人能够彼此理解,形成共情与对话,沟通就是生产力吧;还有温度,始终抱有一个人应该有的真挚与诚意,他人的不幸即是我的苦,他人犯的罪即是我做过的恶……这些想法,在内心里真实不虚地出现过,像山峰与河流,尽管有沧海桑田的掩埋,只要去找,还是多少能找得出一些蓝田玉暖。

其次是摆脱自我,又或者说知道了"我是我的敌人"。人知道自我的匮乏与有限,知道个体意识"自我"的普遍崛起,其实是一个很后来的事,是基于工业化及现代性浪潮而起的。构成社会基本单位的,是沿着血缘关系所建立的氏族,继而家庭,"自我"首先是作为这种血缘关系的一分子而存在的……主要是这个"匮乏与有限"。前些时候我还在微信上开玩笑说,

"真希望平行宇宙的理论是真的,能把各宇宙的那个自己——懂数学的,懂物理的,懂各种学科知识的,汇总一起,说不定就是一个奇点了。"

摆脱自我,倒不是说一个生旦净末丑的戏精上身,而是己所不欲,勿施于人;己所欲,更勿施于人。坦率说,这些年下来效果不大好,那个由分娩而出的"自我"倒有点像关汉卿笔下的铜豌豆,蒸不烂,捶不扁。只能说更多地倾听,努力提高一点共情能力,每日三省吾身。但有个想法却在"认识自我与摆脱自我"这个博弈过程中日渐清晰:

肉体或许就是一个被发明的硬件系统,而所谓灵魂(知识与人格)基本等同于不断迭代更新的软件操作系统。

这个说法似乎不大新鲜。十八世纪的法国人拉·梅特里就写过一本《人是机器》,从当时的医学、生物学、解剖学等材料出发,强调肉身官能对人之思维与心理结构的决定作用,思维不过是生命机体自我保存的本能要求,是大脑的技能,就像可供鸟在空中滑翔的那对翅膀,所谓心灵即身体各零件的功能总和。这种极其粗糙的机械论腔调,自然遭遇了足够多的批判与反讽,三百年来编排出来各种段子引发的笑声至今还在我们头顶飘荡。但问题是 AI 来了啊!这是前所未有之事。

曾几何时,因为"千古无同局",围棋被视为人类最后的尊严所在。到 2016 年,我们都知道了阿尔法狗对人类围棋顶尖棋手的辗压。阿尔法狗使用的还是一个从人类经验（棋谱）出发的算法。一年后，阿尔法元横空出世，就不看棋谱了，只保留策略与价值两个网络树，自我对弈，强化学习。短短三日，对阿尔法狗的战绩是一百比零。这意味着什么？是人类的匮乏？人类的自以为是限制了机器的想象力？就围棋原理来看，起码可以说人过去所有的经验都可能是错的，或者效率低下。

2019年，马云与马斯克有一次对谈，其中谈到棋是人发明供人与人下的。这种辩解听上去很高明，有点人本主义者的意思。细究一下，棋发明根源是对数的发现。人在这里没有知识产权。基于"数"，AI大概率能创造出一种我们人类无法理解的"棋"。围棋在后者面前相当于四则运算对应微积分。如果说我们做四则运算很快乐，这没问题；但不能说四则运算比微积分牛。马斯克是对人类这个共同体有危机感的，马云没有。除了一个商人的现实逻辑外，这也与东方哲学里的天人合一、顺天知命的精神有关。

阿尔法元，这个"元"字意味深长，是指一个新纪元的开启吗？

芯片业有个摩尔定律，隔十八个月，性能翻番。斯坦福大学的AI指数2019年度报告认为，AI总体算力三四个月翻一番，再加上谷歌宣布的"量子霸权"（其研发的量子计算机在3分20秒的时间内完成传统计算机需1万年时间处理的问题），这又意味着什么?

再看看那些正在我们身边发生的现实吧。可以肯定地说,以 AI 为首的,融合生物技术、大数据、云计算等为一体的新技术革命将彻底重塑这个星球。这是一个对支配世界运转的底层代码的重新书写,一个如同命运交响曲的澎湃书写,也还是一个具有凛冽北风残酷性质的书写过程。人的数字化不可避免,包括这次全球疫情风暴,也在加速此过程。

AI 在变得越来越像人,而人在变得越来越像机器。

这很荒谬。一个让人笑不出来的荒谬事实。

我喜欢人,人是万物的尺度。人,这种知道阴阳寒暑的奇妙存在,在我眼里要高于"神圣自然律",高于晨曦破晓与月上柳梢——没有人约黄昏后,月上柳梢给哪个物种看?

这些年,我最大的乐趣是对人进行叙事,试图用人的主体性,在这个由科技与资本建构的世界,发现美与激情,重新审视爱与恨,对抗滞重与虚无,构建一个人的乌托邦;对个人作为"风暴中的岛屿"如何保持其稳定结构,又如何在日常秩序中完成观念建构、逻辑自洽及美学萃取等,无不津津乐道。可问题是,窗外飞来的那架无人机让我没办法再理所当然自嗨下去。我不是技术主义者,也不是瞎子,对 AI 时代打开的景深,对技术进步及其导致的风险与各种伦理困境等等,没法视而不见,我得在这个亘古未有的时代,在这个知识生产呈指数增长的"新现实"里，找到一个"万丈高楼平地起"的重心，才能继续行走。

人是这个熵增宇宙的奇迹，是造物主对自身的复制与迷恋，所以"人类大脑结构和宇宙结构有着惊人的相似性"，又或者说，人类就是宇宙的大脑。在这个恢宏框架下，我们开始讨论数千年来的哲学家对人的分析与定义，人的内核与边界；人的历史何以延续，何以如此叙述；人是否应该拥有科技之力，对此要付出什么样的代价；人还可能拥有什么样的未来图景，而构建未来的关键节点与变量蕴藏何处，又如何找到激发节点引擎的能量等等。

我想找到的"重心"显然不能指望向神灵祷告。

又或者说，旧神已死，新神诞生。自"哥白尼革命"起，作为真理、客观性、自然律化身的科学逐渐成为新的神祇。技术溢出，介入社会运行，由点滴至涓流至浩荡江河，而今更在资本与消费主义的加持下，把人类社会原来那个由价值理性搭建的内在框架尽皆拆毁。技术治理时代来临，这已经是全球范围内的普遍现象。科学管理、社会工程等理论术语已为公众广泛接受，成为日常用语。对人的叙事起支配作用的，不再是人文那套思想体系，不再是哲学宗教艺术、传统语境里的文学，而是科学，是技术的日新月异，是大数据、物联网、生物技术、基因工程等。

更重要的是：我们大概率已经来到一个技术奇点的前夜，不要说科幻电影里的那种强人工智能，就前几年的阿尔法元，若把它运用在写作上，只要为之建立相应的架构与算法，一个整体宏观描述及结构性的呈现，以及相应的语法啮合与语义啮合，完全有理由得到一个类似莫言或者其他诺贝尔得主那样水准的写作。

写作者还能干什么？换句话说，人到底是什么？

是否有可能像《西部世界》电影里所想象的那样，人不过就是 10274 行粗糙原始的代码。那些触及人类心灵最深处的东西，不过是千亿神经元突触间的信息传递。而人的自由意志，这个让人在虚无与荒诞中得以厘定自身尊严的最后之锚，其实质还是某个既定程序对信息进行整理加工的另一种说法罢了——这会让他们还有勇气活下去，说几句"头顶的星辰与心中的道德律"之类的话。就像那段让侯世达倍觉困扰的 AI 创作的旋律，虽然是作用于人类灵魂层面，却根源于一个极简单的机制。

算法即魂灵，算力即肉身，两者之和即为生命？

我们老觉得世界万物（真理真实真相）总是在那儿的，博学之、审问之、慎思之、明辨之、笃行之，总能不断拉近这段距离。但这存在的真相倒更可能是量子力学所描述的，不仅是一个因为人的观察而塌缩的量子系统，人类的内心，也是一个量子纠缠与量子退相干的作用。并没有一个真实不虚的自我在意识层面坐镇中军，运筹帷幄，而是我们大脑里那由数千亿个神经元突触（一个比在地球上生活过的人类总数还要多的天文数字）构建起来的网络系统，在接收到外界信息刺激后做出的一个又一个决定。这些决定并不完全依赖理性逻辑，还从直觉、信仰汲取力量。这些决定各有其风险与收益，彼此还可能抵牾，它们就像那个被列为七个"千禧年大奖问题"之一的纳维叶—斯托克斯方程所试图描述的湍流，是这些"决定"的总和构成我们，构成一个人的命运赋格……诸般念头纷至沓来，如镜中摇曳影，影中又有镜，重重叠叠，几至于无穷。

所以我说："唵。"

我喜欢侯世达写的《集异璧》（《哥德尔、艾舍尔、巴赫：集异璧之大成》的简称）。不是说懂了，而是喜欢他对AI及意识产生的理解，以及在此命题统摄下，对哥德尔的数理逻辑，艾舍尔的版画和巴赫的音乐三者的打通融合——这是一种富有原创性的思想，是艺术，而非奇观，是对那个"荒谬事实"所导致可怕幻觉的抵抗。他还求解出一个侯世达定律，也是非常迷人，看上去像是讲管理效率，其实可从中阐发出一个人生哲学，冗余的必要性及其价值。

脑子里都是数据流构成的云层。某日，没梦见什么日月入怀，也没看见天有什么异象，走在南京的街头，在飞絮飘扬的梧桐树下，云层里蓦然出现一道蜿蜒闪电，就觉得那个曾无限沉溺其中的"自我"，那个自由意志，那个承载着骄傲与荣誉，宇宙里独此一份的存在，没有多么特殊，即这个冗余的一部分。一旦意识到这点，渐渐心平气和。

这个事实可以得出两个截然相反的评价：一，这是悟道，《牧牛图》里的入鄽垂手，证得大乘果位；二，这是对人子之光的放弃，就像一滴水恐惧被蒸发的命运，还是灰头土脸选择回到大海，是身陷阿Q精神而不自知。

"吃饭是痛点，是对匮乏的满足；抽烟是G点，是嗨。痛点是活着；G点是像个人那样活着。今天的需求，是在对G点深刻理解上，被重新发明出来的。这里固然有资本逐利的逻辑，同时也包含着一个哲学命题：什么才是今天的人。所谓去看山河大地，又探幽微人心。这个看，这个探，都是动词，一个正在进行时……"

这些念头在脑子里迟缓地转动。脑子里有七八个小人，有时齐声喊叫，更多时候是彼此大打出手。偶尔，某个奇妙一刻，它们齐心协力把镜头转到遥远的记忆深处，一束光在空中出现，照耀着小时候那些影影绰绰的人与事，就想写点什么，就像一颗种子要长，一朵花苞要绽放，其实是没有更多的人间道理。只是这种子在长的时候，这花苞在绽放的时候，那些困扰我的，让我庄生晓梦迷蝴蝶的，一一消失不见。也就有了那本有幸入围深圳读书月"年度十大文学好书"、阅文·探照灯好书年度十大长篇小说的《人间值得》,也就有了手上正在写着的《县城报告》系列。

"小说的主人公张三也死了。但百个千个万个的他们还活着,他们不是乡村秩序下的蛋,也不是都市文明的孩子,他们的基因片断是在一个被现代性浪潮重组的过程中,与中国改革开放四十年紧密勾连,有诸多崩毁残存,亦有突变进化。他们人至中年,多半在事实上成为县域政治经济文化各生态系统内的话事人,是权力的毛细血管,亦是各种潜规则与隐秘秩序的制定者,谙熟不同的话语体系,自如切换,能在一个时辰内分别扮演畜类与人类。他们对世界的看法,尚未成为当代中国人精神的主体部分,在实际日常层面影响着大多数百姓的生活。中国有两千多个县城,这是一个广袤现实,是真实的真实。而他们中的一小撮人,比如张三,试图从历史与现实情境等维度,以及生命意志的高度,反思人这种奇妙存在,讲述唯独属于他们的故事,或者说传奇,故而《人间值得》。"

这是我在《人间值得》研讨会上说过的一段话。

"现在的城市与乡村都有均质化的倾向,谈到城市就是密度与个人原子化后的疏离,资本狂潮的全球涌动与被韩国整容术打理过的精致妆容、对海量信息的饕餮之胃与不假思索的吞咽等,基本上是一张被科技主义与消费主义规训后的面庞;谈到乡村,就是'每个人的故乡都在沦陷'式的抒情与古典挽歌。我相信这些情感的真实性,但对有效性有一定怀疑。"

这是我在写《县城报告》创作谈里提到的一段话。

这两段话,似乎为此刻的我提供了一个能够描述强力、弱力及电磁力这三种基本力并与量子力学及狭义相对论相容的"标准模型"。

从经典力学到相对论再到标准模型,这是物理三百年发展史。

好像,我的心灵也经历了这样一个过程。

给增殖的现实放置意义
——关于写作的一些随想

王威廉

技术化时代的"准未来"

在我看来,今天写作的首要问题是如何理解现实。一个十九世纪、二十世纪的作家不需要刻意去理解现实,因为彼时人类还没有能力大规模地改造现实,但如今,人类已经获得了更强的改造现实的能力。除了声响、影像、信息传输等二十世纪的技术变得更加完善和便捷之外，互联网已经成为日常生活的一部分，当我们以为现实的疆域正在抵达边界之际，VR技术、AR技术又诞生了，影像摆脱了平面的囚禁，产生了对人类大脑而言"真实"到无法分辨的人造现实。

人工智能领域的成果也惊人。机器可以精准识别事物，包括人类的脸部以及其他物理特征，但我们并不知道机器是如何做到的，我们只知道对机器这样"训练"便可以做到。这已经有点接近神的创世工作。如果人工智能获得跟人一样的意识，会把人类当神那样来崇拜吗？不知道。但有一点无可置疑：一个越来越细腻的技术化时代已经到来。

所谓"技术化时代"，不仅仅意味着使用技术影响一切，而是技术成为一种难以察觉的意识形态，开始深度地塑造起人类的精神生活。这从传统的人文学范畴来看，是不可思议的事情，是令人惊悚的事情，因为人类灵魂的崇高存在是一切人文学的前提与假定。技术将会以怎样的方式介入灵魂的领域？想想电影《黑客帝国》中的悲壮场面：人类被一种虚拟的假象所笼罩而又全然无知，人类的真实不仅被重新诠释，而且变得不可接受，生命的价值与意义遭遇到了前所未有的危机。现在（2019年），当我写这篇文章时，距离这部电影首次上映已经过去了整整二十年，所谓的赛博空间已经成为我们每个人生活的一部分，换句话说，我们已经来到了"未来"之中，是一种"准未来"的状态。

有人也许会说，哪个时代不是过去时代的未来呢？但很显然，情况要复杂得多。建构关于未来的想象受制于当时的文化意识，唐代人可以想象明代人的生活，而明代人却无法想象今天的生活。这是因为在技术发展的同时，关于未来想象的文化机制发生了根本变化。未来并非提前抵达，未来永远只是未来，悬在那永不抵达的明天；但是，现实越来越快地被未来所塑造。关于未来的想象、概念、揣测影响着今天的认知与行动，今天的认知和行动愈加成功，未来也被证明为愈加正确。在这种复杂的缠绕中，我们看到的是"现在"与"未来"的距离在不断缩短。人类发明了未来，这种未来又变成了类似毛驴头顶悬挂的蔬菜那样的东西，不断诱惑着我们。

科技现实主义与深度现实主义

德国哲学家恩斯特·布洛赫说："我们的时代可能已经创造出了一种乌托邦的'升级版'，只是它不再被叫作乌托邦，而是被称为'科幻小说'。"科幻小说曾经表达了对人类未来的美好想象，但在《1984》《我们》《美丽新世界》这样的科幻小说中，已经不仅仅包含关于某项科技发明的预测了，它本身暗含着乌托邦的文化结构。还无法肯定地说，科幻叙事作为乌托邦已经取代了形而上学的位置,但至少,这两者的确有相似之处。那个秩序井然的科幻乌托邦难免不是形而上学的投影,而那个"美丽新世界"也来自当时的价值和省思。

这个时代,过去、现在与未来是如此亲密地折叠在一起,现实与虚拟也纠缠在一起。也正因为如此,以科幻为视野的小说冲破"类型"的藩篱,成为当代文学照亮现实的新引擎,有着内在的必然性。对于今天来说,科幻小说中最重要的,已经不是外在的幻想外壳,而是借助科学知识,推演一种思想的实验,探询一种关于科学及其应用的伦理,创造一种出自科学精神又落脚在人文情怀上的世界观。那么进而推论,充满想象力热情的科幻小说与密切关注当下的现实主义文学之间其实有了越来越多弥合的可能性。

因此,所谓的科幻小说已经日益成为一种"科技现实主义"的作品。科幻这个词语中的"幻"字,会逐渐失去其梦幻般的色彩。我甚至不免想说,其实传统类型意义上——比如以凡尔纳等作家为代表的科幻小说已经终结了。科幻小说不可避免地会跟其他文学类型一样一起走向融合与创新。无论如何,我都希望我们的写作能以最大的程度向未来敞开,包含的却是历史行进到此刻所难以化解的焦虑、痛苦与渴望。

我曾经提过"深度现实主义",想说明今天现实的复杂性。在文学的语境中使用"主义"是一种表示强调的修辞,尤其在我自己的行文中更是如此，正好在此说明。"科技现实"只是"深度现实"的一个重要维度而已。之所以重提"深度"，是我坚信现实主义一定是关乎人的存在的，与文学的创造息息相关。一个作家应该凭依前辈作家积累并修复起来的个人体验去重新进入历史。进入历史，并不意味着一定要书写历史题材，而是意味着将自身获取的个人经验置放进历史与文化的现场中去辨析、理解和自省。记忆、建构与心灵，是这个过程的关键词。

鲁迅先生曾说文学的起源，是因为先民"心志郁于内，则任情而歌呼，天地变于外，则祗畏以颂祝"，其实今天的我们又何尝不是如此！我们从未像今天这样听到这么密集的话语，但这些话语几乎都是单向度的，它们指涉我们的身体与精神，却并不在意我们的表情与反馈，就像我们天天用微信朋友圈看着别人的生活，却对自己的生活无能为力。人的存在感依赖于精神之间对话、交流的呵护，当心灵的内部被外部泛滥肤浅的言辞占据之后，生命的危机便出现了。那么，只有文学，它提供的话语既可以是柔软的抚慰，又可以是深思的哲理，既可以是决绝的宣告，又可以是犹疑的对话。而在它的这一切品质当中，关键是它一如既往地承认这个世界与人生当中那些晦暗不明的部分。那是被分门别类的现代学科剔除掉的部分，那宛若游魂的部分却牢牢关切着我们生与死的全部细节，这就是关乎存在的深度体验。

文学的本质之一，便是它对于世界本身的持续命名。人类其他的知识类型总是希望和世界之间有着稳固的假设、概念与解释，但文学是对处境的鲜活映照，是属于心灵的特殊知识。它追求的是鲜活与流动，所有概念化的僵死之物都是它的敌人。因此，好的文学既可以囊括技术带来的求新求变的那一面，也可以将这些新与变引领向那些古老而恒定的精神事物。关乎存在的"深度体验"正是在文学精神的烛照之下，让我们即使与他人耳闻目睹了同样的事物，我们的心灵体验也不会相同。这种不同正是个体得以保全自我的途径。好的作家就是在竭尽一生去寻找这种不同，并让别人相信总有"不同"的存在，救赎的可能性就在那样的"不同"当中。是的，这种"不同"就是心灵的自由，就是人类最根本的自由。

文明叙事与声音诗学

　　在这样的语境下坚持写作，必须得更加深刻地理解我们所处的这个"现代"。这是一个将事物连根拔起的时代，它的根基不在静止的大地上，而是在运动的加速度上。"现代"与"技术"已经成了同构的事物，它们密不可分，交融在一起。所以说，技术时代的风险其实就是现代性的风险。世界那不可见的晦暗在不断加深，每个个体面对的都只能是一个庞然大物的局部侧影。面对如此语境，文学的力量究竟何在？

我认为，文学作为人类精神文明最丰富的载体，没有失去它的关怀、责任与绵延不绝的力量。

为什么中西两大文明，在相对独立的情况下最终都选择了小说（尤其是长篇小说）来表述自身？当然，从物质的角度来说，这和印刷术和造纸术的成熟是密切关联的。但这只是一个前提，背后的精神史值得我们探讨。

以中国为例，明清之际出现了"四大名著"，尤其是《红楼梦》的诞生，可以视为中国人的历史心灵在小说中的诞生。我们在《红楼梦》中看到了中国人作为个体的觉醒，它是一部完全根植于个人经验的作品。《三国演义》《水浒传》《西游记》这些作品，其实是集体创作的成果。它们不只是施耐庵、吴承恩个人的创作，它们是经过历朝历代文人反复加工而成的。而《红楼梦》只可能是一个人的作品，也许后面四十回是他人增补。即便不论作者是集体还是个人，只看作品中的精神品质，我们在《红楼梦》中终于看到了"完整的人"的形象，看到了他们在日常生活中的喜怒哀乐，而不是乱世、江湖和神话。因此中西两大文明传统以小说为最终表达并不是偶合，这是成熟文明的一种内在冲动与需要。

越来越多的人开始认为，人类对自身的认识从来都是以叙事开始，以叙事导向意义的目的与终点。没有对现实的叙事，我们对于自身的生存图景便会失去清晰的判断。技术时代阐述自身的方式，与历史的其他阶段一样，都依赖叙事。我们总是需要一套强大的故事系统，隐喻性地描述我们从何处来、到何处去的核心问题。十九世纪，那些伟大的作家站在人类精神的顶峰处，对人类的前景抱有光明的希望。二十世纪，经历过两次世界大战，人类陷入悲伤彷徨的困境，那些伟大的作家写尽了对黑暗与绝望的体验。二十一世纪，一个技术统治的时代，我们的希望与绝望都注定要在技术营造的仿像当中经历迷失，而伟大的作家，就是要把人类心灵的敏感与丰富从这样的迷境中拯救出来。

文学的叙事是最难被技术驯服的，它源于人与物的本质不同，它坚信灵魂的存在与崇高，是灵魂最为隐秘的细腻言说，是具备史学品格的雄辩自证。今天已经很少有人还觉得文学只能描述（再现）现实了，尤其是只能描述某一种"给定的现实"。我相信文学的能量几乎是无限的，它当然可以创造现实，而这种"创造"涉及我们对于何为真实、何为本质的深刻理解。在这个让我们惶恐迷茫的技术化时代，究竟何为真实、何为本质，会有伟大的文学作品说出它的判断与思想。

在这里专门提到声音的诗学，再宏大的文明也需要借个人之口说出，否则便是没有生命的僵死之物。作家的声音，便是生命融进语言的踪迹。语言创造了主体，主体借助语言又在创造着自我。在这个过程中，语言不可避免也改变了主体，主体与语言在彼此异化着对方。语言的艺术，便是主体对语言异化的搏斗。何为准确？便是要驯服语言，使语言准确对应于主体的存在状况。作家的声音越独特、越清晰、越迷人，便是语言被生命驯化得越到位。

越是经验同质化的时代，越是需要鲜明的音色。小说的表层似乎是在复制经验，但小说的本质其实是在创造经验。小说家与传统说书人是完全不同的，他无法取消自己，他自身最独特的声音，是支撑起作品的脊椎骨。最伟大的小说家，可以让所有人的声音都出现在自己的声音中，自己的声音并未消失，而是成为一个基本的场域，它迎接着他者声音的到来，并凸显出自我的声音与他者的声音，赋予他者的声音以活着的温度。

孤独的闯入者

蔡骏

多数时候，"闯入者"是个贬义词。就像打家劫舍的强盗，就像破坏规则的野蛮人，就像痴心妄想的精神病患者。何为"闯入"。前提是不在，或者说是遥远。只得远远观望，却不知从何门而入。这个闯入，既是对空间的闯入，也是对自己内心的闯入，后者尤为困难。因为随着时光的流逝，内心四周会生出厚厚的脂肪，这脂肪保护着你的五脏六腑，让你获得安全无忧的食物与空气，但也让你平添赘肉，再也无法肆意妄为地奔跑。

你甚至会质问自己,你已在美好肥沃的尼罗河谷,为何还要涉过荒凉的西奈沙漠,渡过危险的滔滔红海,前往一个未知的迦南地?

但我心甘情愿做一个闯入者。

最早的闯入可以追溯到 2000 年。那年发生了许多大事儿,头等大事就是二十一世纪开始了,另一件大事是互联网在中国开始普及。那年我有了自己的第一台电脑,在网上找到了许多免费的书,《金瓶梅》《白鹿原》《百年孤独》,以及《罗马帝国衰亡史》。我偶然听说了榕树下网站,点开那个"生活、感受、随想"的绿色界面,写了一个"王小波"式的短篇小说《天宝大球场的陷落》投稿。两天后,我看到我的小说出现在榕树下的网页上,无论你在地球上的任何角落都能看到。自那以后,我就像被某人的灵魂附体,浑身每个细胞都在不断分裂和爆炸,眼中看到的每个平方厘米都写满了蝇头小楷,以至于几乎每个礼拜都要写一篇小说,否则脑袋就会被这些奇思异想撑破。那一年,我写了大概三十个短篇,数年后变成了三本合集,至今我还很喜欢那些故事。

这一年,我和我爸共用一台电脑,一个键盘与鼠标,既打出过几十万字的中、短篇小说,也打死过几十万个游戏里的士兵、怪兽与女巫。我爸打游戏的水平起伏不定,我却收到了人生第一份获奖通知书。

这是一个文学新人奖,而我获奖的短篇小说《绑架》来自一个梦——我梦见我爸不是工人,而是个拥有亿万财富的工厂主。我的脑子不太好,有天我被告知自己做了爸爸,孩子他妈就是我爸的女秘书——其实孩子是我的弟弟,我爸为了掩人耳目,让我给他背了黑锅。当我发现秘密后决定报复,我绑架了女秘书和我弟弟,藏身在高楼密室之中。我向我爸成功勒索了百万美元,我爸被迫卖掉了工厂。警察找到了我,而我携带无数美元跳楼,被消防队的气垫所救。当我接受精神治疗后出院,我同父异母弟弟的妈妈正在等我。这是一个父子之间的故事,也是斯德哥尔摩综合征的故事。我当然不会把这篇小说给我爸看。事实上我爸从未看过我的任何文字,直到今天也是。

那年初秋,我在北京领了奖,获奖小说发表在那年十二月的《当代》杂志上。我想,这就是我的第一次闯入。但我的闯入似乎来得太早了一点,并且几乎在同时,我遇到了另一片值得我闯入的天地。

就在那年圣诞节前后,我跟一位榕树下的网友在OICQ(腾讯QQ)线上聊天时,随口说我能写像《午夜凶铃》那样的小说。我跟对方打了个赌,赌注是什么早就忘了。因为这个赌约,我写了自己第一个长篇小说《病毒》。2001年的春天,这个十万字的长篇在榕树下首发,可能也是中文互联网上首发的第一部长篇悬疑或惊悚小说。我突然发现自己有了许多读者,他们毫不吝啬地表达了赞美。第二年，这部《病毒》便出版成书了。我从不讳言，我的第一本书受到了斯蒂芬·金与铃木光司（《午夜凶铃》的作者）的诸多影响。这是一次成功的闯入，因为我闯入的几乎是一片空白地带，尽管在全世界范围内早已枝繁叶茂，如同亚马孙雨林般的丰富多彩，但在中国还是荒芜的原野。闯入能够给人快感，让人如脱缰野马般奔驰。目前，我已经写了三十多部长篇小说，几乎全部是悬疑小说。漫长的创作生涯当中，我也把我的作品区分为许多不同的子类型。比如2010年以前偏向于惊悚悬疑，其中还有《天机》和《人间》这样的六十万字以上的超长篇。2010年的《谋杀似水年华》以后，我开始写社会派悬疑小说，想要透过谋杀与灾难，写出当下中国社会的痛点与泪点。

再后来，我所闯入的这片天地再也不是荒漠了。悬疑小说在中国有了越来越多的作家与读者，他们同时也很喜欢欧美与日本的作家，尤其是东野圭吾的小说。我从闯入者变成了占有者，对此我偶尔感到困惑。但这不影响我继续创作悬疑小说，甚至不断地挑战自我，在悬疑小说中结合其他类型与元素，在这座百花绽放的小花园中，不断开辟曲径通幽的小道。

到了2014年，还是一个春天，我去参加广州日报社举办的图书势力榜的活动。领完奖后回上海，却在广州新白云机场被大雨困住了。那天整个珠三角暴雨成灾，航班取消，甚至航站楼进水。我看到机场里人来人往,熙熙攘攘,有人在跟航空公司吵架,有人在争抢免费发放的盒饭,还有人站在机场书店的大屏幕前,津津有味地观看马云的成功学讲座。我默默地观察着这一切,观察在我眼前晃过的每一个人。我想,在他们普通甚至平庸的外表下,或许掩藏着许多奇妙的故事。他们在这里匆匆擦肩而过,如果两个陌生人因此而相遇,这个奇妙的故事便会乘以平方,幻化出比围棋格子上还要多的可能性,恐怕要超过宇宙中的原子总和。

就在那年春天,我写了一个短篇小说《北京一夜》,写一个北京出租车司机的故事,其实是借用这位司机之口,说出了发生在我自己身上的故事——当我读中学时,有一次意外推落了学校楼上的玻璃,砸在操场上粉碎了,后来遭到了学校的处分。虽然太平无事,但我后来时常后背发凉地思索,万一当时这块玻璃砸到了某位同学,必然非死即伤。那么我与他(她)的命运必然大为不同。我也绝对不是今天的我,那么他(她)又将遭受怎样的磨难?这便是小说的可能性。这种可能性始终纠缠着我,直到我把这个故事搬到一位北京出租车司机身上,变成了《北京一夜》。

虽然这个故事充满着悬念,但我知道这时我已闯入了另一片天地。但我对这片天地已十分陌生,毕竟相隔了十四年。我几乎遗忘了那边究竟长什么样,就像个门外汉只能透过门缝一窥究竟。幸好在写《北京一夜》之后，我有一次开会遇到金宇澄老师。我曾有个写于2000年的短篇由金老师编辑发表在《上海文学》上。我将《北京一夜》发给了金老师。一个月后，我突然收到一条短信，金老师决定将这篇小说发在《上海文学》的头条上。那时我正在家里独自吃午饭，看到这条短信备感意外。但我明白，我可以闯入了。后来这篇小说被《小说月报》《小说选刊》等刊物选载，还得了许多文学奖。接着那扇大门悄然敞开，许多文学期刊都发了我的中短篇小说。但我仍然时常觉得陌生，仿佛在两个世界之间穿梭，不停地从这边闯入那边，又从那边闯入这边。

在这期间，我的阅读与写作是泥泞的。这个"泥泞"绝非贬义，而是说混杂。我甚至还写了一些影视剧本，这也颠覆了我过去的某些观念。因为我发觉福克纳、加西亚·马尔克斯同样都写过剧本。我无法判断他们的剧本生涯是否成功，因为电影并不属于编剧的艺术，但小说是作家的艺术。小说绝不是越单纯越好，就像小说家的成长也是复杂的。就像福克纳的美国南方，杂交着欧洲的美洲的非洲的血脉与文化；同样，加西亚·马尔克斯的加勒比与马孔多也是如此。

于是，我在2017年的深秋迎来了一次"泥泞"的闯入。那时我重读了斯蒂芬·金的 IT（中文译名《死光》，又名《小丑回魂》），这是一部冗长而惊世骇俗的惊悚小说。我想起了三年多前构思过的一个故事——少年时,我最喜欢的女老师失踪了。我沿着苏州河顺流而下,在二十世纪九十年代的阳光下搜索上海的秘密,直到将她从罪犯的手中拯救出来。我思考了大约两个月,在脑中慢慢构建起一个属于自己的记忆,也属于二十世纪九十年代的故事。

这就是《无尽之夏》,既有悬疑、谋杀与诡异之旅,也有少年们的苦闷与无尽想象。我在小说的尾声总结为"1997年,地球上发生过许多大事"。小说里写了那个粗糙但充满生命力的时代,也写了崇明岛东海岸外的泥泞,以及一艘被拆除到半途的超级油轮中的油污、肮脏以及死亡。这是一个新旧交替的时代,新的骨骼尚未完全愈合,旧的脏器还在苟延残喘。虽然我们至今仍然怀念那些五脏六腑,可是每个人都在享受着新的世界。但这并不是一个过去时的年代,而是一个为期三十年也许更长的现在进行时。我们成长过的青春与记忆,跟我们安身立命的现实绝不割裂,而是血肉相连,深入肌理。从前我总觉得写作来自一种想象,或者是自己生活的可能性,这种可能性天马行空,吞吐日月。如今我发觉自己的记忆并不特殊,每个出生在这个年代的人,都有着相似的情感与困惑。哪怕年龄差有二十年甚至三十年,其实我们终究成长在同一个年代。我甚至可以庸俗地借用狄更斯的话来说,"这是一个最好的时代,也是一个最坏的时代"。但我要说,这是一个在泥泞与油污之中磅礴的时代，我们每个人不是这个时代的旁观者，而是泥泞与油污的一部分，也是磅礴与灿烂的一部分。文学既记录了泥泞、油污、磅礴与灿烂，同时也参与并创造于其中。这部小说也是一种特殊的闯入，并让我找到了一种方式，将两种闯入糅合在一块，从布满着巍峨针叶林的西伯利亚森林闯入藤蔓丛生潮湿闷热的亚马孙雨林，又从南美洲的湿润返回北国的严寒，最后闯入一片结满奇香异果的山谷。

2018年9月，《无尽之夏》发表在《收获》长篇专号的秋卷，不久即出版图书单行本。这次的闯入让我自己也很吃惊，就像某种化学反应在不经意间来到身上。

一个月后，我的悬疑小说《生死河》在法国翻译出版。应法国出版社之邀，我去了法国与比利时做签售与专访。在巴黎，我所拜访的第一处景点是闹市之中的蒙帕纳斯公墓。我闯入了寂静的墓地，来到萨特与波伏娃的墓前献花。相隔数十米，我找到了玛格丽特·杜拉斯的墓碑。而我闯入的第二个景点还是公墓，那是巴黎东部的拉雪兹神父公墓。我看到了被玻璃罩子保护起来的王尔德的墓碑。我还想寻找巴尔扎克、普鲁斯特、肖邦……我想起小时候读过的第一本书是儒勒·凡尔纳的《海底两万里》，而我的文学启蒙则是《悲惨世界》，这何尝不是一种泥泞与闯入。

再回到《无尽之夏》的后半部分，有一段主角们要逃出升天之际,我是这样写的——

"我们是六胞胎,四龙二凤。我们在闯过自己的鬼门关,也是妈妈的鬼门关。"

这也是一种大胆的闯入,尽管要为之付出痛苦、泥泞与血污,像所有孤独的闯入者一样。

孙频

所有的**生长**都来自暗处

如果去细细观察和体悟,你会发现,这世上的任何一种成长都是很有意思的,一个作家的成长也同样如此。其实我更愿意把这种成长称为秘密生长,因为这个过程伴随着黑暗、隐秘和艰辛。如青草在月光下拔节,如知了飞离蝉蜕,如树木又长出一圈年轮。这不是肉眼可视的过程,也不可用语言过多描述,因为过程与生命从生到死的节律是同步的,是一体的,它就是生命本身。而人的生长要远比植物和动物艰辛残酷得多,因为人是有社会属性和文化属性的，人的一生不只是生命的野蛮生长，更是各种属性、情感、认知和精神空间的搭建过程。有的人终其一生只是植物性的生长和衰亡，真如"人生一世，草木一春"；有的人在短短一生中，却能拥有一个浩瀚磅礴的精神宇宙，以至于最终超出了人的界限，拥有了一部分神性，与天地同频。

而一个作家的生长，除了要完成那部分自然属性和社会属性之外，更多的是要完成一个内在自我的启蒙和成长。虽然说文学作品是需要读者的，它并不是一个写作者的自娱自乐，但它更本质更原始的意义却是完成了一个作家的自我启蒙。从最简单最幼稚的文学作品开始，慢慢走向成熟、走向厚重的这个过程就是一个自我的启蒙之旅。"启蒙"二字，远远没有它看上去那么简单，甚至不乏残酷。因为一个作家在最早写作的时候其实并不能真正认识自己，也不能真正认识到自己究竟想表达什么，什么表达方式是最适合自己的。在最早写作的时候，更多的是凭借本能，是消化淤积下来的情感，是捕捉对世界的迷茫，是试图去治愈自己那些原生性的创伤，是远去的童年要为自己找到一个成年后的出口。童年则是一个人一生的源头。我觉得，一个人命运中最核心的部分就是来自这个源头。第一部作品就已经很成熟的天才毕竟是少数，多数人还是要经历一个漫长而艰辛的磨砺过程，也因为其艰辛和漫长，一些东西才能在时间中渐渐现形，才慢慢长出了魂魄，这时候你才知道它到底是什么，同时你也慢慢地知道了你到底是谁。

所以我觉得这个过程可以叫成长，叫成熟，也可以叫启蒙，叫寻找。寻找自己的本性，寻找自己到底是谁。既是寻找，那多数时候其实都是在暗处的，在别人看不见的寂静角落里，也许还为自己打着一盏灯笼，所以我说我更愿意把这个过程称为一种秘密生长。

我最早开始写作的时候就是如此，凭借着生活和命运赋予的一点底色，凭借着幼稚而强烈的表达欲望，感性要远远多于理性，写着写着也就渐渐写出了一种模式或叫风格。风格的出现让一个写作者有了一定的辨识度，在一堆文字里容易跳出来，但也容易给写作者带来厌倦感。我想，根本原因还是文学艺术在本质上就是需要不断创新的，它不是临摹字帖，可以一遍一遍地临摹下来，一遍比一遍神似就好，它需要的其实还是一种内在的独一无二的生命力。有时候我觉得文学有一种悲悯众生的功能，好的文学作品的产生与是否处在文化中心并没有必然的关系，哪怕是在一个最偏僻的角落里，因为一种最蓬勃最独特的生命力，也会产生好的文学作品。这种文学生命力，是在各种因素之下凝聚而成的一种精神，比如由一个人的出身、性格、悟性、所读的书、所经历的大事、对这个世界的敏感程度和认知程度等等汇聚而成。

如波涛与海鸥相遇

这种成长的艰辛和漫长,还在于你得不断打破那个已经成形的自己。首先,这种打破自己的内在需求也不是随时都会出现的,它其实就是一些生长的节点,只有生长到一定程度才会自然出现。除了前面说到的对自我重复的本能厌倦,还有文学批评和讨论所引发的自我反省。在这样的生长节点上,写作难免会变得迟疑停滞或者充满自我怀疑,这也就是所谓的写作瓶颈期。其实,趟过几个这样的节点之后,一个写作者就能感受到那种内在力量积蓄的过程;其次,这种对自我的打破必然是艰难的。打破自己之所以艰难,是因为形成一样东西本身就不容易,总会有于心不忍或不舍得的感觉。人要是轻车熟路地掌握了某种技能,便总会习惯性地炫耀一下,因为这是别人不会的,打破则意味着你要把这项好不容易掌握的技能丢掉,重新学习别的,不断打破也意味着你走在一条永无尽头的路上,可能永远到达不了终点;再次,在打破自己之后,能否找到一个新的合适的肉身是不可知的,或许等你在经过一番摸索和实验后找到了自己新的肉身,却又被批评还不如原来的肉身好看。于是你又重新陷入迷茫。而事实上,人性中最美好最有力量的一面,就是对未知领域,对神秘美好,对磅礴浩渺的精神世界的探求。从这个意义上讲,一个作家对精神世界的探索与一个宇航员对太空的探索在本质上是一样的。

李敬泽老师在《作为哪吒的文学》一文中曾这样说过:"我

觉得文学应该是哪吒。《西游记》里有孙悟空大闹天宫，那是革别人的命，很好；而另一方面，哪吒这个少年是革自己的命，他抛却已有的一切，走出他的庙宇和城邦，进入广阔原野，越过种种界限，获得一个新的心。他脱胎换骨，然后在原野中，摘一枝荷花，或随手摘一枝别的什么植物，就以此作为自己的身体。我想，这应该就是新的投入这个时代伟大变革的文学。"抛却已有的一切，脱胎换骨，以一枝荷花或别的什么植物作为新的肉身，这是创新的艰难，也是创新的浪漫所在，而以荷花做肉身的轻盈和对法度的破除，本身就有几分涅槃之美。

文学的神奇还在于，当你打破自己的一部分甚至绝大部分，只要你还有意志与真正的热爱，你便一定能找到自己新的肉身。正所谓不破不立，破与立本就是相互咬合，相伴而生的。近几年来，一方面因为年龄渐长，另一方面也因为自己心境的变迁，这种心境的变迁是必然的，没有人会一直站在原地不动，也没有人几十年保持同一种心境和想法，心境的变迁本身就与社会和世事的变迁融合在一起，正如《易经》所讲，天地间的万事万物也时刻都在变化之中。我对人的兴趣变淡了些，开始对那些寂静的山林、浩瀚的海洋、颓败的村庄有了更多兴趣。比如去写一座大洋之上的孤岛，比如去写一座迷雾缠绕、充满秘密的山林，比如去写那些几千年前的村庄。我一直记得在高山的褶皱里发现了贝壳化石时的震撼，就像亲眼看到沧海桑田，看到几亿年的时间静静堆叠在自己面前,不由得重新去打量人的一生那短短几十年的时间。

在这些高山和海洋的深处,在这些正慢慢消失的村庄里,我们可以触摸到岁月的痕迹,人类不断向前演变的肌理,还有文明的更迭。在这个过程里,站在那些已经枯朽的和新鲜的时间里,看着那些几千年前留下来的时间的脚步,人会忽然被这来自宇宙间的巨大力量击中,苍茫辽阔而温柔,会忽然觉得自己与脚下的那片落叶其实没有多少区别。而且,当人把自己放在辽阔的天地间时,会找到一些新的支撑点,会有一些关于人的新的发现。与此同时,过往的那些不甘,那些悲怆,所有那些难以用言语表达的情感,竟消散了很多,心境里多了几分澄明与豁达。对一个写作者来说,这本身也是启蒙和成长的一部分吧。

除了感知天地万物与洪荒时光对人的净化,对异域文化的探索也使我感受到了某种快乐。比如,探索孤岛文化、山民文化和藏族文化,这些其实都是我不熟悉的,但也正因为不熟悉,所以在走近它们的时候我才倍感好奇,才试图用所有的力气去感受它们,试图去理解那些异域的人们,比如守岛人,比如山民,比如藏族姑娘。每写一个人物就是要去理解他的全部,不仅理解他的性格、他的心理走向,还有他所代表的那个文化背景,甚至他所代表的某种文明,唯有理解和慈悲才能赋予一个文学人物以真正的生命力吧。

此外，近几年里，我的小说里多了一些文化元素，这倒不是赶什么潮流，究其原因，还是因为它们能带给我一种巨大的抚慰，是那种不动声色却又静水深流的抚慰。我想这也与年龄有关系，年龄让一个人开始喜欢更沉静更深厚内敛的东西了。所以，有时候我会觉得，人遵从自然律令、遵从四季更迭便是最好的，遵从自然的法度会让人变得平静、从容而开阔，能坦然接受命运而没有怨气。那些文化元素便是沉积下来的自然法度，经过漫长时光的发酵和抛光，变成的内心真正的慰藉。

另外，我近两年的小说里出现了博物志的痕迹，山川、草木、鸟兽、鱼虫、器物，这一方面算一种写作上的探索，另一方面也是因为感觉到了物对人神秘莫测的影响和渡化。比如文物虽是物，却是有生命有魂魄的，我甚至觉得它们是可以开口说话的，只不过用的不是我们人类的语言，用的应当是另一个世界另一重空间里的语言。后来，我发现每一块古玉都有一段悠长的身世，都承载着关于历史和文化的灿烂记忆时，我不由得又感到了震惊。古玉代表着人类早期的文明，是古老社会制度留下的见证，蕴涵着国家形成、朝代更迭、教化始成的漫长历史。而几千年之后，正是借助古玉这一媒介，我能有机会与几千年前的古老历史和文化相遇，就像无意中走进了一条时光隧道，隧道的尽头竟是远古的人类文明。你看着那些古玉，就仿佛看到了古人从前的生活，看到了他们对天地的敬畏，看到他们身上环佩叮当的玉器，以保持高洁与君子之风。它们的身上，除了积淀着漫长的几千年时光，还积淀着厚重的文化与历史的光芒，所以它们对人同样有着净化与抚慰的功能。

而我作为一个写作者，在写作的过程中，本身就获得了这种净化和抚慰，我想这也是文学创作中真正的乐趣之一吧。只有这样的快乐和抚慰，才足以抵消常年写作中的孤独与枯燥，才使一个作家能够在无人的角落里仍然孜孜不倦地努力完成自己的秘密生长。